Das Buch

Zwei Tage sind sie hinter Papier versteckt, dann werden die sieben großen Schaufenster feierlich enthüllt – und lassen die Waren des alteingesessenen Quatre Saisons in neuem Glanz erstrahlen. Für diese Momente lebt und arbeitet Schaufensterdekorateur Stettler, und das schon mehrere Jahrzehnte. Nun, mit knapp sechzig, wird ihm überraschend ein jüngerer Kollege zur Seite gestellt – ein Rivale, ein avisierter Nachfolger, ein Feind! Stettlers Welt beginnt zu bröckeln. Es ist das Jahr 1968, und es bröckelt auch sonst alles, die jungen Leute tragen Bluejeans und wissen nicht mehr, was sich gehört. Am Münsterturm hängt auf einmal eine Vietcong-Fahne. Stettler ist entsetzt. Immer mehr fühlt er sich bedroht, spioniert dem Rivalen sogar nach, sinnt auf Rache. Allein mit einer von ihm bewunderten Radiopianistin, Lotte Zerbst, wechselt er Briefe und fühlt sich nicht so verloren. Er hofft sogar auf eine Begegnung …

»Alain Claude Sulzer ist ein kluger, feinfühliger und bisweilen schalkhafter Roman gelungen, der sichtbar macht, was der Wandel für den Einzelnen bedeuten kann – damals wie heute.« *SRF*

Der Autor

Alain Claude Sulzer, 1953 geboren, lebt als freier Schriftsteller in Basel, Berlin und im Elsass. Er hat zahlreiche Romane veröffentlicht, darunter die Bestseller *Zur falschen Zeit* und *Aus den Fugen* sowie die Romane *Postskriptum* und *Die Jugend ist ein fremdes Land*. Seine Bücher sind in alle wichtigen Sprachen übersetzt. Für sein Werk erhielt er zahlreiche Preise, u. a. den *Prix Médicis étranger*, den Hermann-Hesse-Preis und den Kulturpreis der Stadt Basel.

ALAIN CLAUDE
SULZER

Unhaltbare Zustände

Roman

Kiepenheuer
& Witsch

MIX
Papier aus verantwor-
tungsvollen Quellen
FSC® C014496
www.fsc.org

Verlag Kiepenheuer & Witsch, FSC® N001512

1. Auflage 2021

Verlag Galiani Berlin
© 2019, 2021 Verlag Kiepenheuer & Witsch, Köln
Alle Rechte vorbehalten. Kein Teil des Werkes darf in irgendeiner
Form (durch Fotografie, Mikrofilm oder ein anderes Verfahren)
ohne schriftliche Genehmigung des Verlages reproduziert
oder unter Verwendung elektronischer Systeme verarbeitet,
vervielfältigt oder verbreitet werden.
Umschlaggestaltung Rudolf Linn, Köln, nach dem Originalumschlag
von Manja Hellpap und Lisa Neuhalfen, Berlin
Umschlagmotive © Piotr Marcinski / EyeEm / Getty Images;
© Dan Thornberg / Getty Images
Lektorat Wolfgang Hörner
Gesetzt aus der Stempel Garamond
Satz Buch-Werkstatt GmbH, Bad Aibling
Druck und Bindung GGP Media GmbH, Pößneck
ISBN 978-3-462-00145-7

Niemals waren ihm früher derlei Überlegungen bekannt gewesen! Jetzt flogen sie ihm zu wie eine Schar Vögel, nisteten sich in seinem Gehirn ein und flatterten unruhig darin herum.

Joseph Roth, Radetzkymarsch

Prolog

Im Sommer 1969 war ich sechzehn Jahre alt und mit Dingen beschäftigt, für die Sechzehnjährige heute vermutlich bloß noch ein müdes Lächeln übrighaben.

Ich war ein fauler, aber unauffälliger Schüler, was mir vor allem in den naturwissenschaftlichen Fächern zugutekam; man nahm mich auf den hinteren Rängen nicht zur Kenntnis und rief mich nicht auf, Fragen zu beantworten, von denen man wusste, dass ich sie nicht beantworten konnte. Als ich dem Unterricht schließlich ganz fernblieb, vermisste mich niemand und niemand suchte nach mir. Meine Interessen beschränkten sich auf klassische Musik und Literatur, zwei Disziplinen, denen schon damals etwas Anachronistisches anhaftete. Außer meinem Schulfreund Joachim, der später Pianist wurde, hörte niemand Mozart oder Beethoven und schon gar keine Opern, auch Joachim nicht, ich wurde das Gefühl nicht los, dieses Genre sei auch in seinen Augen eine minderwertige Gattung, etwas, was seriösen Musikern peinlich war. Während meine Mitschüler entweder die Beatles oder die Stones hörten – und ihre Songs auswendig kannten –, hörte ich französische Chansons und klassische Musik. In gewisser Weise setzte ich einfach fort, was bereits meine Eltern interessiert hatte, mit denen ich sonst so wenig wie möglich gemein haben wollte.

Ich war in allen Schulfächern – selbst in Deutsch – von geradezu spektakulärer Mittelmäßigkeit. Es war, als müsste ich der ganzen Welt beweisen, dass man es auch mit nichts zu etwas bringen kann, denn trotz meiner Bequemlichkeit war das mein Ziel. Ich hatte eine ausgeprägte Vorstellung davon, wie es sein würde, eines Tages Schriftsteller zu sein. Was um mich herum geschah, interessierte mich allerdings wenig. Mit einer einzigen Ausnahme habe ich damals über Dinge geschrieben, die ich mir ausdachte, nicht über die Wirklichkeit. Sie war nicht Gegenstand meiner ersten Schreibversuche, an die ich mich heute nur noch sehr undeutlich erinnere.

Das, worüber ich in einer der ersten Schulstunden nach den Sommerferien schrieb, hatte sich Ende Juli 1969 in einem Warenhaus zugetragen, das heute nicht mehr existiert, auch wenn ältere Leute noch immer vom *Quatre Saisons* sprechen, wenn sie das Gebäude meinen, in dem sich heute Büros und – immer weniger – Wohnungen befinden. Das Warenhaus stand nicht dort, wo ich aufwuchs, sondern in einer Stadt, in der ich seit Jahren meinen Sommerurlaub verbrachte. Dann wohnte ich bei Ida, einer Cousine meiner Mutter, und Onkel Walter, ihrem Ehemann. Die beiden waren – gewiss nicht freiwillig – kinderlos geblieben. Das Bedauern darüber trugen sie wie ein unsichtbares kleines Bündel mit sich herum. Einige Tage lang nahm ich jeden Sommer die Stelle eines Ersatzsohnes ein und wurde verwöhnt, aber auch nach Walters Prinzipien erzogen, die nicht die Prinzipien meiner Eltern waren. Ich ließ es klaglos über mich ergehen, weil ich wusste, dass es mir nicht schadete, und weil ich die alten Leute mochte.

Als ich eine Geschichte aufschrieb, die sich dort zugetragen hatte, konnte ich nicht wissen, dass es der letzte Sommer gewesen war, den ich dort verbracht hatte. Dass es so sein würde, wurde mir erst klar, als Ida wenige Monate später an einer Lungenentzündung starb und Walter kurz nach der Beerdigung in ein Altersheim zog. Er konnte weder kochen noch waschen. Er hatte nie eine Waschmaschine oder einen Herd bedient. Allein zu Hause wäre er verhungert, hieß es, und er wiederholte es selbst. Hin und wieder schrieb er mir in seiner unleserlichen Schrift kolorierte Ansichtskarten.

Wie jedes Jahr hatte uns der Deutschlehrer auch im August 1969 die Aufgabe gestellt, ein bemerkenswertes, erinnerungswürdiges Ereignis zu beschreiben, das sich in den sechs Ferienwochen, die hinter uns lagen, zugetragen hatte. Es konnte sich dabei um eine besondere Begegnung oder um eine Geschichte handeln.

Die meisten verfassten nun ziemlich lustlos jene immer gleichen Ferienbeschreibungen – Ausflüge an den Strand, Grillen im Freien, Schwimmen im Meer,

Essen im Hotel –, mit denen ich nicht dienen konnte, weil wir mit unseren Eltern nie in den Urlaub fuhren. Über den Besuch des Tierparks, das Füttern der Bären im Bärengraben oder die Versuche meines Onkels, mir im Rosengarten Schachspielen beizubringen, hatte ich bereits in früheren Jahren geschrieben, dieses Mal aber hatte ich etwas zu erzählen, was die Erzählungen der anderen Schüler in den Schatten stellen würde.

Denn ich hatte etwas erlebt, was während ein paar Tagen über die Stadtgrenzen hinaus für Gesprächsstoff gesorgt hatte. Es war eine merkwürdige Sache.

1 *Winter*

Zu keiner Jahreszeit war Stettlers untrüglicher Sinn
für Schönheit so gefragt wie in den Wochen vor
Weihnachten. Sein Wissen über unterschiedliche Farben, Formen und Materialien, sein Sinn für Raum
und Symmetrie, für Hell und Dunkel, Licht und
Schatten, kurzum die Summe all seiner Fähigkeiten
war unverzichtbar. Die Vorweihnachtszeit war seine
beste Jahreszeit, nie war das Interesse der Kollegen
an seiner Arbeit größer als Anfang Dezember, am
ersten Donnerstag des Monats, wenn das Zeitungs-
papier vorsichtig von den Schaufenstern entfernt und
die Kunstwerke, die er erschaffen hatte, endlich enthüllt wurden und man die Passanten dabei beobachten konnte, wie sie ehrfürchtig vor dem Resultat seiner Bemühungen stehen blieben, wenn also die Zeit
für die Bewunderung gekommen war. Weder Fremde noch Angestellte wollten sich das entgehen lassen
und konnten sich von dem, was sich ihren Blicken
nun bot, nicht losreißen. Mit offenen Mündern standen sie da, hingerissen, fassungslos wie Kinder vor
dem Weihnachtsbaum, und es dauerte meist ein paar
Augenblicke, bis sie die Sprache wiederfanden und
andere Neugierige – meist Menschen, die ihnen völlig fremd waren – mit Fingern auf dieses oder jenes

Detail aufmerksam machen konnten, sofern sie sich nicht damit begnügten, das Ganze schweigend zu bestaunen. Man schmolz zu einer frohen Gruppe zusammen, warm und zufrieden, man fror nicht mehr, da die Vitrinen vor Verheißung glühten, und auch die Herzen der Anwesenden hatten Feuer gefangen, egal, ob sie dünne Mäntelchen trugen oder in Nerz gehüllt waren. Sein Werk war vollendet, von seinem zuverlässigen Gespür für das Schöne wie aus dem Nichts erschaffen, tatsächlich aber Ergebnis jahrzehntelanger Übung und Vervollkommnung, Folge wochenlangen Überlegens und Nachdenkens, wie das Geschmackvolle am wirkungsvollsten in Szene zu setzen sei, aber auch – was niemand sehen sollte und niemand sehen konnte – eine Folge schlafloser Nächte, in denen er so lange über halbfertigen Ideen und unverhofften Geistesblitzen gebrütet hatte, bis sie allmählich Gestalt annahmen und sich zuletzt immer klarer vor seinem inneren Auge abzeichnete, was er mit sicherer Hand umsetzen würde. Dann begann er zu planen und zu kalkulieren. Auf großen, rechteckigen Zeichenblöcken, die er stets horizontal in der Form des Schaufensters beschrieb, kam eines zum anderen, meist von links nach rechts, weil er sich dem Schaufenster stets von links näherte, wenn er sich vorstellte, ein ahnungsloser Passant zu sein. Der Aufbau begann in der linken Ecke, hier nahm – was niemand sehen konnte – die Realisation stets ihren Anfang. Das karierte Papier wurde zur Auslage, vor der ein einsamer Betrachter stand: Das weiße Blatt war eine leere Bühne, die sich allmählich mit Gegenständen füllte.

Entscheidender als die höchst ehrenwerte Zustimmung seiner Kollegen war der Beifall der Kunden. Noch wichtiger als die Meinung der Stammkunden – die wussten, was sie erwarten durften, weil sie das Warenhaus schon lange kannten – war die Meinung der unvorbereiteten Laufkundschaft, welche zum Innehalten verführt wurde. Mehr als um alle anderen ging es um sie, um Menschen, die zufällig vorbeikamen, mit nichts gerechnet hatten und nun vor den erleuchteten Schaufenstern standen und staunten.

Unbekannte anzulocken, die das *Quatre Saisons* nie zuvor betreten hatten, war unbestreitbar die wichtigste Aufgabe eines Schaufensterdekorateurs. Das war das oberste Ziel, *the top goal,* wie man in England sagte, das sich Stettler immer steckte, nicht nur im Dezember, sondern alle zwei Monate des Jahres, wenn die Schaufensterdekorationen wechselten. »Vorsätzliche Verführung.« Bereits sein Lehrmeister, der alte Bickel, hatte es nicht oft genug wiederholen können: »Verführ sie und du hast sie in der Tasche. Und hast du sie dort, kommen sie auch in den Laden, schauen sich um und prüfen heimlich ihre Geldbeutel. Das Schaufenster ist der Türöffner zum Tempel. Wenn sie einmal drin sind, gehen sie so schnell nicht mehr weg. Sie müssen sich verlieben. Das ist der Beginn einer lebenslänglichen Verbindung – wie die

Ehe!« So ähnlich vermittelte auch Stettler es seit Jahren seinen Mitarbeitern, vor allem den jungen Kollegen und Lehrlingen, sechzehn-, siebzehnjährigen Knaben, halbe Kinder noch, die nichts vom Leben und schon gar nichts von der Kunst des Verkaufs und der Verführung verstanden, ja selten wussten, warum sie ausgerechnet diesen Beruf ergriffen hatten, einen Beruf, der sich dem Abenteuer nicht in der Ferne, sondern innerhalb der engen Grenzen eines vorgegebenen Rahmens aussetzte.

»Verführung ist eine Kunst, die einem nicht in die Wiege gelegt wird, geht das in eure Spatzenhirne, also müsst ihr sie lernen, dazu seid ihr da, von morgens bis abends, und es gibt nur einen, der sie euch beibringen kann, und das bin ich«, pflegte er ihnen immer wieder einzuhämmern, wobei er es manchmal nicht unterlassen konnte, einem der pickeligen Jünglinge mit der flachen Hand auf die Stirn zu schlagen, wenn er merkte, dass er unaufmerksam war.

»Ich meine euch alle«, sagte er dann, und augenblicklich war es mucksmäuschenstill, während der Lehrling, den er berührt hatte, mit den Tränen kämpfte. »Damit du es dir merkst. Kapiert? Damit es sich in deiner Hirnmasse verflüssigt und in dein Knochenmark rieselt. Und auch in eures!« Eifriges Nicken. Rote Köpfe. Betretenes Schweigen. Man wagte in seiner Gegenwart kaum zu atmen.

Die Lehrlinge fürchteten ihren Lehrmeister so wie Stettler seinen Lehrmeister Bickel gefürchtet hatte, der selbst nur einen fürchtete, den alten Schuster nämlich, wenn er, die Linke auf dem Rücken, sein Reich durchmaß. Dass Schusters Söhne es eines Tages übernehmen würden, lag auf der Hand. Sie hatten keine andere Wahl und würden es nicht bereuen. »Und Waschen hat auch noch keinem geschadet«, fügte Stettler hinzu, wenn der Schweißgeruch im engen Lehrlingszimmer überhandnahm. Auch diese Ermahnung hatte er von Bickel übernommen: Er duldete keine üblen Gerüche, schon gar nicht, wenn man in Strümpfen auf allen vieren in den Schaufenstern herumkroch.

Insbesondere zur Vorweihnachtszeit ging es darum, den Umsatz des Vorjahres zu *toppen*, wie man jetzt neumodisch sagte – Stettler war achtundfünfzig und spürte das nicht nur beim Bücken und Knien, sondern daran, dass sich um ihn alles zu verändern begann. Während die Bademode im Sommer immer gewagtere Einblicke auf den weiblichen Körper gewährte, der im Fall der Schaufensterpuppen inzwischen weder aus Gips noch Pappmaché, sondern aus einem Kunststoff war, der die Haut täuschend imitierte (früher hatten die Mannequins nicht einmal Köpfe gehabt), hatte es der Jahr für Jahr höher und höher werdende Weihnachtsbaum auf dem nahe gelegenen Rathausplatz mit den größer und größer werdenden Kugeln auf geradezu beängstigende Weise übernommen, die modernen Exzesse zu versinnbildlichen, die man mit der Ausdehnung von allem, nicht nur von nackter Haut und übertriebener Weihnachtsfeierlichkeit, trieb.

Stettler konnte von Glück sagen, dass sich zumindest die Ausmaße seiner Schaufenster nicht verändert hatten und in absehbarer Zeit auch nicht verändern würden. Die Maße der sieben Schaufenster, die sich innerhalb eines zweihundertjährigen Laubengangs befanden, hatte er genau im Kopf: drei Meter achtzig breit, zwei Meter zehn tief, zwei Meter siebzig hoch.

Über Stettlers Anteil am Jahresumsatz im Allgemeinen und am gesteigerten Weihnachtsumsatz im Besonderen war sich vom Laufburschen bis zu den Direktoren jeder im Klaren. Obwohl sein Beitrag in Zahlen nicht zu schätzen war, galt dieser Anteil als feste Größe, man konnte sich darauf verlassen.

Jeder Mitarbeiter des *Quatre Saisons* wusste um Stettlers Bedeutung für das Warenhaus, das vor rund fünfundfünfzig Jahren – wenige Jahre nach der Jahrhundertwende – von Johann Schuster sen. eröffnet worden war, sechs Jahre, nachdem man mit den Bauarbeiten begonnen hatte; ein Haus mitten in der Stadt, schwindelerregend hoch, wie manche fanden, ein Haus mit Karyatiden, ausladendem Stuck und emaillierten Mosaiken, blinden Fenstern, hinter denen sich die Verkaufsräume verbargen, und einem Haupteingang, der dem des städtischen Opernhauses in nichts nachstand. Eine Glaskuppel, die von weitem zu sehen war. Der vierfarbige Schriftzug *Les Quatre Saisons*. Die vierfarbigen Fahnen, die bei besonderen Anlässen im Wind wehten. All das erhob sich mächtig über den mittelalterlichen Lauben, die erhalten geblieben waren, weil die Behörden deren Abriss nicht gestattet hatten.

Nie hatte der alte Schuster einen Hehl daraus gemacht, dass sein Vorbild das Kaufhaus *La Samaritaine* war, so wie sich diese vordem *Le bon marché* zum Vorbild genommen hatte, wo Schuster drei Jahre lang sein Handwerk unter den Augen von Monsieur et Madame Cognaq, den Gründern und Besitzern des Hauses, als *Chef de Rayon* in der Abteilung *Vêtements pour hommes* verfeinert und geschliffen hatte, nachdem er zuvor je ein halbes Jahr in Köln und London tätig gewesen war, zunächst unschlüssig, ob er nach dieser Zeit nach New York wechseln sollte. Doch er war froh gewesen, sich für Paris entschieden zu haben.

Welche Vorstellungen er von seiner Zukunft gehabt hatte, als er die Stelle am rechten Seineufer antrat, wusste niemand außer seiner Frau. Als er den Heimweg in die Schweiz antrat, war er jedenfalls längst entschlossen, dort gemeinsam mit Christine, einer waschechten Pariserin, ein ähnliches Warenhaus wie die *Samaritaine* zu eröffnen. Sie wagten das Abenteuer, ein eigenes Geschäft zu gründen. Die Kantonalbank war ihnen behilflich.

Auch wenn der Einfluss der *Samaritaine* auf das *Quatre Saisons* nicht zu übersehen war, passte sich die bescheidenere Version doch sehr geschickt der

Provinzstadt an, für die es gebaut worden war. Dennoch war das hochmoderne Warenhaus größer und repräsentativer als alles, was man dort kannte. Hatte man sich hier bislang mit spezialisierten Geschäften, Werkstätten oder Ateliers für Damen- und Herrenbekleidung, für Hüte, Schirme, Schuhe, Taschen, Mercerie- und Bonneteriewaren et cetera begnügt, bot Schuster sen. diese Artikel nun unter einem Dach an. Teile der mittelalterlichen Stadt – heruntergekommene, teils ruinöse, brandgefährdete und brandgefährliche Häuser ohne Wasser, Gas oder Elektrizität, ohne sanitäre Einrichtungen und teilweise ohne Fensterscheiben – wurden abgerissen, um dem neuen Haus Platz zu machen. Schuster, der das Areal, in dem sein Kaufhaus errichtet wurde, mit Hilfe der Bank nach und nach aufgekauft hatte, war täglich zur Stelle, um die Bauarbeiten zu überwachen. Man begegnete ihm hier öfter als dem Architekten, und oft begleitete ihn seine elegante Frau, die man nur »die Pariserin« nannte.

Es ging darum, die Kundinnen zu überzeugen. Das ließ sich zum einen durch die einzigartige Fülle des Angebots bei gleicher oder sogar noch besserer Qualität der Ware erreichen, zum anderen aufgrund von Preisen, bei denen die kleinen Ladenbesitzer, die seit jeher an einen beschränkten Absatz gewöhnt waren, nicht mithalten konnten. Die Waren mussten verlockend und erschwinglich und in beeindruckendem Übermaß verfügbar sein – und zwar jederzeit und stets auf dem neuesten modischen Stand. Der Satz »Das führen wir nicht« durfte niemals über die Lippen eines Verkäufers oder einer Verkäuferin kommen, er durfte nicht einmal gedacht werden. Auf längere Sicht sollte die Kundschaft keine Wahl – wenngleich weiterhin andere Möglichkeiten – haben, als im *Quatre Saisons* einzukaufen. Das würde nicht von einem Tag auf den anderen geschehen, aber es würde geschehen, über kurz oder lang, und es geschah.

Die Kraft der Überzeugung war stärker als die zahnlos gewordene Macht der Gewohnheit. Letztere, die in Lumpen ging, konnte ausgeschaltet werden, wenn man erstere nur prächtig genug präsentierte und sie in Samt und Seide hüllte. Auf die wenigen Hochnäsigen, die das *Quatre Saisons* mieden, weil sie sich der besseren Gesellschaft zugehörig fühlten und sich nicht zum Pöbel herablassen wollten, konnte man gut und gerne verzichten. Da Johann Schuster nicht aus ihren Kreisen stammte, kümmerte ihn ihre Arroganz wenig.

Schuster sen. hatte ein Händchen für die Verdrängung unliebsamer Konkurrenten, deren Todfeind er innerhalb kürzester Zeit geworden war, nicht anders als Aristide Boucicaut, der Gründer von *Le bon marché* im vergangenen Jahrhundert in Paris. Zu Beginn hatte Schuster sen., der sich für einen Visionär hielt, viel zu verlieren, am Ende aber war er der große Gewinner. Nichts anderes hatte er erwartet.

Die Zeit war günstig gewesen, die moderne Kundin, die es sich nicht leisten konnte, Kleingewerbetreibende nach Hause kommen zu lassen, war es leid, von der Näherin zur Putzmacherin, vom Täschner zum Schuhmacher zu laufen und missgelaunt und müde darauf zu warten, dass die Aufträge – oft erst nach wiederholter Reklamation – ausgeführt wurden und die Bestellungen, selten genug zum verabredeten Termin, eintrafen. Um wie vieles angenehmer war es, alles, was man suchte, was man brauchte, was man sich wünschte, was man kannte oder wovon man nur gerüchteweise gehört hatte, unter einem einzigen Dach im *Quatre Saisons* zu finden, also stets Zugriff auf ein atemberaubend vielfältiges Sortiment zu haben, das sich auf sage und schreibe sechs Stockwerke verteilte, die man über das dank der Glaskuppel und beeindruckender Lüster hell erleuchtete Treppenhaus erreichte, in deren oberstem einen das mit Porzellan ausgekleidete chinesische Teehaus erwartete, in dem nebst Gebäck und Kuchen natürlich auch Kaffee serviert wurde.

In Schusters Warenhaus, das nun seit einem halben Jahrhundert existierte, wurde so gut wie alles feilgeboten, was das Herz begehrte, nicht zuletzt auch Güter, von denen die begehrliche, möglichst generöse Kundin noch nicht einmal wusste, dass sie existierten. Zu ahnen, dass sie sie hier entdecken würde, war umso verführerischer, es lockte sie aus ihrem Haus, ihrer Wohnung, aus ihrem Dorf, aus der Nachbarstadt, fort von ihren Gewohnheiten. Von allem und für alle etwas: Beständiges und Luxuriöses, Teures und Günstiges, Raffiniertes und Schlichtes, Praktisches und Überflüssiges, Bekanntes und Unbekanntes, ein Paradies für Käuferinnen, das zu Weihnachten für Kinder zum Himmel auf Erden wurde, weil dann ein Teil der Herrenabteilung in ein Weihnachtsgeschenkeparadies verwandelt wurde.

Der alte Schuster war kurz nach Kriegsende im Juli 1945 in seinem Bett gestorben. Lieber wäre es ihm sicher gewesen, das Zeitliche in seinem kleinen, unscheinbaren Direktionsbüro zu segnen, das sich im ersten Stock hinter einer schmucklosen Tür befand, die sich hinter einem gefütterten Seidenparavant verschanzte, den Schuster als junger Mann aus Paris mitgebracht hatte. Er war mit rosa- und hellblauen Phantasiepfauen bedruckt. Schuster hatte stets behauptet, er stamme aus China, was aber nicht stimmte, er war in Lyon gefertigt worden.

Die gesamte Belegschaft hatte sich bei seiner Beerdigung auf dem Friedhof eingefunden, um gemeinsam mit seinen beiden Söhnen von ihm Abschied zu nehmen. Das *Quatre Saisons* war einen Tag lang geschlossen gewesen. Die ganze Stadt wusste, dass Schuster tot war.

Wie alle Dekorateure stand Stettler im Schatten seiner Kunst. Niemand außer den Angestellten und ein paar Eingeweihten kannte seinen Namen, kaum jemand wusste, wie er aussah, dass ausgerechnet er, dieser schlaksig wirkende ältere, unscheinbare Herr mit der Hornbrille und dem schütteren Haar, für die Schaufenster verantwortlich zeichnete, mit denen er – darüber herrschte Einigkeit – stets den Nerv der Kundinnen traf. Im Gegensatz zu den Verkäuferinnen und Verkäufern, deren Namenszüge auf blau geränderten Schildern auf den Revers ihrer weißen Uniformen prangten, blieb er meist unsichtbar; ein solches Schild besaß und wünschte er sich übrigens nicht, das verbot ihm der Stolz.

Wenn umdekoriert wurde – was zwei intensive Arbeitstage in Anspruch nahm, die oft bis in die Nacht dauerten –, verhüllte man die Schaufenster, damit sie vor den Blicken neugieriger Passanten geschützt blieben. Die übrige Zeit verbrachte Stettler mit seinen Mitarbeitern in der weiträumigen Werkstatt im Souterrain, wo wochenlang intensiv an den Einzelteilen gearbeitet und an Details gefeilt wurde. In Modellschaufenstern, die den Ausmaßen der Originale entsprachen, wurden alle möglichen Variationen durchgespielt (das große Magazin mit den bereits verwendeten, stets griffbereiten Requisiten und Hilfsmitteln befand sich außer Haus nur ein paar Straßen entfernt; oft pendelte Stettler mehrmals am Tag hin und her).

Um Qualität zu erkennen, war es nicht nötig, zu wissen, wie er hieß, so wie es nicht nötig war, den Namen eines Musikers zu kennen, um sich von seiner Kunst überzeugen zu können. Weder das Äußere der Person noch der Name, den man ihr bei ihrer Geburt gegeben hatte, spielten eine Rolle. Im einen Fall genügten aufmerksame Ohren, im anderen gute Augen, die für das Schöne empfänglich waren. Stettler wiederum genügte es, das Leuchten in diesen Augen zu sehen, um mit sich und der Welt zufrieden zu sein. Und glücklich darüber, diesen und keinen anderen Beruf gewählt zu haben. Er übte ihn nun schon so lange aus, dass er sich kaum entsinnen konnte, je etwas anderes in Erwägung gezogen zu haben. So jedenfalls hätte er es formuliert, wenn ihn jemand danach gefragt hätte.

Als am ersten Mittwoch im Dezember die neuen Dekorationen enthüllt wurden und er sich unter die Schaulustigen draußen gesellte, breitete sich in seinem Inneren Genugtuung aus, die so süß und heilsam war wie warme Honigmilch. Er bedauerte, dass seine Mutter es nicht mehr erleben durfte. Niemand hatte seine Arbeit mehr zu schätzen gewusst und so uneingeschränk bewundert als sie. Abgesehen von ihrem letzten Lebensjahr hatte sie sich keine Gelegenheit entgehen lassen, seine Schaufenster in Augenschein zu nehmen, und da ihr Erinnerungsvermögen von nicht nachlassender Präzision war, wusste sie oft besser als er, welche Sujets er bereits verwendet hatte: Die spiegelnde Eisfläche, auf der drei kleine Mädchen auf Schlittschuhen dahinglitten, der Heuhaufen, auf dem eine Katze lag, die mit einem Garnknäuel spielte, die herbstlich gefärbten Ahornblätter, die den Boden des Schaufensters bedeckten, über dem ein bunter Reigen von Schals und Handschuhen an unsichtbaren Fäden schwebte.

Wie hoch der Umsatz des Weihnachtsgeschäfts landesweit gewesen war, wurde seit neuestem sogar in den Nachrichten durchgegeben, üblicherweise zwei, drei Tage nach Weihnachten, spätesten am 2. Januar. Der Hunger der Menschen nach Neuigkeiten jeder Art war kaum zu stillen, man interessierte sich für alles, vor allem aber für Dinge, über die man vor wenigen Jahren, wenn überhaupt, höchstens hinter vorgehaltener Hand gesprochen hätte: Geschlechtstrieb, Drogen, Krebs, Selbstmord, Perversionen. Täglich kam etwas Neues hinzu, fast so schlimm wie während des Kriegs, den Stettler als Soldat an der Front, wartend, erlebt hatte.

Stettler wurde älter, er merkte es an allem. Er merkte es nicht nur an der schlaffer werdenden Haut, an den grauen, schütteren Haaren, an den Haaren, die ihm aus Nase und Ohren wuchsen, an den Haaren, die morgens im Waschbecken lagen, er merkte es auch, wenn er die jungen Leute Worte in den Mund nehmen hörte, die auszusprechen er sich niemals getraut hätte, Worte und Redewendungen, die ihm die Schamröte ins Gesicht trieben, wenn er nur daran dachte, und deren Bedeutung sich ihm oft nicht auf Anhieb erschloss.

Nach den Umtauschtagen zum Jahresbeginn brach

das Geschäft nach dem 6. Januar jeweils dramatisch ein. Dramatisch war in diesem Zusammenhang ein oft und gern gebrauchtes Wort, obwohl es der Situation nicht gerecht wurde. Womit man rechnen konnte, war nicht dramatisch, sondern vorhersehbar. Richtig war, dass der Januar der schlechteste Verkaufsmonat des ganzen Jahres war, noch schlechter als der Juli, wenn die Menschen im Urlaub waren. Man musste die Januarverluste also schon im Dezember einholen und wettmachen.

Aufs volle Jahr gesehen war der Umsatz dennoch kontinuierlich gewachsen, seit der Krieg zu Ende war, Januarflauten hin oder her. Jährlich wuchs der Umsatz um einige Prozentpunkte. Er steigerte sich so verlässlich, dass Stettler sich manchmal fragte, wann das böse Erwachen käme und was dann geschähe, wenn alle, Käufer wie Verkäufer, den Gürtel enger schnallen mussten. Da das nicht geschah, konnte die Geschäftsleitung seit einigen Jahren den Angestellten ein dreizehntes Monatsgehalt auszahlen, das ihnen am Monatsende in einem braunen Umschlag im Büro des weißhaarigen Prokuristen ausgehändigt wurde; manche zählten nach, andere, wie Stettler, hatten keine Veranlassung, dem Mann zu misstrauen. Er war der vertrauenswürdigste Mensch, den er kannte.

Stettler wunderte sich jedes Mal, wie die Umsatzzahlen so rasch und genau ermittelt worden waren. Das Jahr 1963 war besser gewesen als 1962 und 1967 noch besser als 1966 – und nichts deutete darauf hin, dass der *Boom,* wie man die stete Aufwärtsbewegung der wirtschaftlichen Entwicklung nannte, jemals zum Stillstand kommen würde. Man lebte in prosperierenden Zeiten. Alles war besser als früher. Die Behaglichkeit hatte zugenommen. Das Bildungswesen stand allen offen. Karriereleitern wurden mit Leichtigkeit erklommen. Sport und Freizeit waren eins. Um Kultur und Vergnügen brauchte man sich nicht zu sorgen. Im Theater wurden Klassiker und Zeitgenossen gespielt, Frisch und Miller, Schiller und Shakespeare. Im städtischen Konzertsaal traten die großen Namen auf, Fischer-Dieskau und Casals, Irmgard Seefried, das hiesige Orchester ebenso wie die Wiener Philharmoniker.

Bereits im August begann Stettler, sich Gedanken über Weihnachten zu machen. Während die anderen im Strandbad in der Sonne lagen und hinter ihren dunklen Sonnenbrillen leicht bekleidete Frauen in Bikinis beobachteten, die sich ungeniert den Blicken fremder Männer aussetzten, brütete er in der stickigen Werkstatt darüber, wo er dieses Jahr Nikolaus, Ruprecht, den Esel und die Engel platzieren würde. Mit welchen Accessoires würde er die Schaufensterpuppen behängen, in welcher Umgebung würden sie diesmal stehen? Während er überlegte, bewegte er sich kaum. Nur das Ende des Bleistifts, den er zwischen den Fingerspitzen hielt, rollte unaufhörlich von einem Mundwinkel zum anderen. Er hatte das Gefühl, als übe der Geschmack von Graphit und Zedernholz einen positiven Einfluss auf seine Phantasie aus. Dann und wann schlug er ein Bein übers andere, oder er streckte sich. Seine Mitarbeiter sprachen mit gesenkter Stimme, wenn sie ihn so sahen. Nie gähnte er. Manche fanden, diese Phasen der Stille hätten zugenommen, seit seine Mutter gestorben war. Aber während der Arbeit dachte er nicht an seine Mutter, sondern an die leeren Schaufenster, die gefüllt werden mussten. »Mit Leben erfüllt«, wie er seinen Mitarbeitern erklärte.

Manchmal stellte er sich vor, die Schaufensterpuppen seien atmende Wesen. In seiner Vorstellung, manchmal auch in seinen Träumen, neigten sie ihre Köpfe, hoben und senkten ihre Augen, senkten und hoben Hände und Arme, rückten wie Automaten vor und zurück, immer nur wenige Zentimeter, es war aussichtslos, hätten sie das Weite suchen wollen, sie waren Gefangene.

Im Grunde arbeitete er ähnlich wie ein Bühnenbildner. Im Gegensatz zu diesem schrieb ihm jedoch niemand vor, was er zu tun und zu lassen hatte; einzige Vorgaben waren die wechselnden Saisons und damit einhergehend wiederkehrende Themen wie Schnee, Frühling, Osterhasen, Sonne, Meer, Herbst, Weihnachten und so weiter, Eckpunkte, die unzählige Variationen zuließen und seine Fantasie ebenso herausforderten wie sie sie beflügelten – so wie es die wechselnden Moden taten, die ausgestellt werden mussten.

Als Stettler jünger war, hatte er die Angewohnheit gehabt, sich bei der Konkurrenz umzusehen; das *Quatre Saisons* war seit über zwanzig Jahren nicht mehr das einzige Kaufhaus der Stadt, inzwischen gab es drei weitere, die sich gegenseitig Konkurrenz machten und mit immer neuen Ideen auftrumpften, natürlich auch mit jahreszeitlich bedingten Ausverkäufen. In den letzten Jahren hatte die Versuchung, sich seinen Rivalen zu stellen, stetig abgenommen. Seine Überzeugung, er sei besser als sie, weil er mehr Erfahrung hatte, war unerschütterlich. Von modernen Tendenzen wollte er nichts wissen, und auch die Kunden schienen nicht daran interessiert, an der Nase herumgeführt zu werden.

2 Herbst

Der Himmel war verhangen. Wenn die Wolkendecke
hin und wieder aufriss, brach eine gleißende Herbst-
sonne hervor und traf die Erde wie der Strahl eines
Brennglases. Doch Lotte hatte den Eindruck, dass
niemand nach oben blickte. Sie hatte ihre Sonnenbrille zu Hause vergessen. Hüte trug sie schon lange
nicht mehr. Sie fühlte sich schutzlos.

Sie erkannte Berlin kaum wieder, nicht im Detail,
noch weniger als Ganzes. Ob sie aus dem Fenster der
kleinen Pension blickte oder durch die Straßen ging,
Berlin blieb fremd. Der Bahnhof am Zoo, an dem sie
am Vortag nach einer langen, durch lästige Grenz-
kontrollen unterbrochenen Zugfahrt angekommen
war, war ihr nicht mehr vertraut. Sie erinnerte sich
nicht, hier je einen Zug bestiegen zu haben. Stettiner
und Schlesischer Bahnhof lagen jetzt unerreichbar
weit entfernt hinter der Mauer. Es war nicht nötig,
das Bauwerk zu sehen, um es zu spüren. Noch hatte
sie es nicht mit eigenen Augen erblickt.

Den Weg vom Zoo zum Hotel war sie zu Fuß gegangen, ein Leichtes für sie, da sie nichts weiter als
den kleinen Strohkoffer dabei hatte, auf dem die
verschossenen Etiketten klebten, die von den Orten
zeugten, an denen sie in den letzten zwanzig Jahren

Urlaub gemacht hatte: Rom, Abano, Venedig, Paris, Bad Wörishofen und Bozen. Sie empfand sich als privilegierte Reisende, auch wenn sie den Atlantik nie überquert hatte und wohl kaum je überqueren würde. Nun also war sie wieder in Berlin, zum ersten Mal nach dem Krieg.

Sie hätte am liebsten kehrtgemacht. Sie hatte hier nichts zu suchen und nichts zurückgelassen außer unangenehmen Erinnerungen. Die Stadt, die sich ihr eingeprägt hatte, war durch eine Unmenge abstoßender Einzelheiten ersetzt worden, die sich mit dem Berlin ihrer Jugend nicht mehr deckten. Alles war fremd und abweisend. Manche Orte, die sie wiederzuerkennen glaubte, wirkten geschrumpft, entfärbt und bedrückend. Schatten fielen auf den holperigen Asphalt der Bürgersteige. Von wem sie geworfen wurden, war nicht zu erkennen. Sie erschrak, als eine Horde junger Männer in hautengen Blue Jeans johlend an ihr vorbeizog. Nie zuvor hatte sie Halbstarke gesehen. Pomade im Haar. Dann war es um sie herum wieder still. Es roch nach Feuchtigkeit und Laub. Sie bemerkte größere und kleinere Hundekothaufen und schmierige Spucke am Boden. Sie roch den alten beißenden Geruch der Braunkohle, der von Ost nach West, von West nach Ost über der Stadt waberte, und natürlich erkannte sie auch die Unfreundlichkeit und den nörgeligen Ton der Einheimischen wieder, der sich nicht entscheiden konnte, ob er beleidigend oder beleidigt klingen sollte. Diesmal blieb ihr keine Zeit, sich daran zu gewöhnen wie damals, denn in zwei Tagen würde sie schon wieder wegfahren. Es war zum Glück ein kurzer Besuch. Kein notwendiger Besuch. Sie verspürte keine Freude über dieses Wiedersehen, sondern Bedrückung und Kleinmut.

Lotte hatte Mereschkowskis schriftlicher Bitte, sie in Berlin zu treffen, nach langem Zögern zugestimmt. Würde sie morgen nicht erscheinen, nähme er es ihr übel. Er wusste, dass sie in Berlin war, sie hatte seine Einladung angenommen. Aber wenn sie nicht erschiene, konnte er ihr nichts anhaben. Sollte er ihr schriftlich Vorwürfe machen, würde sie die Briefe einfach ignorieren. Unwahrscheinlich, dass er sie anrief.

Doch ihre Neugierde, die neue Philharmonie zu sehen, war größer als die Scheu, ihren ehemaligen Lehrer zu treffen. Er hatte sie nicht zerstört. Sie musste es sich mehr als einmal vorsagen: Er hatte sie nicht zerstört. Sie lebte, und sie war – dank der Musik – manchmal beinahe glücklich. Er hatte ihren Glauben nicht zerstört.

Die Strafe für die Verbrechen war umfassend gewesen. Man hatte Berlin zerstört und viele waren dabei umgekommen. Man sprach von vierzigtausend Toten. Natürlich hatten viele, die es verdient hätten, tot zu sein, überlebt. Es ging ihnen gut. Sie lebten. Niemandem war anzusehen, welche Verbrechen er begangen hatte. Über den zusammengestauchten Häusern hatte man Dächer errichtet und gedeckt, klaffende Lücken gefüllt und neue Bäume gepflanzt, auf deren Blättern der Staub des vergangenen Sommers lag. Die Keller waren geräumt. Die Bewohner der Stadt, die von den einstürzenden Mauern begraben, erschlagen oder erdrückt worden waren, hatte man aus den Ruinen gezogen. Sie kannte die Geschichten.

Der Schutt war seit langem weggeräumt und im Grunewald zu einem Berg aufgeschüttet worden, auf dem die Amerikaner Abhöranlagen installiert hatten, mit deren Hilfe sie die militärischen Bewegungen des Feindes im Osten verfolgen konnten, darüber hatte sie in einer Illustrierten gelesen. Dieselben Menschen, die eben noch an den Sieg geglaubt hatten, den sie Endsieg nannten, hatten einen künstlichen Hügel errichtet, dem man eines Tages nicht mehr ansehen würde, dass er von Menschenhand gemacht war, vor allem nicht, dass er aus Trümmern bestand. Lotte versuchte zu verstehen, was das bedeutete, aber ihre Gedanken stockten. Der Mauerbau war ein Denkzettel nach der Zerstörung, den man sich drüben selbst verpasst hatte.

Sie hatte kaum mehr als zwei Kilometer zu Fuß auf dem Kurfürstendamm zurückgelegt. Ob die Menschen seit dem Krieg besser geworden waren? Vergnügt wirkten sie nicht. Auch nicht frei. Aber waren die, denen man täglich auf der Straße begegnete, je vergnügt gewesen, je frei? Besser?

Sie war seit 1942 nicht mehr in Berlin gewesen. Sie

hatte die Stadt, in der sie fünf Jahre lang an unterschiedlichen Orten – im Westen wie im Osten – gelebt hatte, 1940 verlassen und war danach nur noch zwei Mal zurückgekehrt, immer nur kurz und immer um zu arbeiten, einmal beim Kurzwellendienst, einmal in der Singakademie. Von den ersten schweren Luftangriffen 1943, denen die Hedwigs-Kathedrale zum Opfer fiel, hatte sie lediglich gehört und gelesen. Die Fotos der zerstörten Stadt hatten sich ihrem Gedächtnis als stetig breiter werdende Fläche aus losen Backsteinen eingeprägt, die sich nie mehr zu jenen Gebäuden zusammensetzen lassen würden, die sie einst gebildet hatten. Diese Fotos hatte sie allerdings erst nach dem Krieg zu Gesicht bekommen: Unbewohnte und unbewohnbare Behausungen mit aufgerissenen Fronten, die in der Luft hingen. Eines Tages würde sich eine Krähe oder ein Raubvogel auf eines der unbenutzten Möbelstücke setzen und das Haus vollends zum Einsturz bringen.

All das war weit von der beschaulichen Welt entfernt, in der Lotte jetzt lebte. Sie kannte das heutige Berlin von Fotos, aber die Wirklichkeit war trostloser, auch wenn die Trümmer weggeräumt waren: graue Fassaden, von denen der Stuck verschwunden war, Häuser, die verkürzt wirkten, weil die oberen Stockwerke fehlten, Straßen, die an Mauern und Wachtposten endeten, spanische Reiter und Stacheldraht und im Zwielicht aufflackernde menschenleere Geisterbahnhöfe, durch die S- und U-Bahnen fuhren, ohne zu halten. Das Glück, dem entkommen zu sein, machte die Enttäuschung nicht wett, die sie jetzt empfand. Sie ließ die vergilbten Gardinen ihres Hotelzimmers geschlossen.

Taxifahren war ein Luxus, den sie sich nur selten leistete. Ausnahmsweise hatte sie sich diesmal entschlossen, über ihren eigenen Schatten zu springen und beim Concierge einen Wagen bestellt. Sie würde, wenn ihr danach war, die Augen schließen, um nicht sehen zu müssen, was sie nicht sehen wollte. Das wäre im Bus weniger gut möglich. Im Übrigen wollte sie niemanden nach dem Weg und den Verkehrsmitteln fragen.

Das Hotel an der Meinekestraße hatte keinen Portier, und der Concierge machte keinerlei Anstalten, hinter der Rezeption hervorzukommen, um sie nach draußen zu begleiten, also öffnete sie den Wagenschlag des Taxis selbst. Der Fahrer bat sie einzusteigen; er selbst blieb sitzen. Der Rauch der glimmenden Zigarette, die in seinem Mundwinkel steckte, schlug ihr entgegen. Lotte bat ihn, sie zur Philharmonie zu fahren, was bei dem Mann unverzüglich einen Redeschwall auslöste, mit dem sie nicht gerechnet hatte. Er stellte Unmengen von Fragen und beantwortete die meisten selbst. Er wusste, was gespielt wurde (Beethovens Neunte), wer dirigierte (Karajan natürlich), wie man die Akustik getestet hatte (mit Pistolenschüssen), dass die äußere Hülle des Gebäudes nicht die endgültige war und dass seine Frau für ein späteres Konzert zwei Karten hatte (für sich und ihre beste Freundin). Lotte bat ihn, das Fenster herunterzukurbeln, denn sie brauchte frische Luft, und ließ ihn einfach reden. Er kam ihrem Wunsch nach, und nun versuchte sie vergeblich, die Fahrt im Taxi zu genießen, ohne sich anmerken zu lassen, dass sie immer wieder wie gebannt auf den Taxameter starrte. Wie immer, wenn sie die Hilfe Fremder in Anspruch nahm, fühlte sie sich beobachtet. Jedes Mal, wenn die Ziffern des Zählers klackend umschlugen, glaubte sie, ihr Herz schneller schlagen zu hören. Sie versuchte, langsam und ruhig zu atmen, doch sie entspannte sich nicht. Der Taxifahrer erging sich unterdessen in Vermutungen über die Gründe von Adenauers Rücktritt, der vor wenigen Stunden erfolgt war. Lotte, die sich nicht sonderlich für Politik interessierte, sagte:

»Wir hatten uns an ihn gewöhnt.«

»Was für ein Tag«, sagte der Fahrer, »unsere neue Philharmonie wird eröffnet und der Alte tritt zurück.«

»Ja, das ist was«, bemerkte Lotte abwesend.

Ihr war der Brief des unbekannten Verehrers eingefallen, den sie vor einer Woche erhalten hatte. Sie war entschlossen, ihm zu antworten, denn seine Worte waren angenehm. Unverkennbar hatte er sich um die richtigen Worte bemüht. Sie wirkten sorgsam gewählt. Lotte brauchte einen Menschen, dem sie sich öffnen konnte. Wer eignete sich besser als ein Unbekannter? Warum nicht dieser? Er schien gebildet zu sein und im richtigen Alter.

Nachträglich erschienen ihr die Stunden, die sie in der unüberschaubaren Menge der Premierengäste verbracht hatte, wie ein Traum, dessen Einzelheiten nach dem Erwachen erloschen waren; was danach davon noch aufflackerte, waren einzelne Gesichter, obertonreiches Gelächter, der Klang sich berührender Gläser, vor allem aber anhaltender Applaus und die ungewöhnliche Architektur des Foyers und des Saals. All das wirbelte jetzt durcheinander, allenfalls die Musik, die sie gehört hatte, war ihr noch gegenwärtig, und natürlich der zunächst schmächtig wirkende Mann, auf den sich die ganze Aufmerksamkeit konzentriert hatte, als er das Podium betrat, erst recht, als er den Taktstock hob und die Zuhörer augenblicklich verstummten und die Musiker ihren ersten Einsatz hatten. Jeder war sich der Bedeutung des Ereignisses bewusst.

Sie hatte Mereschkowski sofort erkannt, obwohl er stark gealtert war. Er hatte kaum noch Haare und die wenigen Strähnen, die ihm blieben, grotesk gefärbt.

3 Sommer

Stettler saß auf seinem Balkon. Hier war Platz für
zwei Stühle, einen kleinen Tisch und einen Topf mit
Efeu, dessen Wurzeln sich in den Putz krallten, das
Grün rankte an der Mauer hoch. Der Vorteil des
überdachten Balkons, der an eine schmale Kiste erinnerte, war seine Lage und die Aussicht, die sich
von hier aus bot. Stettler blickte mit etwas Abstand
auf die Altstadt, er verfolgte den Lauf des tiefgrünen
Flusses, der hinter den Häusern verschwand, er sah
den Münsterturm und in der Ferne die Berge. Wenn
Stettler auf dem Balkon saß – seit dem Tod der Mutter stets allein, denn er hatte keine Freunde, die er
hätte einladen wollen –, fühlte er sich abgeschirmt,
sicher und frei. Hier war er unsichtbar.

Wollte er ungestört sein, wendete er den Blick einfach ab oder schloss die Augen. Er las gerne Zeitung,
nur selten ein Buch. Churchills Memoiren hatte er
während Monaten gelesen.

Hier saß er auch gern, wenn er Musik hörte. Sie
erklang hinter der offenen Tür aus dem Radio, das
im Wohnzimmer stand, so leise, dass er die Nachbarn
nicht störte, doch so laut, dass er auch die leisen Töne
hören konnte.

Für nichts in der Welt hätte er tauschen und woanders wohnen wollen. Tags war es ruhig, nachts war es still, er schlief tief und fest.

Die Zeitung lag ungeöffnet auf dem Tisch, der Geruch der Druckerschwärze schlug ihm ätzend entgegen, seine Augen tränten. Er mochte den ungesunden Geruch.

Er entfaltete die Zeitung und begann zu lesen. Er las erst die Regionalseiten, dann das Inland, das Ausland und schließlich das Wetter, die Kultur hob er sich bis zum Schluss auf, die Wirtschaft überflog er, ignorierte sie jedoch nicht völlig, er las selektiv, unterschied, verglich, sortierte, er war bei der Lektüre genauso akribisch wie bei der Arbeit. Er hatte einen Blick für alles, für das Wichtige und Unwichtige. Selbst die Werbung überblätterte er nicht. Sie war Teil seines Lebens. Er kratzte sich verstohlen am Bauch, als könnte ihn jemand dabei beobachten. Seine Mutter hatte schamloses Verhalten nicht geduldet, sie nannte es indiskret. Sie war eine vornehme Frau gewesen, obwohl sie aus einfachen Verhältnissen stammte.

Musik hörte er freilich oft, ohne ihr wirklich zu folgen. Wenn er nur mit halbem Ohr dabei war und lediglich Klangfetzen an sein Ohr drangen, als erhaschte er von Worten nur einzelne Silben oder von Sätzen nur zusammenhanglose Wörter, ärgerte er sich über seine Unfähigkeit, sich angemessen zu konzentrieren. Es kam einem Verrat gleich, wenn die Musiker spielten, ohne dass man ihnen zuhörte, selbst dann, wenn Aufnahmen gesendet wurden, die vor Wochen, Monaten, wenn nicht vor Jahren entstanden waren. Es war, als ließe man sein Gegenüber reden und hörte ihm nicht zu.

Im Radio sagte eine männliche Stimme *Jeux d'eaux* von Maurice Ravel an, ein Werk für Klavier, das er schon zwei Mal gehört hatte und nun ein weiteres Mal hörte. Diesmal lenkte ihn nichts als die Musik selbst ab – auf die Musik hin, auf sie allein –, ein aufbegehrend verspielter, fast kindlicher Klangwirbel, der sommerlich helle Bilder von spuckenden und fallenden Wasserspeiern und einem großen muschelförmigen Marmorbecken mit aufgewühltem Wasser heraufbeschwor. Was die Pianistin – Lotte Zerbst – aus den Noten zauberte, verwandelte sich auf der Stelle in Bilder. Stettler glaubte, die Wassertropfen und Rinnsale, die den erhitzten Körper erfrischten, auf seiner Haut zu spüren, der Wind, der übers Wasser fuhr, kräuselte und glättete es. Die verschlungenen silbernen Läufe, das Flimmern und Leuchten der Töne zeichnete bewegte Wasserflächen, emporschießende und herabsackende Wasserfontänen und platzende Wasserblasen vor sein inneres Auge, bis sich das Wasser unter den Händen der unsichtbaren Pianistin wieder beruhigte. Was für ein sonderbares Wesen musste ein Mensch sein, der sich auf diese Weise ausdrücken konnte?

Er fasste den Entschluss, der Klavierspielerin zu schreiben. Er hatte es schon lange vor, denn er hatte sie schon oft im Radio gehört, doch hatte er die Idee jedes Mal fallenlassen. Diesmal würde er es tun.

Stettler war kein geübter Briefeschreiber, ihm fehlte die Routine, sich schriftlich zu äußern. Die wenigen Male, in denen er es doch getan hatte, ließen sich an zwei Händen abzählen.

Er hatte seiner Mutter einmal 1944 aus dem Aktivdienst geschrieben, ohne zu verraten, wo seine Kompanie stationiert war, denn so hatte man es den Soldaten eingeschärft, bei Zuwiderhandlung – die Briefe wurden geöffnet, gelesen und nötigenfalls zensiert – drohte Gefängnis. Er hatte vor dreißig Jahren die Bewerbung zuhanden des *Quatre Saisons* geschrieben, die ihn viel Mühe gekostet hatte, weil er inhaltlich, grammatikalisch und orthographisch unangreifbar formulieren musste. Er hatte einen einzigen Liebesbrief geschrieben, in dem er sich rückhaltlos offenbarte, es war, als hätte er sich dem Teufel ausgeliefert. Er hatte keinen Erfolg damit.

Von seiner Mutter hatte er keine Antwort auf seinen unerfreulich distanziert klingenden Brief erhalten, er hatte keine erwartet. Er hatte unverfänglich, wie man es von einem Soldaten erwartete, von Blumen und der guten Kameradschaft berichtet, die zwischen ihm und den anderen Soldaten herrschte (nicht von der drohenden Gefahr und dem zermürbenden Warten auf das Unbekannte); nicht anders, als die Kameraden es taten, die ihren Müttern, Verlobten oder Ehefrauen ebenfalls schrieben, wie

die hübschen Blumen blühten und wie der Kame-
radschaftsgeist sie alle zusammenschweißte. Das
Quatre Saisons hatte ihn aufgrund seines Gesuchs
umgehend zu einem Bewerbungsgespräch geladen,
das ohne Umstände zu seiner Festanstellung führte;
sie erfolgte nach einer Probezeit von drei Monaten
(Bickel war mit ihm zufrieden, auch wenn er es ihm
nicht zeigte); er war sogar dem alten Schuster vorgestellt worden, der ihn beifällig gemustert hatte,
bevor er bedächtig nickte, was als Zustimmung verstanden wurde. Nur das Mädchen, in das er so verliebt gewesen war, dass er sich dazu hatte hinreißen
lassen, ihr einen überschwänglichen Liebesbrief zu
schreiben, war ihm eine Antwort schuldig geblieben; selbst auf eine abschlägige Erwiderung wartete er bis heute; natürlich wartete er nicht wirklich,
längst nicht mehr, das alles war zu lange her, das
Bild des jungen Mädchens, das er als alte Frau heute
vermutlich nicht wiedererkannt hätte, war allmählich verwischt, wofür er nicht undankbar war. Sie
hatte seinen Brief, in dem er ihr in enthusiastischen
Worten – Worten, die er nie zuvor und nie danach
in den Mund genommen oder zu Papier gebracht
hatte – seine grenzenlose Liebe gestanden hatte,
entweder ignoriert oder einfach nicht ernst genommen, vielleicht nicht einmal richtig beachtet. Vielleicht einfach ungelesen zerknüllt und in den Mülleimer geworfen. Er wusste um die Macht der Worte,
vor allem aber um ihre Ohnmacht. Er blickte zum

Münsterturm, auf dessen Spitze zwei Krähen saßen, regungslos wie aus Stein.

Stettler dachte über das Licht nach, das er verwenden würde, um die mit Dutzenden von Teppichen ausgestatteten Schaufenster auszuleuchten, die den Stoffen, Decken und Kissen dieses Herbstes als Hintergrund dienen würden. Da das *Quatre Saisons* selbst keine Teppiche im Sortiment führte, hatte man mit dem größten Teppichhaus der Stadt kooperiert, um ein reichhaltiges Angebot an Farben präsentieren zu können. Alle Arten von Leuchten aus der Lampenabteilung würden dem Ganzen eine realistische Note verleihen und die Objekte zugleich so effektvoll wie möglich beleuchten. Stettler würde die Teppiche dort anbringen, wo man sie außer im Orient für gewöhnlich nicht aufbewahrte, an Wänden und Decken. Diese Anordnung sollte ein Gefühl der Wärme und Geborgenheit vermitteln, die die Passanten auf den bevorstehenden Winter einstimmte.

Der Abend begann zu dämmern. Sein rechter Arm war taub. Er war wohl eingeschlafen. Er würde, wie immer, allein zu Abend essen.

Als er sich eine halbe Stunde später ins Zimmer seiner Mutter setzte – er hatte inzwischen gegessen –, war es draußen schon dunkel.

Der Raum war unverändert geblieben, nachdem sie gestorben war. Er setzte sich an den Sekretär, der ihr immer das liebste Möbel gewesen war, an dem sie oft stundenlang verharrt hatte, und klappte die

Schreibplatte herunter. Er nahm ein Blatt Papier und einen Stift und skizzierte die ersten Sätze seines Briefes an die

Sehr geehrte und geschätzte Frau Zerbst
Es ist mir ein seit langem in mir keimendes Be
dürfnis, Ihnen mit meinen unzulänglichen und
ungehobelten Worten zu sagen, wie sehr ich
Sie bewundere. Ja, ich bewundere Sie, wie ich
niemanden sonst bewundere. Ich bewundere
Ihre Kunst des Anschlags und des Ausdrucks,
ich bewundere die Fülle an Klangfarben und
nicht zuletzt Ihre eindrucksvolle Technik. Ich
bin natürlich, wie Sie bemerkt haben werden,
ein blutiger Laie und spreche als ein solcher, ich
hoffe dennoch, dass Ihnen meine Worte nicht wie
billige Komplimente erscheinen, was sie nicht sind.
Mögen Sie aus ihnen heraushören, wie groß mein
Bedürfnis ist, mich Ihnen mitzuteilen, wie ich es
hiermit getan habe. Ich hoffe, Sie werden meine
Verwegenheit großzügig entschuldigen und als
Zeichen meiner großen Wertschätzung nehmen
und nicht für eine Torheit halten. Keine andere
Frau hat mich je derart beeindruckt. Ich bin froh,
seit Jahren Ihrem wunderbaren Spiel lauschen zu
dürfen.

Als Stettler den Brief am nächsten Tag noch einmal und weitere Male las, war den Zeilen, wie er fand, nichts mehr von der Mühe anzumerken, die sie ihn gekostet hatten. Natürlich ging er davon aus, dass sie täglich Verehrerpost erhielt, schließlich stand sie in einem Maß im Mittelpunkt der Öffentlichkeit wie höchstens eine berühmte Schauspielerin oder Sängerin, doch auch nach wiederholter Lektüre hielt er an dem Entschluss fest. Er schrieb den Brief mit der Füllfeder ins Reine und warf ihn am nächsten Morgen in den Briefkasten. Nun blieb ihm nichts übrig, als zu warten.

Bei der Durchsicht des Briefs hatte er Stolz verspürt. Vielleicht war es ein Fehler gewesen, in den letzten Jahren nicht öfter Briefe zu schreiben. Gleichgültig, ob sie einem schwer oder leicht in die Feder flossen, bildeten sie doch etwas Bleibendes. Man konnte anderen damit eine Freude oder Verdruss bereiten. Doch die Schmach, deren Opfer er geworden war, hatte ihn jahrelang vom Briefeschreiben abgehalten. Natürlich dachte er jetzt wieder an Gerda, die junge Frau, die ihn durch ihr beharrliches Schweigen so verletzt hatte. Er wusste nicht, was aus ihr geworden war. Ob sie noch in der Stadt lebte? Gewiss hatte sie geheiratet und Kinder in die Welt gesetzt, Frauen wie sie blieben nicht ledig und wurden glücklich, Männer wie er – er verlor den Faden dieses Gedankens.

Nachdem er den Brief ins Reine geschrieben, ein allerletztes Mal gelesen und schließlich unterzeichnet hatte, steckte er ihn in ein Büttenkuvert, das er unter den Sachen seiner Mutter gefunden hatte, und adressierte es an den *Süddeutschen Sender*, wo Lotte Zerbst stets als »unsere Radiopianistin« angekündigt wurde. Die Ansager schienen ein geradezu familiäres Verhältnis zu ihr zu haben und sprachen Stellung und Namen – »unsere Hauspianistin Lotte Zerbst« – wie den einer Schwester oder nahen Verwandten aus. Vermutlich begegneten sich Sprecher und Pianistin auf den Fluren des Studios, die Stettler sich dunkel, weltabgeschieden und verschwiegen vorstellte; Außengeräusche drangen keine herein, alles war schalldicht. Natürlich vergaß er nicht, auf der Rückseite des Umschlags seine eigene Adresse in Blockschrift zu schreiben. Seine Schrift war klar und leserlich. Die Mutter, die sich selten wiederholt hatte, behauptete immer, er schreibe wie ein Architekt.

Er versuchte sich ein Bild von ihr zu machen. Sie musste jünger sein als er. Er selbst ging auf die sechzig zu, bis zur Rente blieben ihm fünf Jahre. Obwohl er seine Arbeit liebte, würde er keinen Tag länger bleiben, außer man bäte ihn eindringlich darum, aber damit rechnete er nicht.

Die Herkunft ihres Namens konnte er keiner Gegend zuordnen.

In der Hoffnung, auf eine Fotografie von ihr zu stoßen, hatte er in der Musikabteilung des *Quatre Saisons* nach Schallplattenaufnahmen gefragt, aber Albert, der Verkäufer, wurde nicht fündig. »Lotte Zerbst?« Lotte Zerbst war ihm kein Begriff. Albert weigerte sich strikt, Radio zu hören. Er hörte nur Platten. Es gab keine Platten von ihr. Stettler glaubte in Alberts Ton eine unterschwellige Geringschätzung herauszuhören, als müsse man Künstler, die keine Schallplattenaufnahmen vorzuweisen hatten, nicht kennen.

Stettler hatte eine ziemlich genaue Vorstellung davon, wie sie sich kleidete: unauffällig, nicht zu elegant, bequem im Alltag, eher in Grau als in Schwarz, selten in Weiß, außer Blusen natürlich, als Schmuck bestenfalls dezente Broschen. Bei Konzerten gediegene Roben, Halsausschnitte, keine Dekolletés, Perlenkette. Flache Schuhe.

Er hatte die Überlegung, sie in seinem Brief um eine Künstlerautogrammkarte zu bitten, sofort verworfen. Was wenn sie keine besaß?

Ein schmales Gesicht, eine kleine Nase, leuchtende Augen. Ein etwas strenger Mittelscheitel. Schöne, kühle Füße.

Den Süden Deutschlands kannte Stettler so wenig wie den Norden. Sie lebte zweifellos im Süden.

In der Mitte eines Landes zu leben wie er, bedeutete, mit den Grenzen nicht in Berührung zu kommen. Während des Kriegs, als er direkt an der Grenze mobilisiert war, hielt man auf größtmögliche Distanz mit den Nachbarn. Man gelangte nicht zu ihnen – und sie nicht hierher. Anders als früher waren sie nicht Fremde, sondern Feinde geworden.

Heute durfte man sich sicher fühlen. Das Fremde bekamen nur jene zu sehen, die die Heimat verließen.

Er tat es nicht, er war hier zufrieden. Er begnügte sich mit den Bergen und Seen des Landes, in dem er aufgewachsen war, es war groß genug. Er war glücklich, nicht durch Länder reisen zu müssen, in denen er nicht nach dem Weg fragen konnte. Er konnte recht gut Französisch, Englisch war ihm ganz fremd.

Obwohl nichts dagegensprach, dass Lotte Zerbst verheiratet war, schien es ihm wahrscheinlicher, dass sie ledig – und infolgedessen kinderlos – war. Dass eine Schar Kinder um ihr Klavier herumtollte, während sie übte, schien ihm unwahrscheinlich.

Doch war es nicht möglich, irgendetwas über sie in Erfahrung zu bringen, solange sie nicht antwortete; würde sie antworten? Sein Brief war eine Verneigung vor ihrer künstlerischen Kompetenz, eine Huldigung, der Gruß eines unbekannten Verehrers, es gab keinen Grund, ihn zu beantworten. Es gab aber auch keinen Grund, ihn unbeantwortet zu lassen.

Eine Woche später erhielt er einen Brief in einem länglichen Umschlag. Die Pianistin bedankte sich herzlich, nicht überschwänglich, aber auch nicht distanziert, sie schrieb, dass es nicht selbstverständlich sei, mit so fachkundigen Worten geehrt zu werden, sie habe sich darüber gefreut und hoffe, dass sie auch weiter den hohen Ansprüchen genügen könne, wie er sie zu Recht an eine Künstlerin wie sie stelle. *Das ist eine tägliche, aber schöne Herausforderung,* schrieb sie, als würden sie sich schon lange kennen.

Stettler war überwältigt. Ihm wurde klar, dass er nicht damit gerechnet hatte, je eine Antwort zu erhalten, und schon gar nicht so persönliche Zeilen. Er setzte sich auf den Balkon und las den Brief ein zweites Mal, und noch während seine Augen über das Papier flogen, bildeten sich Sätze, die er ihr schreiben würde, obwohl ihr Brief keine direkte Aufforderung zu einer Antwort enthielt. Zum ersten Mal seit vielen Jahren hatte er in der folgenden Nacht einen unruhigen Schlaf.

4 Sommer

Sergei Mereschkowskis Name war ihr bekannt gewesen, seitdem sie am Klavier saß, obwohl er seine Karriere bereits abgebrochen hatte, als sie zehn war. Wer Klavier spielte, kannte Mereschkowski, dem es nach der Oktoberrevolution gelungen war, nach Berlin zu fliehen, ein schmächtiger Mann mit hitzig flammenden, dunkel umrandeten Augen, der außer von seiner Mutter von niemand anderem als von Josef Hofmann, Anton Rubinsteins einzigem Schüler, unterrichtet worden war. Sein Klavierspiel, hieß es, sei weit mehr als eine Reminiszenz an die Größe von Rubinsteins Schatten, der stets über ihm schwebte. Sein Spiel war einzigartig, alles schien aus dem Moment geboren, jede Note von dem erschaffen, der da saß und *wütete,* wie gewisse Kritiker schrieben, die seine freien Auslegungen der vorgetragenen Werke als arrogante, eigenmächtige Eingriffe in die Vorgaben der Komponisten bezeichneten, die mit deren Intentionen wenig zu tun hatten.

Über die Gründe des viel zu frühen Rückzugs von den Konzertpodien zu Beginn der zwanziger Jahre war viel spekuliert worden, zahllose Gerüchte machten noch lange die Runde, es war die Rede von einer katalanischen oder kastilischen Gräfin, der er verfallen war und die ihn vor die Wahl gestellt hatte, entweder das Klavierspiel vor Publikum aufzugeben oder die Hoffnung fahren zu lassen, jemals von ihr erhört zu werden. Andere Legenden handelten von einem geheimnisvollen körperlichen oder seelischen Leiden, das ihn zum Rückzug aus der Öffentlichkeit gezwungen habe. Mehrfach war er, wie man sich erzählte, während seiner oft bis zu vier Stunden dauernden Monsterkonzerte in Ohnmacht gefallen (»zu wenig Rubato und zu viel Ritardando«, lästerten die einen, er habe zu viel »salade à la russe« verschlungen, spotteten die anderen, denen die diversen Zutaten von niederländischen Virginalisten über Beethoven bis Tschaikowski sauer aufstießen), also schloss man wahlweise auf Epilepsie, Lungenschwindsucht und Syphilis, statt einfach die naheliegende Überforderung dafür verantwortlich zu machen. Schon der von ähnlich titanischem Ehrgeiz getriebene Rubinstein war deren Opfer geworden. Lange gab man sich der Hoffnung hin, er würde – wie andere vor ihm und nach ihm – eines Tages auf die Bühne zurückkehren, aber er blieb ihr für immer fern. Dem Vergessen fiel er dennoch nicht anheim.

Geld schien keine Rolle zu spielen, Mereschkowski besaß es offenbar im Überfluss – und galt als ausgesprochen geizig. Er führte ein feudales, aber zurückgezogenes Leben mit ständig wechselnden, ständig verängstigt wirkenden Angestellten, ein Leben, in dem allem Anschein nach eine Gräfin keine Rolle spielte; dass er krank oder geistig zerrüttet sei, war auch nicht zu erkennen. Im Lauf der dreißiger Jahre nahm er stark an Gewicht zu – er war schon als Kind etwas pummelig gewesen – und verlor einen Teil seines wilden heroischen Haars, von dem nun nur die Fotos zeugten, die verschwenderisch über den großen Salon verteilt waren, in dessen Mitte der Flügel stand. Durchschnittlich oder gewöhnlich wirkte er jedoch nicht. Er blieb unverwechselbar. Schlenderte er mit ausgreifendem Spazierstock, zitronengelbem Schal und dunklem Schlapphut durch Charlottenburg, konnte er mit ungeteilter Aufmerksamkeit rechnen, man drehte sich immer nach ihm um. Wer ihn nicht kannte, mochte ihn für einen Tenor oder Schauspieler halten. Heerscharen junger Pianisten, so erzählte man sich, pilgerten zu ihm, um sich von ihm unterrichten zu lassen oder seinen Rat einzuholen; die meisten wurden schon nach wenigen Takten abgelehnt. Er galt als schwierig, teuer und launisch – und als dezidierter Feind klavierspielender Frauen; das Übel habe mit Clara Schumann begonnen und sich in den Haushalten wohlhabender Bürger zur weiblichen Sintflut vermehrt, und man wisse nicht, wo das enden werde, pflegte er zu sagen.

Schweren Herzens hatte Lotte die Eltern und Brüder in Bamberg zurückgelassen, um auf Empfehlung ihres Lehrers nach Berlin zu fahren, von einer weltabgeschiedenen Kleinstadt, in der sie jeden Winkel kannte, in die unbekannte Großstadt, in der ihr alles fremd war; von einer Landschaft, in der sich eine Stadt verbarg, in eine Stadt, die unmerklich ins flache Land überging. Eines Tages hatte ihr der Lehrer erklärt, sein Teil der Arbeit sei beendet, sie bräuchte einen wahren Meister, der sie über die Technik hinaus all jene Dinge lehre, die er ihr nicht beibringen könne. Er hatte Mereschkowski ins Spiel gebracht. Er hatte als Erstes dessen Namen genannt.

Sie kam zunächst als Untermieterin einer auf ihren herausragenden moralischen und klassenmäßigen Stand als untadelige Ehefrau pochenden Offizierswitwe niederen Adels in einer weiträumigen Wohnung in der Nähe des Kurfürstendamms unter, über deren wirklichen Umfang sie sich so wenig klar wurde wie über die Aufteilung der Räume, deren Anzahl sie auf mindestens acht schätzte. Sie kannte lediglich die Diele, das Berliner Zimmer mit Blick auf einen dunklen Hinterhof, das Bad und ihr eigenes Zimmer mit einem Klavier zur Benutzung während genau geregelter Zeiten. Da kein Essen serviert wurde, kannte sie auch nicht alle Bewohner, sie wusste nicht einmal, wie viele es waren. Das Speisezimmer und die Küche, in dem die hochgewachsene Witwe, die mit viel Geschick einen Klumpfuß verbarg, ihre Essen allein, lediglich von einem Kanarienvogel beobachtet, einnahm, blieben geschlossen. »Ich habe noch nie Essen serviert«, hatte die Pensionsbesitzerin Lotte am Ende des Vorstellungsgesprächs zu verstehen gegeben. »Ich bin weder Dienstmädchen noch Köchin, das Zimmer halten Sie selbst rein.« Im Grunde hätte man ihre Pension auch als gediegenes Nachtasyl bezeichnen können. Ein Asyl für Männer und Frauen, wobei sich Lotte fragte, wer wohl die Zimmer der Herren sauber hielt. Freifrau von Moll, wie sie genannt werden wollte, obwohl sie den Titel durch die Heirat mit einem Bürgerlichen namens Wetzloff verloren hatte, jedenfalls nicht.

Lotte stand früh auf, um den anderen Untermietern nicht begegnen zu müssen, doch ließen sich solche Zusammentreffen nicht immer vermeiden. Wirkte die Wohnung sonst riesig, schrumpfte sie zu einem überschaubaren Ort zusammen, sobald das Badezimmer besetzt war. Nachts lag Lotte oft wach und horchte, ob sie Schritte auf dem Flur hörte, bevor sie das Bad aufsuchte. Kaum etwas war ihr unangenehmer – und leider nicht immer zu vermeiden –, als einem der anderen Pensionsgäste nachts auf dem dunklen Flur oder gar vor der Toilettentür zu begegnen, stets klopfte sie drei Mal, bevor sie die Klinke hinunterdrückte. Einmal war sie, wie sie sich noch nach Jahrzehnten erinnerte, einem hageren alten Mann in einem dünnen weißen Nachthemd begegnet, der eine Kerze in der Hand hielt, die sein bläulich schimmerndes, mit Schweiß bedecktes Gesicht in geisterhaftes Licht tauchte. Sie war ihm nie zuvor begegnet und begegnete ihm nie mehr danach. Im Traum jedoch erschien er ihr noch jahrelang.

Wie sehr Sergei Mereschkowski klavierspielende

Frauen verachtete, wusste sie zum Glück nicht, als sie bei ihm vorsprach, doch er ließ es sie spüren. Der Kampf zwischen Anerkennung (oder zumindest Billigung) und Widerwillen spiegelte sich in seiner Mimik und äußerte sich in seiner ganzen Körperhaltung. Er saß weit zurückgelehnt, den Kopf tief ins Polster gedrückt im bordeauxroten Voltaire, den er wie eine überlebensgroße Dogge besetzte, die ihre Beute, den Bechstein, bewachte, den er selbst nie berührte (er spielte seinen Schülern niemals etwas vor). Das fleischige Gesicht, aus dem alle Jugendlichkeit gewichen war, schien in den Falten zu versinken, die sich an den Außenkanten seines Schädels und auf dem steifen weißen Kragen bildeten.

Der bedeutende Russe bat sie, ihm Ausschnitte aus Tschaikowskis G-Dur-Sonate und Mendelssohns Fantasie fis-Moll vorzuspielen, zwei Stücke, die sie gut genug beherrschte, um sie in ihrem Bewerbungsbrief aufgezählt zu haben. Unverzüglich stürzte sie sich in das Abenteuer.

Mereschkowski lehnte sich zurück und wirkte gepeinigt, es fehlte nicht viel, und Lotte hätte ihr Vorspiel abgebrochen. Doch ihr starker Wille und die Frau, die hinter dem Russen stand und ihr aufmunternd zunickte, hielten sie davon ab, vorzeitig aufzugeben.

Nachdem Mereschkowski sie noch um »einen langsamen Mozart« gebeten und sie daraufhin etwa die Hälfte der f-Moll-Fantasie gespielt hatte, klopfte er unvermittelt und ungehalten mit dem Stock, dessen Knauf er mit der Linken umklammerte, mehrmals auf das an dieser Stelle geschundene Parkett, und Lotte brach ab, wie er es offenbar wünschte. Erst jetzt ließ er den Fisch von der Angel: »Ich mag keine klavierspielenden Frauen. Ich sage nicht, dass ich sie hasse«, sagte er mit sich fast überschlagender, gepresster Stimme. Ich bin jedoch der festen Überzeugung, sie sind überflüssig« – er betonte jedes Wort – »ein Fehlgriff im Plan der Natur, wenn wir denn hier von einem Plan und der Natur überhaupt sprechen wollen, wo alles Kunst sein muss. Keine Pianistin ist ihren männlichen Konkurrenten gewachsen, keine, ausgenommen vielleicht Clara Wieck. Vielleicht! Womöglich ein Missverständnis in einem anderen Jahrhundert, in dem man den Frauen noch zu Füßen lag, kaum legten sie ihre Finger irgendwo hin und sei's auf die Tasten eines Harmoniums, ein Jahrhundert, in dem wir uns nicht auskennen. Wir haben Clara Wieck nie spielen hören. Wie spielte sie? Wir wissen es nicht. Nicht den Funken einer Ahnung haben wir. Auch die Schallplatte würde uns nicht weiterhelfen, wenn es sie damals gegeben hätte. Keine Russin spielte je öffentlich Klavier. Es gibt keine russischen Pianistinnen. Zu viel Gefühl steht der Kunst immer im Weg. Können Sie auch sticken? Die Hände zu etwas anderem gebrauchen als zum Klavierspielen? Kochen? Einen Haushalt führen? Einen Mann glücklich machen? Das hoffe ich für Sie. Ich hoffe es sehr. Denn Ihre Zukunft steht in den Sternen.«

Er sprach mit starkem Akzent und punktierte einzelne Silben durch merkwürdige Schnalzgeräusche, die nicht von der Zunge erzeugt wurden, sondern im Rachenraum entstanden. Seine Stimme war hart und spitz und ziemlich hoch für seinen Körperumfang, als drücke der dicke Hals die Stimme nach oben; er räusperte sich immer wieder, als wollte er sich Erleichterung verschaffen, jedoch vergeblich. Lotte war unwohl in ihrer Haut wie nie zuvor und fast erleichtert, als er sagte: »Sie brauchen nicht zu antworten. Sie haben die Fragen selbst gestellt. Sie spielen. Noch einmal von vorn.«

Sie stand am Klavier wie an einem offenen Grab, atmete die stickige Luft – alle Fenster waren geschlossen, es war Mai, draußen war es warm –, ließ die ausufernden Invektiven über sich ergehen, wusste nichts zu erwidern und setzte sich schließlich wieder ans Klavier. Was sonst konnte sie tun? Sie atmete die feuchte Erde des eingeebneten Grabes ein und widerstand der Versuchung, wegzulaufen. Sie hatte nicht sofort begriffen, dass er ihr Talent nicht grundsätzlich in Frage stellte.

»Noch einmal von vorn.«

Sie kam von da an zweimal wöchentlich.

Sergei Mereschkowski forderte absolute Pünktlichkeit. Das kostete sie keine Anstrengung, sie war

Pünktlichkeit gewohnt, sie gehörte zu einem ordentlichen Leben. Ohne Ordnung konnte auch sie nicht leben. Ihr Zimmer war ebenso aufgeräumt wie ihr Leben. Es gab nichts, was vom geraden Weg abwich. Täglich saß sie am Klavier in ihrem Zimmer und übte. Ihre Erfahrungen beschränkten sich auf ihre Zeit am Klavier, auf ihr pianistisches Wissen, Fingersatz und Pedalgebrauch, die Stunden, in denen sie unbeobachtet war und Gedanken nachhing, die sich nicht festhalten ließen. Die einzige Gewissheit waren die Noten auf dem Papier, das vor ihr lag.

Sie erinnerte sich an keinen einzigen Einwand, an nichts, obwohl es unendlich viele Einwände gegen ihr Spiel gegeben haben musste. Sie führte keinen inneren Dialog mit ihrem Lehrer, nicht über die Noten, nicht über die Interpretation.

In der Erinnerung war alles zu einem Brei verdickt, durch den kein Weg zurückführte, es gab einzelne Bilder und unklare Empfindungen, kaum Worte, die etwas erklärten. Sie saß immer am Klavier, übte und spielte, als wäre die Wiederholung, das immer Gleiche, die wichtigste Aufgabe des Musikers. An den Klavierhocker gefesselt, die Augen nach vorn gerichtet, wendete sie sich nie zu ihrem Meister um. Sie hörte ihn atmen, klopfen und fordern. Er schnaufte, unterbrach sie und redete in langen Sätzen, die einer aufsteigenden Linie folgten. Er schien keinen Augenblick abwesend oder abgelenkt zu sein. Er war aufmerksam wie ein Aufseher.

Nach einer Woche waren sie allein. Die Frau, die sie zunächst für die »Dame des Hauses« gehalten hatte – was auch immer das heißen mochte –, ließ sich nicht mehr blicken. Vielleicht war sie in die Sommerfrische an die See gefahren. Mereschkowski erwähnte sie nicht, und Lotte kam es nicht einmal in den Sinn, sich nach ihr zu erkundigen. Ihr Verhältnis war alles andere als freundschaftlich oder persönlich, Lotte war ein Gast in einer fremden Wohnung, allenfalls der große Bechstein war ihr nah.

Sie sah die Frau nie wieder. Sie erfuhr nicht, wie sie hieß, ob sie Deutsche war oder Russin. Mereschkowski erwähnte sie nie. Stets hatte sie schwarze Handschuhe getragen.

Lotte blieb nie länger als zwei Stunden. Pausen wurden ihr nicht zugestanden, sie brauchte keine. Erholen könne sie sich zu Hause, hatte Mereschkowski während ihres ersten Besuchs verkündet, und daran hielt sie sich. Das hier sei Arbeit. Zwei Stunden in seiner Gegenwart zu verbringen, war kein Vergnügen, aber es kostete sie keine Mühe, durchzustehen. Jede Minute war eine Bereicherung, ein Baustein auf dem Weg zum Ziel. Dazu war sie Schülerin, dazu war er Lehrer.

Niemals wurden die Fenster geöffnet. Was Mereschkowski unter frischer Luft verstand, erzeugten die *Papiers d'Arménie,* die er großzügig in Qualm aufgehen ließ. Dem Besucher schlug stets der süße, erdrückende Geruch nach *rose* entgegen. Auch Ende Juni, als es für die Jahreszeit außergewöhnlich schwül war und schon der geringste Durchzug Erleichterung verschafft hätte, blieben die Fenster geschlossen. Nachdem sie beim Betreten der Wohnung ihren Widerwillen überwunden hatte, gewöhnte sie sich fast daran. Sie trug möglichst leichte Sachen.

Mereschkowski saß in dicken schwarzen Samt gehüllt in seinem roten Sessel und verzichtete auf das Natürliche. Das Natürliche sei nicht, was der Mensch geschaffen habe, proklamierte er, »der Mensch hat den Krieg und die Musik geschaffen, die Kunst, das Geld und die Intrige, den Schäferhund, das Auto und das Theater, den Pianisten und den Dirigenten. Die Natur schafft es höchstens, dies alles zu vernichten.«

Eines Tages war Mereschkowski, der bislang wie festgebunden in seiner Polsterfestung gesessen hatte, aus dem Fauteuil aufgestanden, als sie gerade fortissimo spielte (Beethovens Waldsteinsonate). Es kam so unerwartet, dass sie zusammenzuckte, als sie ihn plötzlich hinter sich spürte. Ihr war, als habe sich die Dogge auf die Hinterbeine gestellt und ihre Pranken auf ihre Schultern gelegt, sie spürte seinen Atem im Nacken, die Hände schwer wie Scheite.

Verwirrt spielte sie weiter, doch dann verlor sie plötzlich den Faden und musste improvisieren. Ihre Finger wurden steif. Mereschkowski schien es zu überhören, jedenfalls verlor er kein Wort darüber. Er war stumm. Das Gefühl, erwachsen zu sein, das sich in den ersten Tagen in Berlin ein wenig gefestigt

hatte, verflüchtigte sich mit einem Schlag. Lotte ver-
kümmerte zum Mädchen aus der Provinz, das nicht
wusste, wie es sich verhalten sollte. Der Zeigefinger
ihrer rechten Hand rutschte ab. Ihre Fingerkuppen
waren nass. Die Finger hafteten nicht auf der Kla-
viatur. Lotte versuchte, sich zu konzentrieren, und
fing sich tatsächlich. Seine Finger bahnten sich über
die Schulter einen Weg zu ihrer Brust. Sie schrie auf,
als er ihre Brustwarzen berührte. Beethoven war ihr
kein Halt. Das Klavier nur eine Tastatur.

Er sagte: »Presto«, obwohl sie sich an diese Tempo-
angabe in den Noten nicht erinnerte.

Und plötzlich brannte sein Atem auf ihrer Haut
als striche man mit einem glühenden Docht darüber.
Sie spürte einen feuchten Kuss auf ihrem Nacken. Sie
hörte auf zu spielen, legte ihre Hände in den Schoss
und ließ alles mit sich geschehen. Zum ersten Mal berührte sie ein Mann, der nicht ihr Vater war.

Sich zu wehren, war aussichtslos, sie leistete keinen Widerstand. Sie wurde – nicht in diesem furcht-
baren Augenblick, erst später – gewahr, dass sie bis
dahin vom Leben nichts anderes erwartet hatte, als
eine anerkannte Pianistin zu werden. Sie war neunzehn. Sie hatte bislang kaum je einen Gedanken an
ihre Zukunft als Frau verschwendet. Mereschkowski packte sie an der Schulter und an den Haaren und
drehte sie zu sich um; man hatte ihr manchmal vom
Krieg erzählt; später hörte sie von Frauen, die nicht
durch Gewehre, sondern durch die schiere Präsenz

von Männern verletzt worden waren; ein Überraschungsangriff. Durch Präsenz, Gewalt, Gewalttätigkeit und Sex, Worte, die ihr damals noch fremd waren.

Er drückte seine Lippen auf ihren Mund und presste die schwere Zunge zwischen ihre schmalen Lippen, so rücksichtslos, dass sie fürchtete, ihre Mundwinkel würden reißen und ihre Zähne nicht standhalten. Und wieder dachte sie an die Dogge, an die Hundeschnauze und die riesige Zunge und unwillkürlich an das Geschlechtsteil eines Hundes. Sie glaubte zu ersticken, denn die Zunge füllte den ganzen Mund bis in den hintersten Winkel, sie schwamm in Speichel, der nach Rost und Eisen schmeckte. Sie war zwar ahnungslos, wusste aber, dass das nicht alles war, dass noch etwas folgen würde. Es folgte die Abrechnung.

Seine Forderung war der Verlust ihrer Unschuld. Sie war zu haben, er nahm sie. Sie konnte sich nicht wehren. Dass sie auch ihr Talent verlieren würde, befürchtete sie nicht, es war stärker als Mereschkowskis physische Gewalt. Was blieb ihr übrig, als Mereschkowski nachzugeben und gewähren zu lassen, wer war sie, sein Richter zu sein? Sie bemerkte ein merkwürdiges Summen. Die ersten vier Triolen der Mondscheinsonate. *Adagio sostenuto. ppp.* Er brummte leise vor sich hin, als wäre er allein auf dem Podium. Schlecht intoniert, aber erkennbar. Es war sonst nicht seine Art, sich musikalisch bemerkbar zu machen, zu singen oder zu summen. Es war, als hätte sie sich in sein Klavier verwandelt, auf dem er sonst in ihrer Gegenwart nicht spielte.

Was danach geschah – und während der Jahre, die sie in Berlin lebte, noch viele Male geschehen würde –, versuchte sie zu *verdrängen,* wie man neuerdings sagte, sobald es vorbei war; sie legte den Mantel des Vergessens darüber. Dieser erwies sich jedoch als löcherig. Je älter sie wurde, desto weniger wollte ihr das Vergessen gelingen, immer näher schien ihr das Entfernte, dennoch schaffte sie es, die Erinnerung auf Distanz zu halten.

Sie hatte bislang nichts anderes als tiefsten Respekt vor Mereschkowskis Können und Wissen empfunden. Sie war so weit gegangen, ihn als Genie zu bezeichnen, auch wenn sie ihn nie hatte spielen hören. Er hatte ihren Kopf festgehalten und etwas Hartes, Gaumiges in ihren Mund geschoben, etwas von dem sie bis zu diesem Augenblick nicht viel mehr gewusst hatte, als dass es Männern zum Urinieren und zur Fortpflanzung diente. Sie leistete keinen Widerstand. Sie fragte sich später, wie sie diese Knebelung überstanden hatte, ohne in Ohnmacht zu fallen. Vielleicht hatte er etwas von seiner Entschlossenheit auf sie übertragen. Sie roch ihn. Sie roch seinen Schweiß und etwas, wonach, wie sie sich sagte, wohl nur Männer rochen. Dass sie sich später übergeben musste, hörte er nicht. Er war vermutlich zu benommen. Als sie von der Toilette zurückkam, lag er zusammengesunken im Sessel und schlief.

Sie wachte nie neben ihm auf. Sie lagen niemals gemeinsam in einem Bett. Nie gab sie ihre Wachsamkeit auf. Im Gegensatz zu Mereschkowski ließ sie sich in seiner Gegenwart nicht gehen. Er duzte sie. Sie beherrschte sich, wie sie später das Lampenfieber meisterte, das sie bedrohte, bevor sie auf eine Bühne trat. Obwohl sie ihn nicht liebte, verlor sie den Respekt vor ihm als Künstler nicht, als besäße er zwei Seelen, eine menschliche und eine tierische, die eine konnte sie achten, während sie die andere so sehr verachtete, dass aus ihrem Lehrer zwei Personen wurden, ein Mann und ein Künstler. Sie erduldete seine intimen Annäherungen von da an jeweils während der an Montag- und Donnerstagnachmittagen stattfindenden Unterrichtsstunden. Keine fiel je aus, auch nicht als er ihr erzählte, seine Mutter sei in Russland gestorben.

Der schwarze Flügel war stets in allernächster Nähe. Sie gewöhnte sich daran, die Präsenz des Flügels als Schutzmacht zu betrachten, die das Schlimmste, das noch passieren konnte, verhindern würde (sie machte sich keine Vorstellung davon, was schlimmer sein könnte als das, was sie bereits kannte, blieb aber auf der Hut vor unangenehmen Überraschungen). Mereschkowski verlängerte die Unterrichtsstunden jeweils pünktlich um die Minuten, die ihn die Befriedigung seiner Bedürfnisse kosteten. Er sah vorher und nachher auf die Uhr, die an einer goldenen Kette an ihm herunterhing, wenn sie während der Vorgänge aus seiner Westentasche fiel und an seine feuchten Schenkel oder gegen ihren Bauch schlug. Mereschkowski ließ also Gerechtigkeit walten. Keiner verlor Zeit. Sie sahen sich niemals außerhalb der Wohnung und der Unterrichtsstunden. Während sie spielte und er zuhörte, war er der, als der er sich schon vorher ausgegeben hatte. Einem Fremden, der sie während des Unterrichts beobachtet hätte, wäre keinerlei Veränderung in ihrer Beziehung aufgefallen.

Mereschkowski war rücksichtsvoll genug, seinen Samen zurückzuhalten, bevor er ihr gefährlich werden konnte. Lotte wurde nicht schwanger. Rückblickend erinnerte sie sich nicht, wie viel sie über Empfängnisverhütung gewusst hatte, viel konnte es nicht gewesen sein. Bücher darüber gab es gewiss, ebenso gewiss war, dass sie sie nicht kannte. Freundinnen, mit denen sie sich darüber hätte austauschen können, hatte sie weder in Berlin noch zu Hause in Bamberg. Doch ihre Naivität verlor sie auch ohne tieferes Wissen bald.

Am Ende des Monats erließ er ihr die Unterrichtskosten, und auch im nächsten Monat und in den folgenden anderthalb Jahren, in denen sie noch eine Zeitlang versuchte, ihre Schulden zu begleichen, lehnte er das Honorar mit einer kurzen wegwerfenden Handbewegung unmissverständlich ab. Ob er von ihr Dankbarkeit erwartete, wusste sie nicht, nach ein paar Monaten hörte sie auf, sich darüber Gedanken zu machen. Eine Weile redete sie sich ein, ihm eines Tages, wenn sie genug verdienen würde, die Schulden auf Heller und Pfennig zurückzuzahlen, schließlich musste sie sich eingestehen, dass ihr Verhältnis zueinander ein Tauschgeschäft war und dass sie ihm rein gar nichts schuldete, im Gegenteil.

Sie gab sich einem Mann hin, der alles andere als attraktiv war, einem Mann, den sie abstoßend fand, dessen sie sich jedoch nicht erwehren konnte, einem Mann, auf dessen Rat sie hörte. Im Gegenzug nahm er sich bis zum letzten Tag, was ihm zustand. Während des Geschlechtsakts schloss sie die Augen. Ob er es überhaupt bemerkte, wusste sie nicht. Sobald er sie berührte, verließ sie jede Energie. Gegen ihn hatte sie keine Kraft.

Sie sprach mit niemandem darüber, weder damals noch später. Sie behielt den privaten Teil der Berliner Jahre für sich, indes der öffentliche schnell erzählt war: ein paar Auftritte in kleineren Konzertsälen und bei privaten Anlässen und diverse Probespiele unter anderem bei der Funkstunde Berlin, beim Mitteldeutschen Rundfunk und bei der Deutschen Stunde in Bayern. Begegneten ihr Männer in ihrem Alter, die zu erkennen gaben, dass sie geneigt waren, sie näher kennenzulernen, ging sie ihnen instinktiv aus dem Weg. Sie galt als prüde oder – noch schlimmer – nicht an Männern, sondern an Frauen interessiert, worauf schon ihre Wahl, Pianistin zu werden, schließen lassen konnte, zumal sie keinen Hehl daraus machte, dass sie ihre Zukunft nicht als Klavierlehrerin fristen würde; eher schlösse sie das Klavier für immer.

Es gelang ihr nicht, sich von Mereschkowski zu befreien, ein Doppelleben mit einem wirklichen Geliebten und ihm zu führen war undenkbar. Sie verschob den Gedanken an einen Ehemann auf später, ohne sich davon eine Vorstellung zu machen.

Auch wenn sie sich im Lauf der Zeit daran gewöhnte, dass sich die gleiche Situation wie eine endlose Reprise wiederholte, hegte sie keine Sekunde lang auch nur das geringste Gefühl von Zuneigung für Mereschkowski. Sie schätzte ihn nur als Lehrer.

»Es gibt nur die menschliche Natur«, hatte Mereschkowski einmal in seiner hochtrabenden Manier gesagt. »Der Rest ist Zufall, Trallala.«

Auch wenn sie nicht verstand, was er damit sagen wollte, neigte sie dazu, ihm als dem Erfahrenen zu glauben.

Etwas war vorgefallen.

Abgesehen von jener Liebesenttäuschung in Jugendjahren war Stettlers Leben bis zu diesem Tag ohne nennenswerte Zwischenfälle, sachlich, ja farblos verlaufen. Der Tod der Mutter war vorhersehbar gewesen. Sentimentalität war ihm ebenso fremd wie reines Glück oder tiefe Trauer.

Er war kein Pechvogel und kein Glückskind. Ein Glückskind hätte eine Familie gegründet, ein Pechvogel wäre im Leben nicht zurechtgekommen. Er hatte den richtigen Beruf gewählt, am Tag seiner Pensionierung würde er, nicht ohne Stolz, auf eine erfolgreiche Zeit zurückblicken. Er hatte sein Handwerk beherrscht und in manchen Zuschauern ähnliche Gefühle geweckt wie ein Maler. Er hatte etwas in ihrem Inneren berührt, was ihn selbst nicht berührte. So musste wohl auch ein Künstler vorgehen. Die Wirkung kennen, ohne ihr selbst zu erliegen.

Ihm fehlte nichts. Er empfand keinen Mangel, kein Bedauern, sondern Zufriedenheit über die Gleichförmigkeit der dahinschwindenden Tage, Nächte, Wochen, Monate und Jahre. Keine Sehnsucht zerriss ihn je, kein Veränderungsdrang, kein Veränderungszwang schwemmte unangebrachte Gefühle an die Oberfläche. Er musste sich nicht im Zaum halten, nichts drängte ihn, über die Stränge zu schlagen. Wer keine übermäßigen Freuden empfindet, dem bleibt auch das große Unglück erspart, sagte er sich, das stille Verhalten war in seine Blutbahn eingeschrieben. Er hatte nie außergewöhnliche Erwartungen gehegt. Die erfüllten Tage kamen und gingen, unterbrochen von den Nächten, in denen er ruhig schlief. Da ihm Schlaflosigkeit unbekannt war, konnte er jene, die davon heimgesucht wurden, nicht einmal bemitleiden, denn ihm fehlte es auch hier an Vorstellungskraft. Wie sehr sie womöglich litten, ahnte er nicht. Er schlief den Schlaf der Gerechten. Er war niemandes Feind und niemand war sein Feind.

Rein äußerlich war nichts weiter vorgefallen als eine Begegnung, ein Händedruck, ein paar Blicke, ein paar Worte. Der Neue namens Bleicher hatte keine Bemerkung gemacht, die aufhorchen ließ, er wirkte entspannt und zurückhaltend. Er hatte höflich »Guten Tag. Sehr erfreut« gesagt, nachdem ihn Arthur Schuster der Abteilung vorgestellt hatte. Sein Auftreten war gemessen und zurückhaltend. Ein deutlich jüngerer Mann als er. Stettler war sofort alarmiert. Warum diese Formalität?

Wozu ein Neuer, solange es Stettler gab? Stettlers Pensionierung stand noch lange nicht bevor. Über offene Stellen in seiner Abteilung hätte er zuallererst Bescheid wissen müssen. Es gab keine offene Stelle!

Offenbar hatte man sich hinter seinem Rücken beraten und Entscheidungen getroffen, ohne ihn einzuweihen.

Es war ein schlechter Tag. Es regnete. Aprilwetter. Dann schien wieder die Sonne. Er war nicht darauf vorbereitet. Stettler hatte bislang nie zwischen guten und schlechten Tagen unterschieden. Als seine Mutter starb, sagte er sich: Der Tod fordert seinen Tribut. Es war kein schlechter Tag, sondern ein trauriger Moment, der lange anhielt.

Es goss wie aus Kübeln. Der Regen versiegte abrupt. Dann wieder Sonne. Niemand hatte ihn eingeweiht, was die Sache noch ärger machte. Als habe man etwas vor ihm verheimlichen wollen, als wollte man ihn schonen. Als könnte man ihn nicht ins Vertrauen ziehen. Als entzöge man ihm das Vertrauen. Wolken verschleierten den Tag und verdunkelten ihn mehrmals fast nachtgleich. Kurze heftige Windstöße trockneten das erste grüne Laub. Dann regnete es wieder. Der Regen peitschte aufs Trottoir, die Menschen suchten Schutz unter den Arkaden und drängten sich vor den Schaufenstern. Das gefallene Laub klebte auf dem Asphalt und an den Schuhen der Passanten. In Stettlers Fleisch steckte ein Stachel, in seinem Hirn schnappte ein rasendes Tier nach allem, was sich regte.

Er würde standhalten. Er würde sich notfalls verteidigen, auch wenn er nicht wusste, wie ein Angriff aussehen könnte. Er hatte seinen neunundfünfzigsten

Geburtstag in Würde erreicht, er würde auch die letzten sechs Jahre ehrenhaft hinter sich bringen. Ein einzelner Mensch würde ihn nicht aus der Bahn werfen. Dennoch war er überzeugt, dass mit der Anstellung Bleichers eine Wende eingetreten war.

Am nächsten Tag bat er um eine Unterredung mit Arthur Schuster, der als Personalchef maßgeblich für Personalentscheidungen zuständig war. Die Sekretärin ließ ihn wissen, dass ein Termin für den nächsten Tag reserviert sei.

In der Nacht vor dem Gespräch schlief Stettler so schlecht, dass er das Gefühl hatte, die ganze Nacht kein Auge zugetan zu haben. Morgens beim Aufstehen wusste er, wovon die Leute sprachen, wenn sie erzählten, sie seien wie gerädert. Er war völlig erschöpft. Er fühlte sich elend und zerschlagen. In den wenigen Minuten, in denen er wohl doch geschlafen hatte, war er von Albträumen heimgesucht worden, die immer um dasselbe kreisten: um Arthur Schusters Büro, um Arthur Schuster selbst und um den befreienden Satz, der alle Hindernisse aus dem Weg räumen würde. Doch sobald Stettler diesen Satz formuliert hatte, löste er sich wieder in Luft auf, und die Suche danach begann von vorne.

Er trank drei Tassen Instantkaffee, brachte aber keinen Bissen hinunter. Er warf die Marmeladenbrote in den Kübel. Dann stand er minutenlang vor dem Spiegel. Er erinnerte sich nicht an den erlösenden Satz und kam zu dem Schluss, dass er auch im Traum nicht existierte.

Dass der Himmel am Morgen der Unterredung mit Schuster wolkenlos war, entschädigte ihn nicht für die Qualen der Nacht, im Gegenteil, die Sonne schien seiner inneren Verfassung in peinigender Absicht Hohn zu sprechen, erbarmungslos stach sie auf ihn herab, als er das Haus verließ, wie Röntgenstrahlen durchdrang sie ihn, als wolle sie sein Innerstes nach außen kehren, ihn preisgeben und verraten. Er glaubte, um sich blicken zu müssen, ob man ihn beobachtete.

Punkt acht Uhr saß er wie immer in seinem Büro an seinem großen Schreibtisch, vor Zeichnungen, deren Umrisse verschwammen. Er unterließ es, die Lehrlinge zurechtzuweisen, wie er es sonst tat, wenn sie zu laut waren, besonders morgens, wenn er sich zu konzentrieren versuchte. Dass es ihm nicht gelang, lag daran, dass er nicht wusste, worauf er sein Augenmerk richten sollte. Seine Gedanken lösten sich wie Wasser in Tinte auf. Alles ging in der dunklen Farbe unter. Schwarz war geeignet, Edelsteine hervorzuheben, aber nur bei Licht.

Um neun stand er im Vorzimmer zu Schusters Büro, wo die Sekretärin regierte. Aufrecht und fast unbeweglich hinter ihrer schwarzen Adler sitzend wie eine Statue, präsentierte sie ihren fest geknoteten, mit einem Netz umschlungenen kugelrunden Chignon, der wie eine Spinne auf ihrem Haupt saß.

Sie beherrschte den Raum, in dem ein paar gerahmte Fotografien von der Entwicklung des *Quatre Saisons* Zeugnis ablegten. An den Wänden standen jede Menge Aktenschränke. Niemand wusste, wie alt die Sekretärin war. Böse Zungen behaupteten, sie sei inzwischen über neunzig und einst die Geliebte von Schuster sen. gewesen. Ihre Auffassungsgabe war ebenso erstaunlich wie ihre geistige Beweglichkeit. Ihr Wahlspruch, den sie bei jeder sich bietenden Gelegenheit anbrachte, war *Impossible n'est pas français.*

In ihrem Rücken gab es zwei Türen, hinter denen sich die Geschäftsräume der Brüder Arthur und Heinz Schuster befanden. Dazwischen stand auf einem hellrosa Marmorsockel der mit einer speziellen Pflegemilch polierte *Philodendron pertusum,* dessen Pflege der Sekretärin oblag, die der Pflanze vor Jahrzehnten diesen Platz zugewiesen hatte. Die Namensschilder der Brüder befanden sich neben der Vorzimmertür, der Name der Sekretärin fehlte, aber natürlich wusste jeder, wie sie hieß.

Niemand, der am Vorzimmer zu den Chefbüros vorüberging, konnte die Frau hinter der Schreibmaschine übersehen. Einzig ihre flinken, unruhigen Augen und das Gebogene ihres Wesens – wenn sie sich zwischen den Aktenschränken und Hängeregistraturen bewegte, schien sie sich gegen einen unsichtbaren Windstrom zu stemmen – machten sie menschlich und erhöhten die Temperatur ihrer sprichwörtlichen Kälte gegenüber dem Personal um ein paar Grade.

Stettler musste nicht lange warten, Arthur Schuster war pünktlich. Die Tür zu seinem Büro wurde so schwungvoll geöffnet, dass sie gegen den Kleiderständer krachte, an dem drei Regenmäntel hingen, ein Damenmantel und zwei Herrenmäntel. Arthur, den Stettler kannte, seit er den Kindergarten besucht und hin und wieder mit seinem Vater das Atelier der Schaufensterdekorateure aufgesucht hatte – was Stettler niemals erwähnte, weil er wusste, dass Arthur solche Vertraulichkeiten verabscheute –, gab ihm entschlossen die Hand.

Die Begrüßung war kurz. Stettler folgte ihm ins Büro.

Arthur Schusters Schreibtisch unterschied sich deutlich vom bescheidenen Arbeitsplatz seines Vaters, er präsentierte sich mächtig und ausladend. Stettler ließ sich in einen der beiden Stühle nieder, die ihm angeboten wurden. Ein Blick auf den zweiten Sessel sagte ihm, dass dieser genauso durchgesessen war.

»Herr Stettler, was führt Sie zu mir?«

Arthur Schuster setzte sich ihm gegenüber. Die Antwort schien er zu kennen.

Stettler las in den leicht vorstehenden Augen des Kaufhausbesitzers nichts als Desinteresse. Er suchte nach Worten. Sich blindlings auszuliefern, musste auf einen Mann wie Schuster, in dem Stettler den kleinen Arthur längst nicht mehr erkannte, wie der Hilfeschrei eines Mannes klingen, dem die Felle davonschwimmen.

Schließlich antwortete er:

»Herr Bleicher.«

»Was ist mit ihm?«

Die Situation in Schusters Büro war ebenso unerträglich wie in seinen Albträumen.

Im Gegensatz zum Traum jedoch hatte die Realität Anfang und Ende, sie war nicht umkehrbar. Was er sagte und tat, konnte er nicht berichtigen oder rückgängig machen. Gesagt war gesagt, getan getan, vorbei vorbei. Stettler saß da, blickte unsicher zu Schuster auf und sah ein erbärmliches Ende voraus. Schuster war kein Kind mehr, das den Herrn über die Schaufenster bewunderte, in denen winzige Lokomotiven hin und her flitzten, aus deren Schornsteinen Dampf aufstieg.

Er sagte schließlich: »Mir wurde nichts gesagt.«

Nach einer kurzen Pause erfolgte Schusters Antwort: »Sie haben recht.«

»Sind Sie mit meiner Arbeit nicht mehr zufrieden?«

Das kurze Zögern war nicht zu überhören.

»Habe ich diesbezüglich je etwas verlauten lassen?«

»Nein.«

»Also. Wie kommen Sie dann darauf?«

» Bleicher.«

»Was ist mit ihm?«

»Sind Sie mit meiner Arbeit nicht zufrieden?«, wiederholte Stettler.

Nun zögerte Schuster nicht: »Wir brauchen frischen Wind.«

Er blieb ganz ruhig, als er fortfuhr: »Wo liegt die Schwierigkeit, Herr Stettler? Eine Schwierigkeit ist ein Problem, und ein Problem kann man lösen. Untätigkeit ist der sichere Tod eines Unternehmens. Sie sind hier, um mit mir darüber zu sprechen!«

Größer hätte die Distanz zwischen Schuster und Stettler nicht sein können. Es war, als hätte Schuster von ihrer jahrzehntelangen befriedigenden Zusammenarbeit jäh Abstand genommen.

»Wenn die Scharniere des Geschäfts zu quietschen beginnen, muss man sie ölen.«

»Ich kann einen Assistenten gut brauchen.«

»Sie brauchen einen Assistenten?«

»Nein. Aber wenn einer wie Bleicher zur Verfügung stünde, wüsste ich es natürlich zu schätzen.«

Schuster machte eine Pause. Während er überlegte, klopfte er ganz sachte mit den Fingerknöcheln auf den Tisch. Er schien unschlüssig zu sein. Seine Antwort jedoch war unmissverständlich:

»Wenn Sie einen Assistenten brauchen, müssen wir darüber reden. Einen Assistenten, soso. Wenn ich Sie richtig verstehe, haben Sie das Gefühl, dass Ihnen die Arbeit über den Kopf wächst?«

»Nein.«

»Umso besser. Denn wir haben nicht unbegrenzte Kapazitäten zur Verfügung. Das wissen Sie genauso gut wie ich. Ich habe Bleicher allerdings nicht als Assistenten eingestellt, sondern als unseren neuen Mann. Als Assistent steht er Ihnen nicht zur Verfügung. Bleicher wird selbständig neben Ihnen arbeiten. Nichts spricht dagegen, dass sie sich austauschen. Wir brauchen neuen Wind, ich sagte es schon. Das wissen Sie genauso gut wie ich. Bleicher ist ein Mann der Zukunft. Man reißt sich um solche Männer. Wir sind glücklich darüber, dass es mir und meinem Bruder gelungen ist, ihn zu verpflichten.«

Er erhob die Stimme etwas: »Ohne Probezeit – falls Sie gerade danach fragen wollten.«

Stettler nickte, aber Schusters Blick schien nach innen gewandt.

»Wir müssen in die Zukunft denken. Gelegenheiten wie diese muss man beim Schopf packen, sie bieten sich nur selten. In wenigen Jahren werden Sie pensioniert, es brechen andere Zeiten an, das merken Sie ja selber, es gärt überall, die Menschen haben andere Bedürfnisse, sie reisen, sie werden noch viel mehr reisen, wollen andere Länder sehen, andere Menschen und Denkgewohnheiten kennenlernen, sie schauen mehr fern, sie gehen mehr ins Kino, sie lesen Zeitung, sie bilden sich weiter, lernen fremde Sprachen. Niemand weiß, was vor uns liegt. Aber eines ist sicher: Es wird alles anders sein als jetzt. Mit dem Reisen kommt ein neues Denken, eine neue Moral, ein neues Weltbild. Das Reisen mit der Eisenbahn ist bald Vergangenheit, wir werden es erleben. Die Autos werden schneller und schneller, eines Tages werden sie sich selbst lenken, wir werden es erleben. Informationen verbreiten sich innerhalb von Minuten. Wir müssen mit der Zeit gehen, sonst überholt sie uns und lässt uns hinter sich. Wir leben in einer anderen Zeit als mein Vater. Hätten wir uns nicht kontinuierlich verändert und verbessert, würde das *Quatre Saisons* längst nicht mehr existieren. Ein Warenhaus muss die Zeit abbilden und sie gleichzeitig beeinflussen, eins greift ins andere, wer wüsste das nicht besser als Sie. Es ist nicht alles Spielerei. Zugleich *ist* alles Spielerei. Um die richtige Balance zu finden, brauchen wir frischen Wind. Wie ich schon sagte. Herr Bleicher ist ein ausgezeichneter Mann für diese Aufgabe – im Bereich der Schaufensterdekoration und überhaupt was die Werbung für unser Warenhaus und unsere Wirkung nach außen betrifft. Wir haben einiges mit ihm vor, er wird die neue Zeit nach außen und nach innen verkörpern. Wir müssen die Discounter abwehren. Die Discounter könnten unser Tod sein, sie stehen Gewehr bei Fuß. Die ersten werden bald ihre Tore öffnen. Und ich bin sicher, dass sie nicht mit Schaufensterdekorationen operieren, sondern mit marktschreierischen Plakaten, Wochenaktionen und Ausverkäufen. Dem *müssen* wir etwas entgegensetzen. Wir müssen das *genau* beobachten, ganz genau. *Sehr* aufpassen. Wir müssen unseren Untergang verhindern. Unbedingt *aufpassen*. Zuvorkommen. Sonst gehen wir unter. Keinesfalls! Das darf keinesfalls passieren, das wissen Sie so gut wie ich.«

Er sagte es in einem Ton, als sei Stettler selbst ein

Vorbote des mit knapper Not umschifften Untergangs.

»Wir dürfen nicht auf einen fahrenden Zug aufspringen, wir müssen vorne sitzen, im Fahrerhaus. Das ist für mich klipp und klar. Für mich und meinen Bruder.«

Rettung in der Not versprach also Bleicher. Während Schuster wie ein Wasserfall argumentiert hatte, waren seinem Angestellten unzählige Fragen durch den Kopf gegangen: Wie alt ist Bleicher, welche Erfahrungen hat er, welche Berufsausbildung hat er genossen, wer sind seine Eltern, ist er verheiratet, ist er verlobt, wo wurde er geboren, ist er Katholik oder Reformierter, hat er Kinder, lebt er in wilder Ehe, wer waren seine Großeltern, was hat er vorzuweisen, hat er studiert, hat er eine Lehre gemacht, bei wem, wer war sein Lehrmeister, ist er Autodidakt, hat er je ein Schaufenster dekoriert, hat er je ein Schaufenster von innen gesehen, weiß er um die richtige Verteilung der Ware, weiß er um die Bedeutung von Licht und Schatten, was weiß er über die Haltung von Schaufensterpuppen, kann er mit anderen Menschen umgehen, hat er genügend Autorität – Fragen über Fragen. Aber Stettler schwieg. Er ließ die Fragen in seinem Inneren umgehen und für Verwirrung sorgen. Er hatte längst aufgehört zu nicken, als Schuster zum Ende kam. Er war an seiner Meinung nicht interessiert.

Schuster beendete seine Äußerungen jäh und unerwartet. Er stand zackig auf – *zackig* war das Eigenschaftswort, das Stettler unwillkürlich in den Sinn kam – und gab zu verstehen, dass die Unterhaltung zu Ende sei.

Sein Haar! Plötzlich begriff Stettler, worin die Veränderung bestand, die er beim Eintreten bemerkt hatte, aber nicht benennen konnte: Schuster hatte seine Haare – gewiss nicht zufällig, denn er war kein Mann, der etwas dem Zufall überließ – über die Ohren wachsen lassen, die nun von den grauen Strähnen halb bedeckt waren; so wie Stettler es immer öfter bei jungen Männern auffiel, deren Kinderstube, anders als die von Schuster, vermutlich nicht über jeden Verdacht erhaben war.

Schuster, der deutlich älter war als die Burschen in ihren Blue Jeans, trug das Haar wie die Beatles es trugen, die Stettler von Fotos aus der Zeitung kannte. Die neue Frisur war ein Zeichen der Zeit, wie die Anstellung Bleichers ein Tribut an die neue Zeit war. Der Haarschnitt veränderte sich wie die Moral.

Als Stettler an seinen Arbeitsplatz zurückkehrte, war die Welt undurchdringlich geworden. Alles war schwarz. Doch die Atmosphäre in der Abteilung war locker und fröhlich.

Stettler wusste nun, dass man ihn zum alten Eisen zählte. Man betrachtete ihn als Mann, der die Zukunft verschlief. Er würde sie nicht mehr erleben. Man hielt ihn für verzichtbar.

Da saß er, wie gebannt an den Stuhl vor dem Radioapparat gefesselt, konnte nicht aufstehen und konnte kaum atmen. So etwas, nein, so etwas hatte Stettler noch nicht gehört, dass es so etwas geben konnte, nicht für möglich gehalten, dieses Heulen und Kreischen, Schreien und Stöhnen, so etwas Entsetzliches. Etwas so Haarsträubendes. So etwas Krankes, einfach krank, es klang wie Sirenen unter Trommelfeuer, ein Feuersturm, schlimmer als Krieg, ein unsichtbares, dröhnendes Gefecht, das Rattern von MGs, das Einschlagen von Granaten, Schreie von Verletzten im Hintergrund; die Aufnahme stammte offenbar aus einem Saal mit Tausenden von Menschen, die willenlos Gehorsam leisteten, entbrannt vom Gebrüll eines Einzelnen, der sie aufforderte, es ihm gleichzutun, das jedenfalls glaubte Stettler zu verstehen. Was er hörte, fraß sich durch die Stirn in sein Hirn, die metallisch krachenden Bässe vibrierten in seinem Bauch, pressten die Innereien hinauf zu Lunge und Herz Richtung Kehle, er glaubte zu ersticken.

Es hätte genügt, die Hand auszustrecken, die den Sturm in Stettlers Kopf entfacht hatte, um dem Lärm ein Ende zu machen, aber er war erstarrt, zur Untätigkeit verurteilt; er schaltete das Radio nicht aus, es wäre so einfach gewesen, er tat es nicht. Möglich, dass die Geräusche, die aus dem Radio dröhnten, von verführten Massen als Musik bezeichnet wurden, es war sogar wahrscheinlich, allmählich glaubte auch er so etwas wie eine Melodie zu erkennen, einen halbwegs sinnvollen, aufeinander abgestimmten Verlauf von Tönen, auch wenn es weit von dem entfernt war, was ein normaler Mensch unter Musik verstand. Es war der grässliche Klang irrer Wilder, drogensüchtiger Verrückter, tobsüchtiger Kranker, böswilliger Dilettanten, es fiel ihm schwer, sich Menschen vorzustellen, die das taten, noch schwerer solche, die das hören wollten, lieber stellte er sich solche Typen gar nicht vor. Das Geschrei des Mannes erfolgte zweifellos auf Amerikanisch, nicht zu verwechseln mit dem gepflegten Englisch, das Stettler hin und wieder im Radio hörte, ohne ein Wort zu verstehen. Um welche Instrumente es sich handelte, ob es überhaupt Instrumente waren, die er kannte, je zuvor gehört oder gesehen hatte, bezweifelte er.

So sehr der Lärm auch schmerzte, Stettler harrte aus, als wollte er bestraft werden, als sei er gelähmt. Es war nicht mehr als eine Vierteldrehung nötig, um einen Sender zu wählen, der schöne Musik oder gehaltvolle Texte brachte, aber er blieb sitzen. Er dachte an seine Mutter, die ein anderes Leben gelebt hätte, wäre sie nicht schwanger geworden. Hätte sie ihn nicht geboren, wäre sie den Weg gegangen, den sie zunächst eingeschlagen hatte, den »künstlerischen Weg«, wie sie immer sagte, aber sie hatte ihn nur eingeschlagen, um ihn wieder zu verlassen und sich ihrem Gatten und ihrem Kind zu widmen, aus dem etwas Ordentliches werden sollte, und so war es auch geschehen. Aber nachdem sie gestorben war, hatte er sich des Öfteren gefragt, wofür sie eigentlich gelebt hatte.

Stattdessen hatte sie einen Mann geheiratet, den sie kaum kannte. Lange hatte ihre Ehe nicht gedauert, es war keine Zeit geblieben, sich zu entfremden. Fünf Jahre nach der Hochzeit war Stettlers Vater gestorben, den sie ihm gegenüber nur »dein Vater« genannt hatte. Erst als Halbwüchsiger hatte Stettler seinen Vornamen erfahren. Er hieß Fritz. Er war nicht von Bedeutung gewesen. Irgendwo existierten Fotos.

Vermutlich war das Instrument, das alles durchdrang, eine elektrische Gitarre. Erst als ihm dieser Begriff einfiel, drückte er auf die Elfenbeintaste, und das Radio verstummte nach drei, vier Sekunden, als widerstrebte es dessen ohrenbetäubenden Inhalt sich zu entfernen. Stettler war hungrig.

Er stand in der Küche und kochte sich zwei Eier. Obwohl er zunächst Spiegeleier hatte braten wollen und deshalb die schwere Gusseisenpfanne aus dem Küchenschrank hervorgeholt hatte, kochten die Eier nun im Wasser. Er hatte sich anders besonnen. Er hatte einen Topf mit Wasser gefüllt und aufkochen lassen. Er hatte die beiden Eier vorsichtig ins kochende Wasser gleiten lassen. Sie blieben heil.

Er sah auf seine Armbanduhr: Es würde sechs Minuten dauern, bis sie so weit waren. Er hatte Heißhunger auf weichgekochte Eier. Er schnitt Brot in fingerlange, fingerbreite Streifen, die er in die aufgeschlagenen Eier tunken würde, bis sie sich vollgesogen hatten. Er deckte den Tisch für sich. Er legte einen Teelöffel neben die Serviette. Jeden Montag tauschte er die alte gegen eine neue Serviette aus. Er wartete, blickte von der Uhr zum Herd, vom Herd zur Uhr, bis die Zeit um war.

Er schreckte die gekochten Eier unter kaltem Wasser ab und schälte ein Ei sorgfältig. Er fuhr mehrmals mit den Fingern über die glatte, glänzende Oberfläche, um zu prüfen, ob Schale und Haut vollständig entfernt waren. Er entschloss sich, nur ein Ei zu essen. Er blieb vor der Küchenablage stehen.

Er drückte Mayonnaise aus der Tube in die Vertiefung des Eis und steckte es sich vollständig in den Mund. Er kaute lange und langsam. Er setzte sich nicht hin. Er schaute nicht aus dem Fenster. Er betrachtete nachdenklich das ungeschälte Ei, das auf der Spüle lag.

Unvermittelt hob er den rechten Arm und schlug mit der flachen Hand auf das Ei, ein Mal, zwei Mal, drei Mal. Der Anblick des zerquetschten Eis bereitete ihm Befriedigung. Der Matsch aus Schale und Ei wärmte die Haut.

Das Ei war Abfall. Er warf ihn weg.

Nachdem er die Hände gewaschen hatte, entschloss er sich, die Auskunft anzurufen.

6 Herbst

Lotte erkannte Mereschkowski sofort, obwohl sie
ihn zunächst nur von hinten sah. Er stand abseits,
den Blick dorthin gerichtet, wo sie die Mauer zwischen West und Ost vermutete. Sie glaubte, das
Niemandsland zu spüren, den Osten förmlich zu
riechen. Das Unsichtbare schien nicht weniger gegenwärtig als der neue Konzertsaal; ein Symbol
für Freiheit und Beharrlichkeit und für den Glauben an eine unwahrscheinliche Zeit ohne Mauer, in
ferner Zukunft. Auch Lotte hatte drüben Bekannte.
Sie hatte schon lange nichts mehr von ihnen gehört. Ihr Schweigen schien auszudrücken, dass sie
ihr Schicksal akzeptierten. Die Erwartung der Zuschauer war spürbar. Alle Augen waren auf das Gebäude gerichtet.

Er war allein, niemand erkannte ihn. Das war früher anders gewesen, wenn er sich in der Öffentlichkeit zeigte und um Autogramme gebeten wurde,
nicht nur wenn er die alte Philharmonie besuchte.

Wenn jemand auf Mereschkowski aufmerksam
wurde, lag es nicht an seiner Prominenz, sondern
an seinem schäbigen Auftreten, am fadenscheinigen
Mantel und am rötlich gefärbten, lichten Haar. Als
sie ihn zum letzten Mal gesehen hatte, war sein Haar

noch kaum ergraut gewesen. Die Tönung hatte auf die Kopfhaut abgefärbt.

Dass sie Mereschkowski zunächst von hinten erblickte, war Zufall. Dass sie ihn sofort erkannte, war kein Zufall. Sie erkannte ihn am Mantel, den er trug, und am Stock, auf den er sich stützte. Sie kannte diesen Stock und diesen Mantel, sie erkannte die zwei Messingknöpfe auf dem Rücken. Es war sein alter Mantel, der schon vor dem Krieg nicht neu gewesen war. Selbst ein Trödler hätte ihn verschmäht.

Mereschkowski stützte sich auf den gleichen Stock, der ihm damals dazu gedient hatte, die Anforderungen an seine Schüler zu unterstreichen. Ob ihm das Gehen schwerfiel, konnte sie nicht feststellen. Ihr entging aber nicht, dass er viel kleiner war als in ihrer Erinnerung. Als er sich umdrehte und sie entdeckte, gab sie sich Mühe, erfreut zu wirken. Er hob beide Arme und kam auf sie zu, in der Rechten den Stock, in der linken ein zerknittertes Taschentuch. Die Hände wirkten verstümmelt. Er trug einen dunkelgrauen Anzug mit Fischgrätmuster, der weniger abgewetzt schien als der Mantel.

An der Stimme hätte sie ihn nicht erkannt. Entweder hatte sie sich verändert oder Lotte täuschte die Erinnerung. Gewöhnlich wurden Stimmen im Lauf der Jahre nicht höher. Seine war hoch.

Die langjährige Arbeit in Aufnahmestudios, aus denen sämtliche störenden Geräusche verbannt wurden, hatte sie gelehrt, der Erinnerung an Töne zu misstrauen. Auf die Erinnerung war kein Verlass. Die Wahrheit lag in der Objektivität der anderen, in deren Hörvermögen, nicht im eigenen. Nicht dem eigenen Gehör, sondern dem des Tonmeisters musste man glauben. Was das eigene Ohr hörte, entsprach vielleicht dem Ideal, aber nur selten dem, was man wirklich vollbracht hatte.

Lotte hatte Mereschkowskis Stimme dunkel und kräftig in Erinnerung, nun stellte sie sich als dünn und unmännlich heraus. Hätte sie diese Stimme im Radio gehört, wäre sie nicht auf den Gedanken gekommen, dass es sich um ihren einstigen Lehrer und Peiniger handelte, dessen Bitte, sie in die neue Berliner Philharmonie zu begleiten, sie so umstandslos gefolgt war, als besäße er noch immer jene unwiderstehliche Macht über sie, die sie einst jeden eigenen Willens beraubt hatte. Im ersten Moment hätte sie diese unsichere Stimme vielleicht sogar für die einer Frau gehalten, für die flatterige Stimme einer Greisin.

»Meine Teure, schön, Sie zu sehen.«

Vielleicht hatte Mereschkowski einfach den Verstand verloren.

Doch hinter seiner Schwäche spürte sie die alte Zähigkeit. Es waren Greisenhände, die ihre Hand umfassten, aber sie waren kraftvoll wie eh und je. Mit beiden Händen umklammerte er ihre Rechte.

Auch der russische Akzent war ausgeprägter als in ihrer Erinnerung. Das Gedächtnis hatte die grammatikalischen Fehler offenbar korrigiert. Nun suchte er ständig nach Worten, die ihm nicht einfallen wollten. Das Russische schien das Deutsche zurückgedrängt zu haben, die Muttersprache war wieder in den Vordergrund gerückt. Vielleicht hatte er sich die Kindheit so innig zurückgewünscht, bis sie in ihrer luftigsten Gestalt, der Sprache, zu ihm heimgekehrt war. Oder hatte er etwa immer so schlecht Deutsch gesprochen? Hatte sie sich auch darin getäuscht?

Mereschkowski wirkte verzweifelt und bedürftig. Aber er war immer noch kräftig. Es war nicht leicht, sich aus seiner Umklammerung zu befreien.

»Du spielst noch Klavier.«

Früher hatte er sie nur geduzt, wenn er sich vergaß. Ein feuchter Geruch von Mauern, die noch trocknen mussten, wehte sie an. Die Philharmonie war in Rekordzeit gebaut worden. Seite an Seite gingen sie weiter.

Im Studio erwartete man von ihr, dass sie über ihren Besuch in der Philharmonie detailliert berichtete. Also konzentrierte sie sich auf ihre Umgebung.

Die Karten wurden genau kontrolliert. Die Herren am Eingang trugen schwarze Fräcke, weiße Hemden und dunkle Krawatten, ihrer Aufmerksamkeit entging nichts. Mereschkowski zog die Eintrittskarten aus der Manteltasche. Sie sei selbstverständlich sein Gast, hatte er ihr geschrieben. Als Briefeschreiber war er förmlich und siezte sie.

Nach all den Vorschusslorbeeren hatte sich Lotte bei der Konfrontation mit der Wirklichkeit auf eine

Enttäuschung gefasst gemacht, doch als sie den Konzertsaal betrat, war sie überwältig.

Sie war überwältigt, und mit ihr waren es auch die anderen Besucher, die staunend von allen Seiten und von oben und unten den riesigen Saal betraten und die Treppen, Emporen und Balkone bewunderten. Es gelang wohl niemandem, das große Ganze mit einem Blick zu erfassen. Es war der größte Saal der Stadt, der größte Saal, den sie je gesehen hatten, ein Haus, wie sie es nie zuvor gesehen hatten. All das nur für die Musik. Die Wirklichkeit übertraf alles, was Lotte über die Philharmonie gelesen hatte, und jede Zurückhaltung war fehl am Platz.

Nach einigen Schwierigkeiten, mit Hilfe eines Platzanweisers die richtigen Plätze im richtigen Block zu finden, saßen sie schließlich, und Mereschkowski begann mit seinem starken russischen Akzent zu reden, als spinne er sich an einem seidenen Faden in den Kokon jener Welt zurück, aus der er sich einst so stolz und rücksichtslos befreit hatte. Dazu war es gar nicht nötig, Russland zu erwähnen. Russland atmete zwischen den Worten, in den Silben, Vokalen und Konsonanten. Er sprach über Karajan, von dem er nichts hielt, von Furtwängler, von dem er nichts hielt, von Nikisch, dem wahren Großen, von Celibidache, dem Verkannten, dem einzigen würdigen Nachfolger Nikischs, den die kleinkarierten Berliner vertrieben hatten, weil Größe ihre Zwergenhaftigkeit betonte und folglich ausgemerzt werden musste. Lotte hatte begonnen, Mereschkowskis Beschimpfungen nur mit halbem Ohr zuzuhören, mehr Aufmerksamkeit wollte sie ihnen nicht schenken. Verstohlen blickte sie auf seine gekrümmten Finger und fragte sich, ob er sich wohl noch manchmal ans Klavier setzte, um zu spielen.

Die Philharmoniker, der Chor, die vier Sänger und der Dirigent betraten das Podium. Nach dem Konzert applaudierte das Publikum den Musikern, dem Dirigenten, den Sängern, dem Saal und nicht zuletzt sich selbst, weil man den Krieg überlebt und die Nachkriegszeit gestaltet und dieses Haus gebaut hatte. Lottes Gedanken irrten hin und her, und es war ihr egal, dass sie sie nicht festhalten konnte; so unstet und ungeordnet entsprachen sie der Wirklichkeit am ehesten. Lotte hatte das Gefühl, einem historischen Moment beizuwohnen, davon ein Teil zu sein, machte sie unbeschwert und glücklich für einen kurzen Augenblick. Zu viele Eindrücke stürzten auf sie ein, mehr als Einzelheiten würde sie sich unmöglich merken können, ihre Auffassungsgabe war der Unmenge an Empfindungen nur ungenügend gewachsen. Wie gerne wäre sie jetzt allein gewesen.

Mereschkowski war ihr so fremd wie ein Chinese. Ihre Begeisterung mit ihm zu teilen, war unmöglich, er widersprach ihr in allem. Die Architektur gefiel ihm ebenso wenig wie die Akustik, die Anordnung der Sitzplätze störte ihn genauso wie die Platzierung des Orchesters. Das Konzert selbst hatte auf ihn offenbar nicht mehr Eindruck gemacht als das Abspielen einer Schallplatte. Die Verbitterung hatte ihn ausgehöhlt.

Als sie später in einem kleinen Lokal bei einem Glas Wein und einer weichen Brezel saßen – Lotte war es nicht gewöhnt, Alkohol auf leeren Magen zu trinken –, erfuhr sie, dass Mereschkowski zwar ein eigenes Telefon, aber kein Klavier mehr besaß. Das Telefon benutzte er nur, um die Zeitansage zu hören.

Sein Flügel war in Flammen aufgegangen.

Wie einst Lotte war er seit 1945 Untermieter einer Familie, deren Mitglieder er in unterschiedlichen Kältegraden verachtete. Er erzählte von Kindern, die ihn nicht grüßten, einer unsauberen Großmutter, ungewürztem Essen – wenig Fleisch und täglich Kartoffeln – und einem Familienvater, der am Sonntag im *majka* herumlief, er übersetzte: »im Unterhemd«. Sein Zimmer sei dunkel, aber groß genug für zwei Steinways. Er jedoch besitze nicht einmal ein *pianino*, schon gar keinen *rojal*. Sein großer Bechstein war in den letzten Kriegstagen beim Kampf um Berlin Brandbomben zum Opfer gefallen.

»In Flammen«, sagte er. »In Flammen gegangen.«

Die Beletage war beim Brand ins Erdgeschoss gestürzt, ebenso Badewanne und Toilette, Spiegel und Waschtisch hinterher. Er hatte den Ton des berstenden Klaviers, der reißenden Saiten und herumfliegenden Hämmerchen und Tasten noch im Ohr. Es gab

Tote, aber keine Verletzten. Alle, die sich im Haus aufhielten, waren umgekommen. Keiner verletzt.

»Tot, alle.«

Dass er selbst nicht unter den Toten war, verdankte er dem zweifelhaften Glück, eine unbegabte Reichsarbeitsdienstführerin außer Haus, in der Nähe Unter den Linden unterrichtet zu haben.

Ja, sie habe richtig verstanden: unterrichtet. Kein Meisterkurs wie früher, sondern Klavierunterricht wie eine alte Jungfer. »Mit diesen – Händen!«, die er ihr entgegenstreckte, und die nun zitterten. Er schien sie niederringen zu müssen, schließlich umklammerten sie das Glas, und er trank einen weiteren Schluck aus seinem zweiten Glas Wein. Sie bemerkte die ausgefransten Ränder seiner vergilbten Manschetten. Sie hatte sich während des Konzerts wohl nicht getäuscht, als sie sich fragte, ob er bereits am Nachmittag getrunken habe. Kein Zweifel, er war betrunken und suchte vielleicht deshalb nach Worten und benutzte immer wieder russische Wörter, wie es früher nicht der Fall gewesen war.

Er sagte unvermittelt, er brauche ein Klavier, das sei das eine. Er würde niemals in seinem Zimmer üben, weil die Vermieter dies nicht duldeten. Das also sei aus ihm geworden, ein – Mieter. Das Wort fiel ihm erst nach einigen Sekunden ein. Er brauche ein Klavier und einen Raum. Ein Zimmer, in dem er üben könne. Stundenlang ohne zu unterbrechen, wie er es als Kind so gern getan hatte. Auch die Noten waren dem Brand zum Opfer gefallen, aber Noten brauche er nicht, er habe das alles im Kopf; sämtliche Beethovenkonzerte, Mozartkonzerte, Tschaikowskikonzerte. Er schlug sich einmal gegen die Stirn. Er brauche nicht nur einen Raum und ein Klavier, er brauche – das sei das andere – Publikum, eine Auftrittsmöglichkeit. Als seine ehemalige Schülerin solle sie sich bei ihren Redakteuren – dieses Wort schien er sich eigens vorgenommen und eingeprägt zu haben, denn es kam mühelos über seine Lippen – für ihn einsetzen. Danach sei alles nur eine Frage der Organisation. Es sei höchste Zeit, seine Meisterschaft zu dokumentieren. Seine letzten Schallplattenaufnahmen in Paris lagen Jahrzehnte zurück. Er sagte nicht, er brauche Geld. Das Wort Geld kam nicht über seine Lippen. Indem man seine Meisterschaft auf Studiobändern festhielte, wäre sie zumindest für die Nachwelt gerettet, wenn die Zeitgenossen schon glaubten, lebend auf ihn verzichten zu können.

»Sie sind doch weltberühmt«, sagte Lotte, obwohl sie wusste, dass für diese Einschätzung bestenfalls die Vergangenheitsform zutraf. Sie sprach weiter, als glaubte sie selbst daran, für ihn sei es doch ein Leichtes, sich mit Karajan in Verbindung zu setzen, für einen Auftritt mit den Philharmonikern in dem wunderbaren neuen Saal.

»Mit Karajan?«, unterbrach Mereschkowski sie so heftig, dass sich die Gäste an den Nebentischen nach ihm umdrehten. »In diesem Affensaal niemals!«

Und er fuhr fort, über Karajan und die Philharmonie herzuziehen und auf die Tischplatte zu schlagen,
bis sie sagte: »Aber das schadet doch Ihren Fingern.«
Was sie, eine kleine Radiopianistin, seine Finger
angingen, zischte er. Ein Künstler ohne Publikum
sei eine Amöbe und darbe – ein seelenloses Leben.
Noch nie habe er sich ein Konzert im Rundfunk an-
gehört. *Vishanye,* sagte er verächtlich. Und er werde
es nie tun. Unter gewissen Bedingungen wäre er allerdings bereit, sich dem Diktat der modernen Zeit
zu unterwerfen und sich in einem Studio ans Klavier
zu setzen. Er wäre sogar bereit, den Weg auf sich zu
nehmen und sich an *ihr* Klavier zu setzen.

Doch Lotte hörte nur noch mit halbem Ohr
zu. Es hielt sie nicht länger auf dem Stuhl. Ihr Rücken schmerzte. Unvermittelt sprang sie auf. Mereschkowski wurde blass, und ein angstvoller Ausdruck erschien auf seinem Gesicht. Was hatte sie vor?

»Ihr rotes Haar macht Sie nicht jünger«, sagte sie
trocken und wendete sich um. Schweißtropfen bedeckten ihren Hals. Sie griff nach ihrem Mantel. Sie
kam sich befreit und unabhängig vor.

Noch bevor er dazu kam, sich für die Beleidigung
zu revanchieren, hatte Lotte das Lokal verlassen. Sie
war fort. Er saß allein da; als habe man eine Kerze
ausgeblasen.

Erst in der frischen Luft fiel ihr auf, wie sehr es
in dem kleinen Restaurant nach Essen und Zigarren
gerochen hatte. Sie konnte sich lebhaft vorstellen,

wozu Mereschkowski ausgeholt hätte, wenn sie ihm die Gelegenheit dazu geboten hätte. Doch diesmal war sie schneller gewesen. Aufzustehen und wegzugehen, war leichter gewesen als zu bleiben. Sie hatte es ihm überlassen, die Getränke zu bezahlen. Sie würden sich nie mehr sehen. Er hatte keine Ahnung, in welchem Hotel sie abgestiegen war, sie war unerreichbar und erleichtert.

7 Frühling

Nachdem Stettler seine Hände am Küchenhand-
tuch abgetrocknet hatte, wählte er die Elf. Er griff in
die Wählscheibe des Wandtelefons und ließ sie zwei
Mal zurückschnappen. Es war kurz vor sieben. Man
konnte morgens um vier oder nachts um zehn Uhr
anrufen, es war immer jemand da, wenn man eine
Auskunft brauchte.

Nach drei Freizeichen meldete sich das Fräulein.

»Auskunft, bitte, Sie wünschen?«

Stettler war vorbereitet. Er brauche ein paar Adressen in der Stadt, Tanzlokale, Diskotheken, Kabaretts.
Es war, als sei er in einen falschen Anzug geschlüpft,
es waren Worte, die nicht zu seinem Vokabular gehörten.

»Wissen Sie, was ich meine?«, sagte er. »Orte, wo
man tanzt und sich vergnügt, wo man trinkt und Musik hört, Jugend, Freizeit, Abenteuer.« Er kam sich
wie ein Idiot vor.

Sie antwortete freundlich: »Ich weiß, was Sie meinen. Sie meinen *amusement*.«

»Amüsement, genau«, rief er aus. Sie hatte verstanden, ohne zu wissen, worum es ihm ging.

Öfter als er hatte seine Mutter die Auskunft ge-
nutzt, die sie als Segen für den modernen Menschen

rühmte. Zum modernen Menschen rechnete sie auch
Männer wie ihn, die sich nicht darum bemühten, eine
Familie zu gründen.

Stettlers Mutter hatte die Auskunft immer dann
in Anspruch genommen, wenn ihr der dreibändige
Kleine Brockhaus von 1948 eine Antwort schuldig
geblieben war, was immer häufiger geschah, je weiter
das Erscheinungsdatum des Lexikons in die Vergangenheit rückte. Die Auskunft, die man alles fragen
konnte und die auf fast alles eine Antwort hatte, war
ein unerschöpflicher Quell des Wissens. Doch natürlich hatte ihm die Mutter auch beigebracht, die
Auskunft nicht für Fragen zu missbrauchen, deren
Beantwortung außerhalb jeder Wahrscheinlichkeit
lag. Auf manche Dinge gab es keine Antwort, und
gewisse Fragen stellte man nur Personen, die über
die notwendige fachliche Kompetenz verfügten. Sie
hatte sich eine gewisse Genugtuung jedoch nicht ver-
sagen können, wenn selbst das Fräulein von der Auskunft keine Antwort etwa auf die Frage hatte, woher
das Wort *Adrio* stamme.

Das Fräulein ließ Stettler ausreden und bat ihn
dann um ein paar Minuten Geduld. Es dauerte aber
nur wenige Augenblicke, bis sie ihm fünf Adressen
nannte, bei denen es sich – wie er erstaunt feststellte –
um höchst achtbare Straßen mitten in der Altstadt
handelte.

Was die Straßennamen und Hausnummern nicht
verrieten, war die Tatsache, dass sich die Lokale, die

sie aufzählte und die Stettler auf einem Blatt Papier mit gespitztem Bleistift notierte, unter der Erde in jahrhundertealten Kellergewölben befanden, in die man von der Straße aus über steile Treppen gelangte. Diese Keller hatten früher der Lagerung unterschiedlichster Waren gedient; heute waren deren Türen, wie er bald feststellen sollte, Tore, hinter denen Sodom lag. Noch wusste er nichts davon. Am Donnerstagabend legte er sich ins Bett und schlief besser als in den Tagen zuvor.

Am Samstagabend war es so weit. Stettler ging aus. Schon bei der Arbeit hatte er darüber nachgedacht, was er anziehen sollte. Blue Jeans, wie die jungen Männer sie trugen, kamen nicht in Frage. Blue Jeans besaß er gar nicht.

Lange stand er vor dem Kleiderschrank und überlegte. Ein Anzug war deplatziert, aber auf eine Krawatte würde er nicht verzichten. Seit seinem achtzehnten Lebensjahr verließ er das Haus nie ohne Krawatte, nicht einmal samstags. Ohne Krawatte fühlte er sich nur unvollständig bekleidet. Wer keine Krawatte oder Jeans trug, war angreifbar.

Er entschied sich schließlich für ein weißes Hemd mit dünnen blauen Streifen, für einen dünnen beigen Pullunder und einen blauen Blazer. Die Kombination wirkte ungezwungen, er wollte ja auf seiner nächtlichen Expedition nicht förmlich wirken. Die Krawatte war königsblau mit winzig kleinen, von bloßem Auge kaum erkennbaren gelben Bienen bedruckt. Er verzichtete auf ein Einstecktuch, obwohl er ein passendes Tuch besaß. Er betupfte seine Schläfen mit dem Rest Eau de Toilette, das den Boden eines großen Flakons bedeckte, der vernachlässigt auf dem Unterwäscheregal stand, fand jedoch, der Geruch habe sich zersetzt. Es roch nach Pflaumen.

Dennoch gab ihm der süßliche Geruch für einen kurzen Augenblick ein Gefühl des Weltmännischen. Es war doch seltsam, dachte er: Wer seine Schaufenster kannte, musste glauben, der Dekorateur sei in der Welt herumgekommen. Chinesische, afrikanische, russische, amerikanische Objekte tauchten einheimische Produkte – Hüte, Mäntel, Vasen, Töpfe, Geschirr, Handschuhe, Schals – in neues Licht, und wer keine Ahnung von seiner Arbeit hatte, mochte denken, sie seien von Reisen inspiriert worden, die er in Wahrheit nie unternommen hatte. Er kannte alles nur aus den Büchern und Zeitschriften, die er oder das Warenhaus abonniert hatte.

Stettler wartete die Dunkelheit ab, weil er gelesen hatte, dass die Jungen die Diskotheken nicht vor neun aufsuchten. Er saß im Wohnzimmer, weil es an diesem späten Septemberabend zu frisch war, um auf dem Balkon zu sitzen. Er nickte ein und schlief eine halbe Stunde. Als er aufwachte, hatte er Lust auf ein Bier, aber es war keines im Haus. Er würde sich später im Lokal eines genehmigen. Gewöhnlich ging er wochentags um zehn ins Bett. Die Zeiger rückten nur langsam weiter. Nichts sprach dagegen, sich unverrichteter Dinge hinzulegen.

Um viertel vor neun stand er auf der Straße. Er war froh um den warmen Mantel, den er trug. Was mochten die Leute, die ihn jetzt sahen, von einem älteren Herrn denken, der einsam durch die Straßen zog? Ein einsamer älterer Herr musste auf manche verdächtig wirken. Sich auszumalen, was die anderen dachten, wenn sie ihn durch die leeren Straßen der Altstadt gehen sahen, war unangenehm, doch zum Glück begegnete er keiner Menschenseele. Hätte er einen Hund ausgeführt, wäre die Sache klar gewesen, ein Hund musste abends ausgeführt werden, damit er sein Geschäft verrichten konnte. Er hätte einen Hut aufsetzen sollen. Der Hut hätte ihn vor neugierigen Blicken geschützt, aber ein Hut in einem Lokal, in dem Jugendliche verkehrten, war zu auffällig. Da er annahm, dass es in diesen Lokalen keine Hutablagen gab und er seinen Hut nicht an einen Haken hängen wollte, hatte er ganz auf eine Kopfbedeckung verzichtet.

Stettler hatte sich die Hausnummern auf einem Zettel notiert, der in der Tasche seines Blazers steckte, kannte sie inzwischen aber auch auswendig. Sie verteilten sich auf zwei Straßen, die sich in einem Umkreis von höchstens zwei Quadratkilometern in der innersten Altstadt befanden. Die Straßen kannte er seit seiner Kindheit.

Er ging nicht wie üblich unter den von den Schaufenstern erhellten Lauben, sondern mitten auf der Straße, von wo aus die Hausnummern und Kellereingänge gut zu erkennen waren. Er spürte das glatt polierte Kopfsteinpflaster unter seinen weichen, dünnen Schuhsohlen und wich einer Pfütze aus, die sich in einer Bodenwelle gehalten hatte. Vermutlich hatte jemand Spülwasser auf die Straße gegossen.

Das erste Lokal, das auf seiner Liste stand, hieß Pelikan. Über dem kleinen Schild – ein tanzender Pelikan mit einem roten Halstuch – brannte ein kleines Licht. Vor der aufgeklappten zweiflügeligen Kellerluke standen ein paar Jugendliche. Sie rauchten, steckten die Köpfe zusammen und gestikulierten. Stettler überwand seine Hemmung und bahnte sich zwischen ihnen einen Weg zur Treppe, die in den Keller hinabführte. Sie wichen ihm automatisch aus, ohne ihm besondere Beachtung zu schenken. Sie sprachen leise. Ein Flüstern war es nicht.

Er betrat die Treppe. Es gab kein Geländer. Mit einem Geländer hätte er sich sicherer gefühlt, denn die Stufen waren unterschiedlich hoch. Der Abstieg war riskant, wenn man sich unsicher fühlte, also ging er vorsichtig. Von unten betrachtet, musste er wie ein übervorsichtiger alter Mann wirken. Doch dort war niemand. Auf der Eingangstür stand noch einmal Pelikan. Offenbar hatte sich der Graphiker auf der Suche nach einem originellen Firmenzeichen am Pelikanfüller orientiert. Die Tür war geschlossen. Dumpfes Stampfen war hinter der Tür zu hören, damit hatte er gerechnet. Stettler erinnerte sich nicht, je einen dieser alten Keller betreten zu haben. Er versuchte locker zu wirken, als er die Tür aufstieß. Der Lärm, der ihm entgegenschlug, war ohrenbetäubend, aber es handelte sich unverkennbar um Musik.

Zunächst erkannte er keine Details, erfasste jedoch sofort, dass sich auf wenig Raum ungewöhnlich viele Körper drängten. Was er sah, war ihm fremd, aber deshalb war er schließlich gekommen. Geradeaus im Hintergrund entdeckte er die Bar. Hinter dem Tresen hantierte eine Bardame mit erfrorenem Lächeln vor einer Wand voller Flaschen.

Entlang der Wände standen kleine Tische, die alle besetzt waren. An den Wänden hingen farbige Plakate mit Fotos von Pelikanen und anderen Seevögeln. Die meisten Gäste standen lässig herum, tranken Bier aus großen Gläsern, rauchten, beugten sich zu denen, die saßen, und angelten sich lässig Salzstangen und Erdnüsse aus großen bunten Schalen. Zu essen gab es sonst nichts. In der Mitte des Raums – in einem nicht klar abgegrenzten Bereich – wurde getanzt, aber nicht so, wie er es gelernt hatte. Paare waren nicht zu identifizieren, die Tanzenden bewegten sich allein, traten auf der Stelle, immer nur auf und ab, auf und ab, vor und zurück. Sie verwarfen die Hände, streckten die Arme über die Köpfe, dehnten ihre Oberkörper, ließen ihre Hüften kreisen und drehten sich dauernd um sich selbst. Mädchen und Jungen bewegten sich gleich. Junge Frauen trugen Jeans. Die Jungen führten nicht, die Mädchen folgten nicht. Manche tanzten mit geschlossenen Augen, andere waren offenbar in Trance; ihre weit aufgerissenen, ausdruckslosen Augen schienen ins Jenseits zu blicken. Was mochten sie für Eltern haben, wo lebten sie? Er hätte sich nicht gewundert, hier einen seiner Lehrlinge zu entdecken. Dass die meisten Krawatten trugen, beruhigte ihn nicht. Er nahm es zur Kenntnis.

Die Tanzenden und die Umstehenden schienen zu wissen, was Stettler nicht erkennen konnte: Wo die Tanzfläche begann und wo sie endete. Trotz des Gedränges trat man sich gegenseitig nicht auf die Füße; wenn sich zwei Körper berührten, zuckte keiner zurück, zufällige Berührungen schienen niemanden zu stören. Die Tanzenden bildeten eine verschworene Gemeinschaft. Er gehörte nicht dazu. In ihren Augen war er ein Greis.

Er näherte sich langsam der Bar, wo er laut werden musste, um gehört zu werden. Er bestellte ein Helles. Die Bardame starrte ihn an und gab nicht zu erkennen, ob sie ihn verstanden hatte. Mechanisch griff sie nach einem Glas und hielt es unter den Zapfhahn. Sie hatte alles im Griff. Eine Minute später stand das volle Glas mit dem schäumenden Bier auf dem Tresen. Er trank es in wenigen Zügen leer, bestellte aber kein zweites. Er wollte nüchtern sein, wenn er die anderen beiden Lokale aufsuchte, die auf seiner Liste standen. Er fühlte sich hier nicht wohl, hatte aber auch nichts anderes erwartet.

Als er spätnachts wieder zu Hause war und den Abend zwischen Schlafen und Wachen Revue passieren ließ, fiel es ihm schwer, die beiden ersten Lokale, die er aufgesucht hatte, auseinanderzuhalten.

Laut, warm, feucht und stickig war es hier wie dort gewesen, Stimmen, Geräusche, Musik hatten beide Keller gleichermaßen erfüllt, gedämpft war das Licht im einen wie im anderen, eine gemütvolle Stimmung, wie sie nach seinem Geschmack gewesen wäre, hatte sich weder da noch dort eingestellt, im ersten nicht, im zweiten nicht, die Räume waren am Ende bei aller Umgestaltung doch nichts anderes als Keller.

Der letzte Keller – er hieß *La petite volière* und das Reklameschild zeigte folglich einen leeren Vogelbauer mit offenem Türchen – hatte sich auf den ersten Blick nicht von den vorangegangenen Kellern unterschieden, außer dass ein untersetzter Türsteher auf der Straße den Besucher in Augenschein nahm, bevor er ihn nach unten durchließ. Er grinste belustigt, als Stettler fragte, ob er seinen Pass sehen wolle. Nein, das sei nicht nötig, er glaube ihm aufs Wort, erwiderte der Türsteher und grinste immer noch. Stettler wunderte sich über diese Bemerkung, die wohl ein Scherz sein sollte; also lächelte er höflich zurück.

Vielleicht lag es daran, dass er inzwischen zwei Bier und ein Glas Fendant getrunken hatte, dass er geradezu beschwingt die Treppe hinunterstieg. Das dicke Seil, das als Geländer diente, rührte er nicht an. Unten angekommen, stieß er die Tür auf und trat ein.

Als er die drei uniformierten Polizisten erblickte, fühlte er sich sofort sicherer als in den vorigen Lokalen, obwohl er sich eigentlich hätte wundern müssen, spätabends an diesem Ort Beamte anzutreffen, die ihm, dem Neuankömmling, mit vollen Rotweingläsern zuprosteten. Dass sie Stettler wie einen alten Bekannten begrüßten, bevor sich andere Gäste vor sie schoben und seinem Blick entzogen, machte ihn allerdings etwas stutzig. Sie kannten ihn? Woher kannten sie ihn? Er kannte sie nicht. Er erinnerte sich jedenfalls nicht, sie je gesehen zu haben. Er kannte keinen Polizisten persönlich.

La petite volière war niedriger als die Keller, die er zuvor aufgesucht hatte, und verwinkelter. Er verfügte über ein Hinterzimmer, das durch dicke Vorhänge vom Hauptraum getrennt war. Etliche Gäste verschwanden dort, andere kamen heraus, sie wirkten entspannt und fröhlich. Insgesamt war es hier nicht nur leiser, sondern auch ruhiger als in den anderen Kellern, geradezu behaglich. Rosa Lampenschirme dämpften das Licht, aus den Lautsprechern erklang eine melancholische Frauenstimme, die zur Balalaika sang; mit Befriedigung stellte Stettler fest, dass sie nicht englisch, sondern deutsch sang. Er gewahrte mehrere Sofas und Fauteuils, die mit geblümten, zu den Lampen passenden Stoffen bespannt waren, Geranien in Töpfen standen auf den Tischen, die mit weißen Häkeldeckchen belegt waren. Die Ausstattung erinnerte weniger an ein Tanzlokal als an das Interieur eines Wohnzimmers, auch wenn Geranien streng genommen nicht ins Haus, sondern auf den Balkon gehörten. Niemand tanzte. Die Gäste schienen der Musik zu lauschen.

Als er kurz darauf bemerkte, wo er sich befand, war es zu spät, sofort umzukehren. Ungefragt hatte man ihm ein eiskaltes Glas Sekt zum Willkommen in die Hand gedrückt, offenbar auf Kosten des Hauses, als wäre er ein oft und gern gesehener Gast. Der braun gebrannte junge Mann, der ihn regelrecht dazu nötigte, trug ein geripptes weißes Unterhemd und hauteng, hellgrüne Hosen. Über die unpassende Bekleidung versuchte Stettler hinwegzusehen.

Als er das Glas entgegennahm, glaubte er seinen Augen nicht zu trauen: Der junge Mann zwinkerte ihm zu und spitzte die Lippen, als wollte er ihm einen Kuss zuwerfen. In diesem Augenblick wurde ihm klar, wo er war. Als Nächstes fiel sein Blick auf einen der Polizisten, die ihm den Rücken zuwandten. Der Hosenboden seiner Uniform war herausgeschnitten worden, zwei blanke, behaarte Hinterbacken glänzten im Licht einer Tischlampe. Stettler war nicht irgendwo. Er war an einem Ort, für den er gar kein Wort hatte, an einem Ort, an den jemand wie er nicht gehörte.

Erst jetzt fiel ihm auf, dass es sich bei den Anwesenden ausschließlich um Männer handelte, keine einzige Frau war unter ihnen. Die Herren in Uniform waren nicht Polizisten, sondern Perverse, die eine Leidenschaft für Uniformen hatten. Man nannte sie Fetischisten, das wusste er.

Außer ihm selbst waren zweifellos alle Männer hier Männer, die Männer begehrten. Stettler umklammerte sein Glas und setzte es ab. Wahrscheinlich hielten sie ihn für ihresgleichen, daher der herzliche Empfang. Schweiß stand ihm auf der Stirn. Schweiß rann zwischen Kinn und Hals über seinen feuchten Brustkorb, an dem das Hemd klebte. Plötzlich verdächtigte er den jungen Kellner, an seinem Glas genippt zu haben, bevor er es ihm reichte. Zum Glück hatte Stettler es noch nicht an seine Lippen geführt. Er würde nichts trinken. Er hielt nach einer Fluchtmöglichkeit Ausschau und stellte fest, dass sich die Aufmerksamkeit der Gäste auf einen Punkt neben der Bar richtete, der sich alsbald als winzige Bühne herausstellen sollte. Nicht mehr als ein kleines Podest, vor dem eine Gardine hing.

Die Gäste warteten darauf, dass sich der kleine rote Vorhang öffnete, was nun geschah. Ein spärlich bekleideter Mann in Strapsen wurde sichtbar, der rücklings auf einem Stuhl saß und – eine lange Peitsche schwingend – ein Lied sang, das Stettler kannte, mit dem er gewissermaßen aufgewachsen war, das Chanson von den Motten, die das Licht umschwirrten und daran verbrannten. Er hatte dem blauen Engel einmal ein Schaufenster gewidmet, das für Seidenstrümpfe warb. Doch das hier war nicht Marlene Dietrich. Auf dem Stuhl saß ein dicklicher älterer Herr mit blonder Perücke, der keine Ähnlichkeit mit seinem Vorbild hatte. Im Hintergrund lief eine Schallplatte. Mehr schlecht als recht bewegte der armselige Imitator die Lippen dazu. Die Zuschauer lachten und pfiffen anerkennend, und einige sangen sogar mit. Jeder kannte den Text.

Es gelang ihm, sich unbemerkt aus dem Staub zu machen.

Als er aus dem Keller trat, war er froh um das Seil, an dem er sich festhalten konnte. Aber kaum stand er auf der Straße – wo der Türsteher ihn nun argwöhnisch fixierte –, bereute er die Berührung. Er roch an seinen Händen und glaubte den Geruch von Blut und Sperma wahrzunehmen. Er war froh, die Hände ins Wasser des nahe gelegenen großen Brunnens tauchen zu können, auf dem ein steinerner Bär mit einem steinernen Mädchen tanzte. Zu Hause würde er seine Hände mit Seife waschen.

Wenige Minuten nach halb eins war er zu Hause. Nie seit seiner Militärzeit, als er regelmäßig Nachtwache geschoben hatte, war er so spät ins Bett gekommen. Er hatte sich lange nicht überwinden können, sich hinzulegen. Er brauchte eine Entspannung. Im hintersten Winkel des Wohnzimmerbüfetts stöberte er eine versiegelte Flasche Kirschwasser und Schnapsgläser auf, die nie benutzt worden waren; diese Gläser hatten seine Eltern zur Hochzeit bekommen. Sie waren trüb vom Alter. Er nahm ein Glas und wischte den jahrzehntealten Staub mit den Fingern weg, bevor er es am Hemd polierte.

Er war Schnaps nicht gewöhnt; er hoffte, der Alkohol würde ihn reinigen und beruhigen. Niemand hatte ihn angefasst. Keiner der Perversen hatte ihn berührt. Aber auch Blicke wirkten, und sie wirkten nach. Er dachte an den unreinen Sekt, an die Zungenspitze des jungen Mannes, die im Glas züngelte, an die Zunge im Sektschaum, er dachte mit Schaudern an den Speichel des jungen Mannes, der sich mit dem Sekt vermischt hatte. Obwohl er keinen Schluck getrunken hatte, wurde ihm plötzlich übel. Er sah, wie einer der Polizisten sein steifes Glied zwischen die Hinterbacken des anderen schob und zustieß wie ein Hund. Er sah, wie das Glied darin versank und wieder auftauchte, versank und wieder auftauchte. Zwei Hunde in Kleidern. Beide hatten ihm die Köpfe zugewandt und grinsten und prosteten ihm zu; beide hielten noch ihre Gläser in den Händen.

Stettler stand auf, um sich zu übergeben, doch auf halber Strecke kehrte er um und horchte in sich hinein. Der Schnaps tat seine Wirkung. Er hatte das abstoßende Bild zum Verschwinden gebracht. Trotzdem roch er ein weiteres Mal an seinen Fingern. Sie rochen weder nach Sperma noch nach Blut, weder nach Urin noch nach Scheiße, sie rochen lediglich nach dem speckigen Belag des Glases und dem

Wachstuch, auf dem es jahrzehntelang gestanden hatte. Er nahm einen weiteren Schluck und stellte fest, dass das widerwärtige Bild gebannt war, die falschen Polizisten hatten sich wie Hirngespinste in nichts aufgelöst. Das Glas war leer, und er war müde. Er stand auf, zog sich aus und legte sich ins Bett, ohne die Zähne geputzt zu haben; auch das war seit seiner Militärzeit nicht vorgekommen.

Er schlief sofort ein.

Eine Stunde später war er wieder wach. Als er Licht machte, um nach der Uhrzeit zu sehen, war es kurz nach zwei, die Decke rotierte. Er brachte sie zum Verschwinden, indem er das Licht löschte. Das Gefühl, auf einem schwankenden Schiff zu liegen, blieb bestehen. Er schlingerte zwischen Träumen und Wachen. Die Ereignisse dieses Abends drängten sich wie durch ein Nadelöhr, jeder Augenblick quälte sich durch die winzige Öffnung, bis kein Durchkommen mehr war und alles schwarz wurde.

Als Stettler um halb vier Uhr wieder aufwachte, stand Bleicher vor ihm. Er hatte nicht mit ihm gerechnet. War das der Mann, den er gestern Abend gesucht hatte? Er war erleichtert, die Lösung gefunden zu haben, so klärte sich alles.

Der Traum war so greifbar wie die Wirklichkeit. Er wollte Bleicher zur Rede stellen. Sie standen sich gegenüber. Sie waren im letzten Keller, in der *petite volière.* Da winkte von der Bühne her ein nackter Polizist. Stettler wusste, was er zu tun hatte, bevor er einschlief. Auch Bleicher trug eine Uniform. Sein Hintern war nackt. Bleicher war grün. Er streckte die Hand nach ihm aus. Dann schlief Stettler endlich ein.

Am nächsten Morgen erinnerte er sich nur noch an Einzelheiten des Abends und der Nacht. Was er wirklich erlebt und was er bloß geträumt hatte, konnte er zunächst nicht auseinanderhalten. Er sah Splitter und Scherben, manche leuchteten hell, andere wurden gespiegelt. Er hatte mehr getrunken, als ihm guttat. Nun wollte er vergessen, was er erlebt hatte.

Nicht auszudenken, was geschehen wäre, wenn er einem Arbeitskollegen, Bekannten oder Verwandten in die Arme gelaufen wäre. Er brauchte Ordnung in den Gedanken. Was eignete sich besser dazu als ein ruhiger Sonntag. Er dachte an Bleicher. Er dachte an die falschen Polizisten.

Er sammelte sich. Er versuchte zu sein, wie er immer war. Er würde starken Kaffee trinken, denn Koffein weitete die Gefäße. Er wollte dem Sonntag unbelastet ins Auge blicken und zu Hause bleiben. Er fürchtete, nichts würde mehr so sein, wie es gewesen war. Er versuchte, das Chaos in seinem Inneren zu ordnen. Er würde Radio hören und die Artikel lesen, die er im Lauf der letzten Woche ausgeschnitten und auf einen Stapel gelegt hatte, um sie später zu lesen. Und dann wegwerfen. Er würde am Nachmittag einen Spaziergang an den Fluss und dem Fluss entlang machen und die Eichhörnchen beobachten, die sich ohne Scheu den Kindern näherten und ihnen aus den Händen fraßen als wären es lebendige kleine Fresskörbchen. Er würde seine Cousine anrufen. Sie würde sich wundern, denn er hatte sie seit Monaten nicht angerufen. Nein, er würde sie nicht anrufen. Es gab nichts zu besprechen.

Seine Gelassenheit war nur von kurzer Dauer.

Er verlor die Fassung, als er kurz vor acht – er hatte zwei Stunden länger geschlafen als werktags – auf den Balkon trat, um frische Luft zu schnappen. Die Luft war kühl und klar. Wie immer blickte er nach oben in den Himmel, um zu sehen, ob dieser bewölkt oder wolkenlos sei (er war wolkenlos), und nicht anders als an anderen Tagen hob er den Kopf und schaute instinktiv zum Münster. Ihm stockte der Atem.

Er traute seinen Augen kaum, aber er träumte nicht. Auf dem Turm wehte eine Fahne, ein Fetzen, ein Tuch, ein Stück bedruckter Stoff. Es war kein Rauch, kein Nebel, keine Wolke, keine Sinnestäuschung. Es war echt. Der Himmel, vor dem sich der Münsterturm in unverstellter Klarheit abzeichneten, war ungetrübt. Der Wind frischte auf und ebbte ab.

Was er sah, konnte er zunächst nicht einordnen, es war zu fremd: Auf dem Münsterturm war eine Fahne gehisst worden. Nie zuvor hatte er dergleichen dort oben gesehen. Wimpel, Flaggen gehörten nicht auf Kirchen, weder auf katholische noch protestantische. Als der Krieg zu Ende war, hatten alle Glocken sämtlicher Kirchen des Landes geläutet, Fahnen jedoch wurden auf öffentlichen Plätzen und Gebäuden gehisst. Und nun das.

Etwas Außergewöhnliches musste geschehen sein an diesem Sonntag. Was hatte er verpasst? War es die Landesfahne, die Kantonsfahne, die da wehte? Eine private Fahne? Es war nicht zu erkennen, weil es windstill war. Die Fahne hing schlaff herunter. Einen Augenblick dachte er daran, das Radio einzuschalten, aber als er auf die Uhr blickte, sah er, dass es sieben nach acht war. Keine Zeit für Nachrichten. Er würde abwarten müssen.

Er drehte sich um, durchquerte die Wohnung und öffnete den Einbauschrank in der Diele. Er tastete auf dem mittleren Regal zwischen Werkzeug, Glühbirnen und Putzlappen nach dem Armeefeldstecher, den er seit Jahren nicht benutzt hatte, und kehrte damit auf den Balkon zurück. Er hob das Fernglas vor die Augen und stellte es auf seine Sehschärfe ein. Was er sah, als der Wind sich etwas hob und die Fahne sich für einige Augenblicke aufrichtete, sagte ihm aber nichts: Ein roter Balken oben, ein blauer Balken unten, dazwischen ein gelber Stern. Wenn die Fahne ein Land repräsentierte, kannte er es jedenfalls nicht. Viele Länder führten Sterne und Balken in ihren Flaggen.

Als er den Feldstecher sinken ließ und um sich blickte, bemerkte er auf anderen Balkonen und an offenen Fenstern mehr als ein Dutzend staunende

Personen, die ebenfalls zum Münsterturm blickten, mit ratlosen Mienen darauf deuteten, sich wunderten und miteinander beratschlagten, und schließlich rief jemand: »Das waren unsere jungen Revoluzzer. Das ist die Vietcongfahne!« Da ging auch ihm ein Licht auf. So fügte sich eins ins andere.

Zum ersten Mal hörte er an einem Sonntagnachmittag im Juni nicht nur ihren Namen und ihr Klavierspiel, sondern auch ihre Stimme. Zufällig war Stettler auf die Sendung *Klingende Noten, verklungene Stimmen* gestoßen, in deren Mittelpunkt meist Sängerinnen und Sänger, manchmal auch Instrumentalisten oder Dirigenten standen. Meist waren ihm deren Namen unbekannt. Gewöhnlich schaltete er aus. Kaum jedoch hatte der Sprecher die Sängerin der letzten Aufnahme genannt – die »große Erna Sack mit dem Koloraturkonzert von Glière« –, als der Name des »soeben verstorbenen phänomenalen russischen Pianisten Sergei Mereschkowski« fiel. Stettler hatte diesen Namen nie gehört, und er hätte sofort ausgeschaltet, wenn der Sprecher nicht seine »berühmte, uns hier im Land bestens bekannte« Meisterschülerin, »unsere beliebte Radiopianistin Lotte Zerbst«, erwähnt hätte, mit der er sich nach dem dritten Satz aus Chopins zweiter Klaviersonate über Mereschkowski unterhalten werde.

Nach dem Ende des bekannten Trauermarschs – eine Aufnahme voller Nebengeräusche, die Stettler nicht gefiel – fasste der Sprecher die kurze, aber erfolgreiche internationale Karriere des 1896 in St. Petersburg, heute Leningrad, geborenen Wunderkinds zusammen, dem es gelungen war, sich als sehr junger Mann aus den russischen Revolutionswirren nach Deutschland abzusetzen, wo er sich schnell etabliert hatte. Mehrfach war er sowohl mit den Wiener als auch mit den Berliner Philharmonikern unter Nikisch und Furtwängler aufgetreten; seine auf Schallpatte festgehaltene, wegweisende Interpretation der drei ersten Klavierkonzerte Rachmaninows – das waren damals mindestens drei Dutzend Schellackplatten gewesen – und des ersten Klavierkonzerts von Tschaikowski seien Aufnahmen von bleibender Gültigkeit. Ein unschätzbares Glück für die Nachwelt, dass sie existierten. Dem Ruf Willem Mengelbergs nach New York war er nicht gefolgt, auch dem Drängen Toscaninis hatte er nicht nachgegeben. Als dieser 1926 Chefdirigent der New Yorker Philharmoniker geworden war, hatte sich Mereschkowski bereits unwiderruflich zurückgezogen, die Gründe dafür blieben rätselhaft. Es gab Gerüchte, die sich bei näherer Betrachtung als Fantastereien entpuppten. Dann kam die dunkle Zeit, der Krieg, der über Mereschkowskis Ruhm hinweggefegt war. Er war in Vergessenheit geraten. Über die Bedeutung dieses Jahrhundertpianisten, den man mit Fug und Recht in einem Atemzug mit Horowitz und Rubinstein nennen dürfe, werde er sich nun gleich mit Lotte Zerbst unterhalten.

Obwohl er aufmerksam zuhörte, gelang es ihm

nicht, dem Gespräch der beiden wirklich zu folgen. Natürlich war ihm klar, worüber sie sich unterhielten – über Mereschkowskis Auffassung von Werktreue, über die russische Klavierschule, über sein Vorbild Anton Rubinstein, den er selbst nicht mehr erlebt hatte (er starb, als er ein Kind war), über seine Vorliebe für die Spätromantiker, über seine unorthodoxe Beethovenauffassung, über das eklatante Fehlen Mozarts in seinem Repertoire – doch all das interessierte Stettler nicht. Gefangen nahm ihn hingegen der Klang von Lottes Stimme, die erzählte, dass auch sie ihn nie im Konzert gehört habe, dass auch sie seine Interpretationen lediglich von den wenigen Schallplatten kannte, die er während seiner bedauerlich kurzen Karriere eingespielt hatte. Als sie als junges Mädchen aus der Provinz bei ihm in Berlin vorsprach, sei sie sich seiner wahren Größe allerdings bewusst gewesen. Welches Glück sie gehabt habe, als seine Meisterschülerin aufgenommen zu werden, sei ihr klar gewesen. Bereits damals habe er keine Konzerte mehr gegeben, beantwortete sie die Frage ihres Gesprächspartners. »In seinen vier Wänden spielte er, jedenfalls in meiner Gegenwart, nur selten, höchstens zwei, drei Takte.«

Der Frager wollte wissen, ob sein Genie nicht selbst in diesen wenigen Tönen zu erkennen gewesen sei, doch Lotte Zerbst blieb zurückhaltend. Die angedeutete Passage einer Beethovensonate sei noch lange nicht der vollständige Beethoven, ein paar Töne auf dem heimischen Klavier seien nicht der ganze Mereschkowski. »Ich bin fürs Ganze, auch wenn ich selbst zu viele Aufnahmen gemacht habe, um an das einzig Richtige zu glauben. Das Gültige ist eine Illusion. Der Mereschkowski, den ich kannte, war jener, der meine künstlerische Entwicklung vorantrieb. Er versuchte nicht, mich in seine Richtung zu drehen. Er versuchte nicht, mir seine Sicht auf die Musik aufzudrängen. Wenn er mich zu etwas ermunterte, dann dazu, meine eigene Sicht zu schärfen und hinter den Notentext zu schauen. Ich habe viel von ihm gelernt. Er unterrichtete mich nicht, indem er mir etwas vorspielte, das ich brav nachzuspielen hatte.«

»Dachte er denn nie daran, aufs Podium zurückzukehren?«

»Er lebte sehr zurückgezogen. Ich kann Ihnen diese Frage leider nicht beantworten.«

»Sind Sie ihm nach dem Krieg noch begegnet?«

»Nein. Leider nicht.«

Warum hatte sie die Unwahrheit gesagt, warum hatte sie die Frage verneint, warum musste sie lügen, was hätte es sie gekostet, die Frage zu bejahen, nun, da er nicht mehr lebte?

Ich habe ihn am Tag der Eröffnung der Berliner Philharmonie am 15. Oktober 1963 zum letzten Mal gesehen. Danach habe ich nichts mehr von ihm gehört.

Aber auch das stimmte nicht. Er hatte ihr noch einmal geschrieben und sie angerufen. Sie war abweisend und kühl gewesen.

Er hatte sie angefleht, sie möge mit der Direktion ihres Senders über die Möglichkeit sprechen, zumindest die bedeutendsten Beethovensonaten – *Les Adieux, Hammerklavier, Mondschein, Pathétique, Waldstein* und *Appassionata* – im Studio aufzunehmen; er konnte nicht wissen, dass sie sein Ansinnen nie zur Sprache gebracht hatte; nicht etwa aus kleinlicher Rachsucht, sondern weil sie den alten Mann vor der Blamage einer unvermeidlichen Niederlage bewahren wollte. Sie hatte ihn gut genug beobachtet, um zu wissen, dass er nur noch ein Schatten seiner selbst war. Sie hatte nicht verstanden, warum er ihr gegenüber so starrsinnig insistierte. Brauchte er Geld oder glaubte er wirklich, sich in dieser Verfassung verewigen zu müssen?

»Er hätte uns noch viel zu sagen gehabt.«
Mit diesen warmen Worten sympathischer Zuneigung, hinter deren reinem Klang Stettler so etwas wie ein untröstliches Bedauern über seinen Tod zu hören glaubte, beendete die Pianistin das Gespräch über Mereschkowski. Noch heute, dreißig Jahre nach ihrer intensiven Studienzeit, war sie voller Dankbarkeit für ihren einstigen Lehrer, der der Nachwelt nicht mehr – und nicht weniger – als die große Kunst Lotte Zerbsts hinterlassen hatte, deren Talent früh von ihm erkannt und gefördert worden war. Inzwi-

schen hatten die Tonaufnahmen, die die Radiopianistin gemacht hatte, die Zahl der von ihm eingespielten Stücke um ein Hundertfaches übertroffen. Während Lotte Zerbst, wie Stettler glaubte, jedermann bekannt war, hatte der Name Mereschkowski seinen Glanz längst eingebüßt. Das Rauschen, Knistern und Kratzen der alten Schallplatte, auf der das Klavier abwechselnd dumpf, blechern und verstimmt klang, illustrierte das Wenige, was davon übrig blieb. Einem Vergleich mit Lotte Zerbsts Aufnahmen hielt es in Stettlers Augen nicht stand.

Es war sehr warm am frühen Abend. Stettler genehmigte sich ein Bier auf dem Balkon. Seine Kehle war ausgetrocknet, er schwitzte, dabei fühlte sich sein Körper kalt an, die Finger wie kleine Eisenzangen, die Füße spürte er kaum, die Knie taub. Er war den ganzen Tag in den Schaufenstern herumgekrochen, um die Bademode einzurichten, die Kniekehlen hatten gebrannt, jetzt schmerzten die Waden. Kaum fähig, sich aufzurichten, als er aus den Schaufenstern gestiegen war, hatte er einmal so laut gestöhnt, dass sich die Lehrlinge nach ihm umgewandt hatten.

Seit einigen Wochen trank er jeden Abend ein Bier, manchmal auch zwei, selten sogar drei, niemals vier.

Es tat unheimlich gut, besonders wenn es heiß war, besonders wenn er müde war. Zu Lebzeiten seiner Mutter wäre es ihm nicht in den Sinn gekommen. Damals war ihm nicht bewusst gewesen, dass sie so viel Macht über ihn besaß. War es so gewesen? Nun war vieles möglich, was früher undenkbar gewesen wäre. War sie es gewesen, die ihn daran gehindert hatte, eine Familie zu gründen? War ihre schiere Gegenwart der Grund dafür gewesen?

Das Thermometer in Form eines Tannenzapfens, das an der schattenseitigen Wand hing, zeigte noch immer achtundzwanzig Grad. Er schaute zu den Nachbarhäusern hinüber. Mit gleichbleibendem Befremden – er konnte sich nicht daran gewöhnen – beobachtete er seit ein paar Jahren, dass manche Männer im Unterhemd auf ihren Balkons saßen, sobald die Temperaturen es erlaubten, nicht nur jüngere Männer, auch Männer seines Alters, jeden Alters. Er verachtete sie aus tiefster Seele. Was waren das für Zeiten! Saßen da, halb nackt, tranken Bier und stritten mit ihren Frauen und Kindern. Manchmal wünschte er sich, unter Menschen zu sein, mit denen er sich über solche Dinge hätte unterhalten können, darüber, wie es war, älter zu werden, wie es früher gewesen war, so wie man sich damals im Militär miteinander unterhalten hatte, kameradschaftlich, aber mit der nötigen Distanz. Den Gedanken an die nahende Pension versuchte er beiseitezuschieben, doch unterdrücken ließ er sich nicht. Unsachlich war es, dass er Bleicher die Schuld daran gab. Er dachte öfter an Bleicher als gut war.

Er blickte zum Münsterturm hinauf. Geradezu zwanghaft musste er sich seit jenem Sonntag im Mai immer wieder versichern, dass keine Fahne gehisst worden war, wo keine hingehörte. Auch heute nicht, gestern nicht, vor einer Woche nicht. Inzwischen waren mehr als zwei Monate vergangen, in denen fast täglich über Demonstrationen von Studenten in aller Welt berichtet wurde, die Freiheiten forderten, die ihm fremd waren. Nirgendwo sonst auf der Welt hatte man eine Fahne auf einer Kathedrale gehisst. Wäre einer seiner Lehrlinge bei einer solchen Kundgebung erwischt worden, wäre es ihm schlecht ergangen. Man hätte ihm garantiert gekündigt.

Die Spitze des sechzig Meter hohen Turms, der erst im neunzehnten Jahrhundert fertiggestellt worden war, ragte schlank und kahl in den Himmel wie eine große Kompassnadel. Das gab Stettler ein Gefühl von Sicherheit. Er war ganz ruhig.

Sie hatten noch vor zwölf gehandelt. Kurz nach elf Uhr konnte Stettler – und mit ihm zahllose andere Neugierige, die an offenen Fenstern, auf Balkons und der Straße standen und nach oben schauten – das waghalsige Unternehmen der Fahnenabnahme verfolgen: Zwei Männer mit Steigeisen hatten sich mutig hinaufgewagt, Angestellte der Post, wie man später aus der Zeitung erfahren konnte, die normalerweise Telefonmasten erklommen und neue oder gerissene Drähte verknüpften. Nicht nur Stettler gehörte zu ihren Bewunderern. Und nicht nur er glaubte, dass sie da oben Dinge hörten, die nicht für die Ohren Unbefugter bestimmt waren. Wer die Fahne aufgepflanzt hatte, erfuhr man nicht. Doch gab es Zeugen des Vorfalls, ein Rentnerehepaar, das die politische Aktion – wie das Delikt genannt wurde – beobachtet haben wollte, ohne jedoch eine genauere Personenbeschreibung geben zu können. Es hatte sich um eine Einzelperson gehandelt, einen jungen Mann, der, so die Rentner, flink und sicher wie ein Affe kletterte.

Stettler saß da und hatte noch Lottes Stimme im Ohr, als säße sie gerade neben ihm und unterhielte sich mit ihm. Zu gern hätte er sie gesehen. Wie praktisch ein Fernseher wäre, der einem die fehlenden Bilder zeigte. Auf dem Bildschirm hätte sie ein Gesicht. Im Radio war sie nur eine Stimme.

Es war nicht so wichtig, was sie gesagt hatte, wesentlich war der warme Ton, in den das Ausgesprochene gebettet war, ein Lager aus Seide und Moos, dachte Stettler, der dieses Lager vor seinem inneren Auge wie eine Schaufensterdekoration betrachtete. Er merkte sich die Formulierung *aus Seide und Moos*. Er würde sie eines Tages vielleicht verwenden. In einem weiteren Brief an sie, vielleicht. Er bedauerte es, keinen Kassettenrekorder zu besitzen, eines dieser neumodischen Geräte, mit dem er ihre Stimme festgehalten hätte; es war an der Zeit, sich diese Anschaffung zu leisten. Der Rekorder würde ihre Stimme einsaugen, und er könnte sie abhören, wann immer er wollte; von den Klavieraufnahmen ganz abgesehen, die fast täglich gesendet wurden.

Er war eingenickt, das halb volle Bierglas in der rechten Hand, und als er aufwachte, erinnerte er sich,

dass er von Lotte und drei Kindern geträumt hatte, ob Buben oder Mädchen, daran erinnerte er sich
nicht, doch die Erinnerung verschwamm, als er sie
fassen wollte.

Lotte Zerbst würde niemals Kinder von ihm haben,
er war zu alt. Aber er konnte sie treffen. Er konnte
sie sehen und mit ihr sprechen, über alles sprechen,
über die Kinder, die sie nicht gehabt hatten und nie
haben würden, über seine Mutter und ihre Mutter,
über die er nichts wusste. Über alles Mögliche und
Unmögliche, wie Paare es eben tun. Er öffnete ein
viertes Bier.

9 Herbst

Bleichers erstes Schaufenster ließ auf sich warten. Es schien, als habe man ihn, kaum angestellt, bereits aufs Abstellgleis geschoben, oder als habe man ihn bloß eingekauft, um ihn aus dem Verkehr zu ziehen, was seine Bedeutung für Schuster und die Konkurrenz nur noch hervorgehoben hätte. Doch der Eindruck täuschte natürlich. Mehr als die Tatsache, dass man ihn noch vor Stettlers Pensionierung angestellt hatte, war als Beweis nicht nötig. Die Bedrohung, die von dem schemenhaften Rivalen ausging, war mit Händen zu greifen, ob er ihn sah oder nicht, ob man über ihn sprach oder ihn nicht erwähnte. Seit man Stettler vor Monaten über Bleichers Anstellung unterrichtet hatte, war er ihm höchstens ein halbes Dutzend Mal begegnet, doch das änderte nichts an seiner Präsenz. Unsichtbar war er doch da.

Wenn sie sich begegneten, grüßte Bleicher stets als Erster, höflich distanziert, Stettler grüßte zurück, Haltung bewahrend. Er wollte weder arrogant noch unterwürfig erscheinen, erst recht nicht eingeschüchtert oder ängstlich. Unterhalten hatten sie sich nie. Roch Bleicher Stettlers Verunsicherung? Einen Mann wie Bleicher konnte man nicht betrügen. Nichts wäre natürlicher gewesen, als wenn sie sich über ihren Beruf und über dessen Zukunft ausgetauscht hätten; doch nichts lag ihnen ferner. Stettler hatte das Gefühl, bereits jetzt in der Vergangenheit zu leben, während Bleicher sich in der Zukunft bewegte. Stettler war ein Zuschauer, Bleicher agierte auf einer unsichtbaren Bühne.

Stettler wartete ab und beobachtete seine Umgebung noch genauer als früher. Vor allem den Lehrlingen und seiner langjährigen Assistentin Fräulein Hodel galt seine Aufmerksamkeit. Er glaubte ein untrügliches Gespür für ihr Verhalten zu haben, wenn Bleicher sich näherte. Bemerkungen, die sich auf Bleicher bezogen, entgingen ihm nicht, auch wenn sie selten waren, als wären sie stets auf der Hut, ihren zukünftigen Vorgesetzten in Stettlers Gegenwart nicht zu erwähnen.

Stettlers Wahrnehmung war also geschärft und in ständiger Alarmbereitschaft. Ob Bleichers Anwesenheit erwähnt oder verschwiegen wurde, hatte dasselbe Gewicht, beides konnte Stettler nicht recht sein, beides verunsicherte ihn und störte ihn fortwährend bei der Arbeit. Er versuchte sich zu konzentrieren, was auch bedeutete, dass er alles tat, um nicht an Bleicher denken zu müssen – viel Erfolg hatte er dabei nicht.

Er wusste nicht einmal, wo sich sein Büro befand. In der Nähe von Arthur Schusters Arbeitsräumen? In welchem Stockwerk? Er konnte nicht fragen. Fragen hätte Interesse bedeutet, Interesse wollte er nicht zeigen. Hatte er sich überhaupt in einem Zimmer eingerichtet, arbeitete er täglich, arbeitete er zurückgezogen, wie viele Mitarbeiter assistierten ihm? Weshalb sprach man in seiner Gegenwart nicht darüber? Nur deshalb nicht, weil er nicht fragte? Allein um Schonung konnte es sich nicht handeln, wenn die anderen Bleicher nicht erwähnten. Stettler fiel auf, was ihm früher entgangen war: Dass ihm vieles von dem, was im *Quatre Saisons* ablief, unbekannt war.

Neugier hätte ihm leicht als Ausdruck von Eitelkeit oder Neid ausgelegt werden können. Man überließ es ihm, sich darüber den Kopf zu zerbrechen, was Bleicher trieb und wo er war. Dass Bleicher untätig war, konnte er sich nicht vorstellen.

Es war, als säße Bleicher hinter verschlossenen Türen und lauerte wie eine Spinne auf Beute. Er arbeitete auf Zeit. Je weniger er sich zeigte, desto bedrohlicher wurde seine stille Anwesenheit in der scheinbaren Leere. Stettler glaubte zu wissen, dass Bleicher nur darauf wartete, dass seine Stunde schlug. Damit musste man jederzeit rechnen.

Die Nachricht, dass man nicht ihn, sondern Bleicher damit beauftragt hatte, die diesjährige Weihnachtsdekoration zu konzipieren, erreichte Stettler in der ersten Oktoberwoche, während er letzte Hand an die in warmen Rot- und Ockertönen gehaltenen Herbstschaufenster legte (das täuschend echte Herbstlaub aus Seide – die *feuilles mortes* – war in

Lyon hergestellt und erst vor wenigen Tagen geliefert worden; es entsprach auf beglückende Weise den
Vorstellungen, die sich Stettler aufgrund von Fotos
davon gemacht hatte, auf die man sich bekanntlich
nicht immer verlassen konnte); auf seinem Schreibtisch stapelten sich bereits Dutzende von Skizzen für
die Weihnachtsfenster, die in diesem Jahr noch feier-
licher und heller strahlen sollten als sonst, da er beabsichtigte, sie mit Heerscharen engelhafter Wesen
zu bevölkern, die in unterschiedlichster Gestalt darin
schweben, fliegen und gleiten sollten.

Daraus würde also nichts. Er konnte es zunächst
nicht fassen. Die ganze Arbeit, all die Ideen umsonst.
Ihm war schwarz vor Augen geworden, und das
Schwarz hatte sich sofort in seinem Inneren ausge-
breitet.

Die Neuigkeit erfuhr er nicht etwa von Schuster
oder von Bleicher selbst, sondern von Fräulein Hodel, einer Person, die ihm für gewöhnlich nichts zu
sagen hatte, sondern Arbeiten erledigte, die er ihr
auftrug; das bedeutete eine weitere Demütigung. Das
unwichtigste Glied in der kleinen Befehlskette seiner Abteilung war damit beauftragt worden, ihn über
diese folgenschwere Entscheidung zu unterrichten,
die offenbar von langer Hand vorbereitet worden
und für die Verantwortlichen längst keine Neuigkeit mehr war. Wenn er später darüber nachdachte,
glaubte er in Fräulein Hodels sonst so verschlossener
Jungfernmiene etwas wie Triumph gelesen zu haben.

Man hatte ihm die wichtigste Arbeit des Jahres und damit das Vertrauen entzogen. Dass er nicht Teil der Beschlussfassung dieses außergewöhnlichen Vorgangs war, verstand sich von selbst, dennoch wäre es ihm lieber gewesen, man hätte ihn – wenn auch nur der Form halber, denn man hätte ihn bestimmt nicht um seine Meinung gebeten – in den Entscheidungsprozess mit einbezogen.

Obwohl Stettler sich eingeredet hatte, mit allem zu rechnen, traf ihn die Nachricht mit solcher Wucht, als habe man auf ihn geschossen. Von weit oben gefallen, blieb er weit unten liegen. Es würde Tage, vielleicht Wochen dauern, bis er sich wieder davon erholen würde.

Er beendete seine Arbeit an der Herbstdekoration so entschieden und gewissenhaft wie immer, doch schweigsamer denn je. Er wirkte abwesend, wenn ihm auch nichts entging. Wie gewöhnlich war am Ende alles an seinem Platz. Nichts wurde dem Zufall oder der Fahrlässigkeit seiner Mitarbeiter überlassen, jedes Herbstblatt, jede Falte, jede Schaufensterpuppe, jede Lichtquelle befand sich am vorgesehenen Ort.

Er gab seinen Mitarbeitern kurz angebunden zu verstehen, was sie zu verbessern hatten, wenn ihnen ein Fehler unterlief, blickte ihnen aber nie in die Augen, sondern an ihnen vorbei oder durch sie hindurch in die Weite eines Universums, das niemand je betreten würde außer ihm. Mit zusammengekniffenem Mund verglich er die Ausführung seiner Vorstellungen mit den Plänen, die er gezeichnet hatte, und legte selbst Hand an, wenn es nötig war. Wo er früher laut geworden wäre, kam nun kein Wort mehr über seine Lippen. Es schien, als sähe er nur seine Arbeit, während seine Mitarbeiter durchsichtig geworden waren. So war es nicht verwunderlich, dass auch diese das Wort nicht an ihn richteten. Sie waren gewiss schon voller Vorfreude, bald mit Bleicher arbeiten zu dürfen. Stettlers Mund war eine undurchdringliche Festung, ein Strich. Er schien seinen Rückzug zu zelebrieren wie ein Mönch, der sich der Askese verschrieben hatte.

Stettlers Welt war erschüttert. Über ihr wehte die Vietcongfahne. Bleicher, den die anderen jetzt vertraulich Werni nannten, hatte sie gehisst. Den Werni fanden sie spannend und interessant, er war voll neuer Ideen, es wehte ein frischer Wind, er vollzog den Generationenwechsel. Es war klar, wer zum Angriff geblasen hatte, wer sich verteidigte und wer den Kürzeren ziehen würde.

Für Stettler hatten sie nie solche Worte gefunden, oder er hatte sie vergessen. Er arbeitete seit zu vielen Jahren hier, um sich genau an seine Anfänge zu erinnern.

Und dann begann Stettler wieder von ihm zu träumen. Er konnte nicht anders. Fast jede Nacht erschien Bleicher in seinen Träumen, und auch er begann ihn

Werni zu nennen, doch wenn er ihn so nannte, wenn er Werni rief, reagierte Bleicher nicht, egal, ob Stettler schmeichelte oder drohte. Im Traum war alles anders als in Wirklichkeit, doch wenn er aufwachte, fürchtete er immer, die Wirklichkeit habe sich dem Traum angepasst.

Einmal war er aufgewacht und überzeugt gewesen, dass es Bleicher war, der damals frühmorgens den Münsterturm erklettert hatte, um die »blasphemische Fahne« zu hissen, wie die größte Zeitung der Stadt sie genannt hatte, die Fahne des Feindes der USA, den Wimpel des aggressiven Kommunismus, die flatternde Fratze des Antikapitalismus. Als Stettler aus dem Traum hochschreckte, war er fest entschlossen, ihn anzuzeigen. Mochte Stettler auch innerhalb des Kaufhauses an Einfluss und Respekt verloren haben, bei den Behörden würde sein Wort aufgrund seines Leumunds und Alters Gehör finden. Die Polizei war nicht am mangelnden Rückhalt seiner Kollegen, sondern an Fakten interessiert und daran, ungelöste Fälle aufzuklären.

Auch wenn die Überzeugung mit jeder Sekunde, da der Traum in die Ferne rückte, abnahm, Reste dieser Überzeugung schwammen noch tagelang an der Oberfläche seines Bewusstseins. Werner (Werni) Bleicher war in Stettlers Augen ein Wolf im Schafspelz, ein Vertreter derer, die auf die Straße gingen, der Hippies und Demonstranten, die Sit-ins veranstalteten, Warenhäuser in Brand steckten, Plakate mit dem Porträt Che Guevaras hochhielten, »Ho-Ho Ho-Chi-Min« skandierten und die Welt gewaltsam verändern wollten, bis anständige, pflichtbewusste und unauffällige Menschen wie er sie nicht wiedererkannten. Er mochte sich als kollegialer Angestellter gebärden, in Wahrheit waren seine Absichten undurchschaubar.

Lotte erhielt einen weiteren Brief des Unbekannten aus der Schweiz, dessen Name ihr inzwischen vertraut war.

Er schrieb, wie tief ihn die Sendung über den russischen Pianisten – dessen Namen er sich offenbar nicht gemerkt hatte – beeindruckt hatte. Insbesondere aber habe es ihm ihre wunderbare Stimme, deren Wärme und harmonischer Klang angetan; es sei eine unverhoffte Freude gewesen, sie endlich einmal nicht nur spielen, sondern auch reden zu hören. Eine Stimme, zumal eine so menschliche Stimme, sei doch weniger abstrakt und fern als der Klang eines Klaviers, wenn dieser auch gewiss das eigentliche Ausdrucksmittel des großen Künstlers sei. Weiter schrieb er, es sei reiner Zufall gewesen, dass er im richtigen Augenblick beim Suchen auf den deutschen Sender gestoßen sei, den er jeweils ausschließlich in der Hoffnung ansteuere, »eine Ihrer schönen Aufnahmen hören zu dürfen«.

Er nahm also das Gespräch über Mereschkowski zum Anlass, sie ein weiteres Mal zu loben, was ihr tatsächlich schmeichelte, wie sie sich eingestehen musste. Post von Verehrern, die wenig von Musik verstanden, zumindest das Fachvokabular nicht beherrschten – Quinten nicht von Quarten unterscheiden konnten, aber freundliche Worte dafür fanden, wie diese ausgeführt wurden –, waren bei ihr nicht an der Tagesordnung, die nichts durcheinanderbrachte. Ihr bescheidenes, um nicht zu sagen einsames Dasein spielte sich zwischen einer einfachen Wohnung mit einem Bechstein und dem großen Radiostudio mit zwei Steinways, zwei Aufnahmestudios und einem großen Sendesaal ab, das von ihrem Zuhause bequem zu Fuß zu erreichen war. Nur einen halben Kilometer den Fluss entlang, der sich in die Stadt windet, und schon befand sie sich in der gepflegten Parkanlage, die das Sendegebäude umgab, in der es bis weit in den Herbst stets üppig blühte; jeden Frühling wurden großzügig Rosen gedüngt und Dahlien gepflanzt.

Es sei sicher eine schwere Zeit für sie, schrieb er. Das Dahinscheiden eines bedeutenden Lehrers und Mentors sei immer ein großer Verlust – und unwillkürlich dachte sie an dieser Stelle, dass dieser Unbekannte vielleicht der Einzige war, dem sie die Wahrheit über Mereschkowski anvertrauen konnte, weil sie so wenig voneinander wussten; gerade dieses Vakuum war vielleicht heilsam.

Was er so wohlüberlegt zu Papier gebracht hatte, wies keinen einzigen Grammatik- oder Orthographiefehler auf. Sie vermutete, dass er den Brief zunächst als Entwurf geschrieben hatte, bevor er ihn in seine endgültige Form brachte. Er hatte ihn demnach einer Kontrolle unterzogen, die möglicherweise Schlüsse auf seinen Beruf zuließ, den er auch in seinem zweiten Brief nicht erwähnte, vielleicht war er Anwalt, vielleicht Prokurist, vielleicht Geschäftsmann, am ehesten wohl Akademiker. Sein Stil und seine Zurückhaltung ließen viele Möglichkeiten zu.

Sie zweifelte nicht daran, dass er Witwer oder unverheiratet war. Sie glaubte nicht, dass er homosexuell sei, da sie überzeugt war, dass Homosexuelle sich weniger für Pianistinnen als vielmehr für Sängerinnen und Sänger interessierten, was sie höchstens gegenüber einer Sängerin erwähnt hätte. Über seinen Zivilstand äußerte er sich ebenfalls mit keinem Wort, ob absichtlich oder zufällig blieb sein Geheimnis. Sie verfügte lediglich über ein paar Vermutungen.

Sie entschloss sich, ihm am nächsten Tag zu antworten, zumal sie ihn auf ein Konzert hinweisen konnte, welches sie am 6. Februar in seiner Heimatstadt geben würde. Sie trat nicht zum ersten Mal in der Schweiz auf, sie hatte bereits unter Ansermet und Nussio in Genf und Lugano gespielt, bislang jedoch nicht in der deutschen Schweiz. Es wäre ihr eine Freude, schrieb sie, ihn bei dieser Gelegenheit zum Konzert einladen zu dürfen, sie werde Schostakowitschs zweites Klavierkonzert unter der Leitung von Kletzki spielen; er möge ihr doch bitte gelegentlich mitteilen, ob sie eine oder zwei Eintrittskarten auf seinen Namen hinterlegen solle; so würde sie nebenbei erfahren, ob er verheiratet oder Junggeselle war.

Bleicher sprach wohl unablässig von Oskar Schlemmer und Caspar David Friedrich, als sei er deren
Entdecker, Fürsprecher, Doppelgänger und Testa-
mentsvollstrecker.

Eine Einsicht in Bleichers Vorlieben und Verhalten, in seine Arbeitsweise und sein Auftreten als
Vorgesetzter erhielt Stettler durch Fräulein Hodel,
die ihn eines Nachmittags unverhofft aus seiner Le-
thargie riss. Grund für die plötzliche Kehrtwende
weg von Bleicher zurück zu ihrem eigentlichen Vorgesetzten war der Umstand, dass Bleicher seine Mit-
arbeiterin, die er bislang schweigend toleriert hatte,
vor allen anderen heruntergemacht hatte, weil sie
sich abfällig über Oskar Schlemmer, die erhabenste
seiner Größen, geäußert hatte, dessen Name ihr und
ihren Kollegen bis vor kurzem unbekannt gewesen war. Als eifrige Besucherin und Benutzerin der
Kantonsbibliothek war es ein Leichtes gewesen, sich
über diesen fast vergessenen Maler, der im städtischen Kunstmuseum nicht einmal mit einer Bleistiftskizze vertreten war, zu informieren. Dies wurde ihr
nun zum Verhängnis.

»Ich muss Sie sprechen, es geht um Bleicher«, hatte sie ihm zwischen Tür und Angel zugeflüstert, sie

wagte kaum, ihn anzusehen, aber was er von ihrem Blick auffing, zeugte von erheblicher Verunsicherung. Sie hatte mit leiser Stimme einen Tea-Room genannt, von dem sie annehmen durfte, dass auch Stettler ihn kannte. Er kannte ihn selbstverständlich, es handelte sich um ein alteingesessenes Lokal mit gutem Ruf, in dem kein Alkohol ausgeschenkt wurde. Schon vor Jahrzehnten hatte sich seine Mutter mit ihren Freundinnen zum Nachmittagstee dort verabredet.

In Fräulein Hodels Stimme lag so viel Dringlichkeit, dass er keine andere Wahl zu haben glaubte, als ihrer Aufforderung zu folgen. Er war neugierig, was sie ihm von Bleicher zu erzählen hatte.

»Um sechs im Café Wander«, hatte sie ihm zugeflüstert, und er hatte genickt. Er würde die Zusage einhalten und das alt gewordene Fräulein, dessen Spezialität Stoffe, Tuche und Geschirr war, zur verabredeten Zeit treffen. Sie würden sicher nicht über die Vorzüge französischer oder italienischer Ware sprechen.

Als sie auftauchte, saß er schon seit zehn Minuten da. Er wartete geduldig. Sie setzte sich zu ihm an den runden Tisch, der mit Trockenblumen geschmückt war, und bestellte einen Hagebuttentee mit viel Zucker, nachdem sie sich beinahe auf ihre kleine kompakte Handtasche gesetzt hätte. Dann erzählte sie hastig, was sich am Vortag während einer Besprechung mit Bleicher ereignet hatte. Natürlich war es in der Hauptsache um die Weihnachtsdekoration gegangen. Aufgrund einer unbedarften Bemerkung war sie aber von den Vorbereitungen ausgeschlossen worden.

»Welche?«, fragte Stettler knapp.

»Ich sagte, ich hätte in unserem Kunstmuseum vergeblich nach Schlemmers Namen gesucht.« Weder dort noch in der Kantonsbibliothek sei sie darauf gestoßen, sie habe sich von einer Bibliothekarin helfen lassen müssen, die diesen Namen auch nicht kannte.

»›Ein Epikureer‹?, wollte sie wissen.«

Ihn interessiere ihre Bibliothekarin nicht, sei Bleicher ihr sofort ins Wort gefallen, und sie, nicht aufs Maul gefallen, habe erwidert: Kein Buch über ihn in der Bibliothek, nicht einmal eine Bleistiftskizze im Kunstmuseum, im Übrigen verbitte sie sich diesen Ton. Sie könnte schließlich seine Mutter sein.

Seine *unverheiratete* Mutter, hätte Stettler am liebsten sarkastisch bemerkt, schwieg aber, solche Bemerkungen waren jetzt unangebracht.

Natürlich glaubte er keinen Augenblick, dass das tatsächlich ihre Worte gewesen waren, kein Zweifel konnte allerdings darüber bestehen, dass sie bei Bleicher in Ungnade gefallen war, weil sie dessen Kunstgeschmack nicht teilte; vielleicht gab es noch andere Gründe, die sie nicht erwähnen wollte. Das trotzige Fräulein hatte Bleichers Idol nicht gebührend bewundert und folglich Bleichers Autorität in Zweifel gezogen, doch je länger sie nun darüber sprach, desto mehr schien ihre Überzeugung zu wachsen, dass sie das einzig Richtige getan und gesagt, folglich Zivilcourage bekundet habe. Sie förderte immer neue Details ans Licht, und ihr eigentlicher Chef, dessen Position durch Bleichers Anstellung ins Wanken geraten war, nickte zustimmend. Die Wärme des Lokals, der Hagebuttentee und Stettlers Aufmerksamkeit taten ihr gut, all das gab ihr ein Gefühl der Geborgenheit, wie sie es nur selten empfand.

Vielleicht bereute sie ja inzwischen, so vorlaut gewesen zu sein, zugeben würde sie es aber nicht, zumal nichts und niemand das Zerwürfnis aus der Welt zu schaffen vermochte. Schlemmer – sie kam jetzt zum Höhepunkt ihrer Erzählung – sei in ihren Augen doch eher ein dekorativer Künstler, dessen Figuren das Menschliche und Geistige völlig abgehe. Den großen Künstler könne sie in ihm nicht erkennen, hatte sie zu Bleicher gesagt. Die anderen Angestellten hatten sie entgeistert angestarrt.

Bleicher hatte ihr daraufhin schneidend beschieden: »Fräulein Hodel, ihre Art, Schlemmer zu disqualifizieren, disqualifiziert nicht nur Sie, sondern zeigt deutlich, in welche Richtung Sie denken. Schlemmer wurde von den Nazis als entartet bezeichnet und stigmatisiert, obwohl er noch nicht einmal Jude war. Sind Sie sich darüber im Klaren, dass Sie wie Hitler reden? Tut mir leid, wenn ich das sagen muss. Das ist sehr deutsch, wie Sie hier von einem großen Künstler denken.«

Unangenehme Stille war eingetreten.

Wusste er, was außer der nächsten Verwandtschaft

eigentlich niemand wissen konnte, dass ihr Groß-
vater Deutscher gewesen war? Setzte er sein Wissen
bewusst als Instrument gegen sie ein, um sie zu ver-
letzen und auszuschalten? Der Vorwurf jedenfalls
traf ins Schwarze, sie war verstummt. Ihr fiel keine
Antwort ein.

Totenstill war es ein paar Sekunden lang um sie
herum gewesen und totenblass war sie geworden,
unfähig, etwas zu erwidern oder gar sich zu verteidigen. Ihre Hände waren eiskalt.

»Das hat gesessen«, hatte sie jemanden flüstern hören. Doch war sie zu verwirrt gewesen, um zu erkennen, wer das gesagt hatte. Sie hatte das getan, was
Bleicher wohl erwartete: Sie hatte schweigend den
Rückzug angetreten. Zwar hatte sie den Raum nicht
gleich verlassen, aber allen war klar gewesen, dass
sie in dieser Runde nichts mehr verloren hatte. Man
würde sie künftig nur noch untergeordnete Arbeiten
verrichten lassen.

Dass sie sich nachträglich überlegt hatte, sich bei
Bleicher für ihr vorlautes Benehmen zu entschuldigen, erwähnte sie Stettler gegenüber nicht. Auch
nicht die schlaflose Nacht, die hinter ihr lag.

»Und wer ist dieser Friedrich?«, wollte Stettler
wissen.

»Ein Wolken- und Landschaftsmaler, ein Roman-
tiker, den er für bedeutend hält, Caspar David Friedrich. Er nennt ihn CDF, als wäre er mit ihm persönlich vertraut.«

Sie wirkte plötzlich erschöpft.

»Sagt mir nichts«, sagte Stettler.

»Sagte mir auch nichts«, sagte Fräulein Hodel. »Bis vor kurzem. Ich habe mich erkundigt.«

Sie rührte langsam und gleichmäßig im Bodensatz des Hagebuttentees, während Stettler sich plötzlich nach einem Bier sehnte. Aber im Café Wander hatte sich außer dem Personal nichts geändert, Bier und Likör wurden weiter nicht ausgeschenkt, wer ein Bier wollte, musste das Lokal wechseln, und mit Fräulein Hodel das Lokal zu wechseln, kam für Stettler nicht in Frage. Warum eigentlich nicht, er war ein freier Mann?

»Ein Vietcong«, sagte er in die Stille.

Sie blickte auf und sah ihn mit hochgezogenen Augenbrauen verständnislos an.

»Es würde mich jedenfalls nicht wundern.«

Er verstummte mitten im Satz. Glaubte er ernsthaft daran?

Geistesabwesend folgten ihre Blicke einer jungen Frau, die ein gelb-braun kariertes Jäckchen überstreifte, aufstand und sich anschickte, das Café zu verlassen. Sie hatte zwanzig Rappen Trinkgeld neben ihre leere Tasse gelegt. Ganz allein hatte sie Schwarzwälder Kirschtorte gegessen und Kaffee getrunken.

Stettler war sich darüber im Klaren, dass sie ihn nicht verstand. Nichts sprach dagegen, dass Bleicher *diese alpinistische Meisterleistung* vollbracht hatte, wie eine Zeitung schrieb, als bewunderte man das Delikt als Abenteuer.

»Und wenn *er* die Fahne gehisst hat«, fragte er schließlich und blickte sie entschlossen an. Fräulein Hodel hielt dem Blick stand. Aber sie verstand nicht, was er meinte.

»Welche Fahne?«

»Die Vietcongfahne auf dem Münster.«

Sie machte große Augen, in denen allmählich Verständnis aufblitzte. Doch vielleicht täuschte er sich und sie wusste nicht, wovon er sprach, auch wenn ihr wie jedermann bekannt sei musste, was sich an jenem Sonntagmorgen ereignet hatte, Zeitungen, Radio, Wochenschau und Fernsehen hatten darüber berichtet.

Und plötzlich bemerkte er, was ihm bislang entgangen war, den zarten Schwung ihrer Oberlippe, die in der Mitte eine leichte Wölbung bildete wie ein winziges schützendes Dach, und eine auffallende Ähnlichkeit mit der Form ihrer rechten Augenbraue aufwies, dieselbe Linie, dieselbe Wölbung, eine eigentümliche Parallelität, wie er sie in seinen Schaufenstern mit diversen Materialien immer wieder herzustellen und auszustellen versucht hatte, hier war sie von der Natur in eine menschliche Form gebracht worden. Es erfreute ihn, wie ihn lange nichts mehr erfreut hatte. Der Anblick machte ihn tatsächlich so glücklich, wie er seit langer Zeit nicht mehr gewesen war. Als er diese Besonderheit an Fräulein Hodel, einem durch und durch gewöhnlichen Menschen, entdeckte, war es, als sei der Kletterer vom Turm gefallen und habe sich dabei in Luft aufgelöst; als hätte er nie existiert und wäre also bedeutungslos; als hätte außer diesem Körper nichts Bedeutung und Bestand. Was für ein erlösender Moment.

Das Interesse oder der Zwang, über Bleicher zu reden, wich einer befreienden Leichtigkeit; eine Last fiel von ihm ab, die dazu führte, dass er ganz gegen seine Gewohnheit beinahe über etwas Persönliches geredet hätte, doch er tat es auch diesmal nicht. Er hätte zum Beispiel die große Pianistin Lotte Zerbst erwähnen können und Fräulein Hodel fragen, ob sie in ihrer Einsamkeit auch hin und wieder Radio höre und vielleicht auf die Pianistin gestoßen sei, von der er manchmal denke, er sei verliebt in sie, aber das war natürlich lächerlich, so lächerlich wie die Vorstellung, seine rechte Hand auszustrecken und auf ihre linke Hand zu legen. Wie hieß sie denn, Regula, Sabine, Heidi? Sein Kopf war leer. Was verbot es ihm, sie an sich zu ziehen, zu küssen und zu ficken, ein Wort, das er an diesem Tag zum ersten Mal in seinem Leben dachte. Er war entsetzt über sich selbst und seine geheimen Wünsche.

»Ich muss jetzt gehen, ich möchte ihre kostbare Zeit nicht strapazieren.«

Als ob sie seine schmutzigen Gedanken gelesen hätte, hatte sie es plötzlich sehr eilig.

Hatte er irgendetwas gesagt, was zu sagen er besser

unterlassen hätte? Sollte er ihr heimlich folgen und sie beobachten?

»Wo wohnen Sie denn?«, fragte er.

Hatte er ihr unbeabsichtigt zu verstehen gegeben, dass ihn ihre Sorgen und Nöte nicht interessierten? Er wollte gern freundlicher erscheinen. Wirkte er nicht kalt und rücksichtslos? Wirkte er als ihr Vorgesetzter nicht so wie Bleicher heute auf ihn wirkte? All das hätte er sie fragen können. Aber er schwieg und wartete, dass sie ging. Er stellte sich vor, sie seien verheiratet. Eine absurde Idee.

Das Gefühl der Befreiung hatte sich verflüchtigt. Er fühlte sich bedrückt, und Fräulein Hodels Anblick verstärkte diese Empfindung noch. Er versuchte sich auf ihre Oberlippe und die Augenbraue zu konzentrieren. Aber je länger er schaute, desto deutlicher wurde ihm, dass sie nichts weiter als Haut und Haare waren. Haut und Haare waren ein bedrohliches Potenzial. Das Gefühl der Harmonie hatte sich in nichts aufgelöst.

Dann gab es ein unerfreuliches Hin und Her, weil sie bezahlen wollte, was er aber nicht zulassen konnte. Er verstand nicht, warum sie insistierte, was bezweckte sie damit? Er sagte, es sei ihm ein Vergnügen gewesen, hier mit ihr zu sein. Das war hundert Mal besser als allein zu Hause herumzusitzen, auf dem Balkon zu verrotten, alleine Radio zu hören und einsamen Träumen nachzuhängen.

Schließlich hatte er bezahlt. Solange er lebte, würde eine Frau in seiner Gegenwart im Restaurant nicht bezahlen. Er wollte lieber nicht wissen, ob sie eine von denen war, die sich für das Frauenstimmrecht stark machen würden, wenn es wieder so weit wäre.

11 Winter

Man hatte ihn also noch vor der Pensionierung seines vermeintlich sicheren Platzes verwiesen. Dazu verbannt, mit anonymen Passanten auf die Enthüllung dessen zu warten, was bislang allein in seiner Kompetenz und Macht gelegen hatte, stand er nun als schattenhafter Niemand ohne Auftrag und Arbeit jenseits der Schaufenster, die bislang sein Reich und sein Leben gewesen waren. Wenn er in Gedanken Briefe an Lotte Zerbst schrieb, neigte er tatsächlich dazu, es so bildhaft und dramatisch auszudrücken. Aber es blieben ungeschriebene Briefe, die nie abgeschickt wurden.

Am Tag der Enthüllung der Weihnachtsdekoration reihte er sich unter die Zuschauer. Statt seiner eigenen Ideen – er konnte es immer noch nicht fassen – wurden nun fremde Ideen präsentiert, die ihm mit Sicherheit ganz und gar nicht gefallen würden und die, davon war er überzeugt, auch sonst niemandem gefallen konnten.

Am Mittwoch, 4. Dezember 1968, überraschte nicht er die zufälligen Fußgänger und Stammkunden, wie er es die letzten sechsundzwanzig Jahre getan hatte, sondern ein Fremder, von dem selbst in seiner Abteilung niemand wusste, wo er sein Handwerk gelernt hatte, denn nichts war bislang über seine Vergangenheit und seinen beruflichen Werdegang bekannt geworden. Seine Ausbildung hatte er offenbar nicht hier, vielleicht nicht einmal in der Schweiz absolviert und seine Karriere schien aus nichts weiter als dem Sprung zu bestehen, den er aus dem Nichts auf der Karriereleiter des *Quatre Saisons* gemacht hatte. Fräulein Hodel erwähnte einmal ein Studium im Ausland zum Grafiker oder Schriftkünstler, aber niemand wollte es genauer wissen, niemand wollte in die Tiefe gehen, jedermann sagte sich, die Eigentümer des *Quatre Saisons* wüssten am besten, was sie täten, indem sie ein solches Wagnis eingingen, schließlich sei ihnen nicht daran gelegen, sich durch Fehlentscheidungen das Wasser selbst abzugraben.

Stettler wusste, dass von dieser ersten Talentprobe nicht nur Bleichers, sondern auch sein Schicksal abhing. Stellten sich die Weihnachtsdekorationen des Neulings als Fiasko heraus, würde den Schusters wohl oder übel nichts übrigbleiben, als ihr riskantes Experiment mit dem aufgeblasenen Anfänger abzubrechen. Entsprach Bleichers Arbeit hingegen den Erwartungen Schusters, war Stettlers Zukunft noch ungewisser als zuvor.

Stettler wurde dem Versuch geopfert, Neuerungen durchzusetzen, die er selbst nicht hätte verantworten können. Schusters Vertrauen in Bleichers Fähigkeiten schien so grenzenlos wie sein Glaube daran, dass es keine Risiken in sich barg. Was würde geschehen, wenn die Kunden sich das Althergebrachte und nichts anderes wünschten?

Weil er sich – Haltung bewahrend und scheinbar ohne Groll – aus den Vorbereitungen herausgehalten hatte, wiegte er sich hinsichtlich des voraussehbaren Misserfolgs seines Rivalen in Sicherheit. Doch er wusste, dass Überlegenheit und Schiffbruch nahe beieinanderlagen. Er hatte Angst, aber wem gegenüber außer Lotte, die nicht einmal wusste, welchen Beruf er ausübte, hätte er es zugeben können? Dennoch versuchte er sich einzureden, dass jeder, der in Sachen Weihnachtsdekoration in die Fußstapfen dessen zu treten wagte, der jahrzehntelange Erfahrungen darin besaß, den Geschmack des Publikums zu kennen und zu treffen, ja zu beeinflussen, zum Scheitern verurteilt war. Konnte ein junger Mann, der keinerlei Erfahrungen hatte, ihm wirklich gefährlich werden?

Am 4. Dezember fehlten der Schnee und die Kälte. Das herrschende Wetter passte besser in den Spätherbst oder Vorfrühling als in die Winterzeit. Und doch wusste jedermann, dass in drei Wochen Weihnachten war. Die alltägliche Stimmung wollte keine Weihnachtsfeierlichkeit aufkommen lassen, dennoch – vielleicht wegen der ungewöhnlich milden Temperaturen – waren mehr Neugierige zu dem Ereignis herbeigeeilt als in den vergangenen Jahren. Man hätte glauben können, sie wüssten, welcher unsichtbare Kampf sie erwartete.

Unter ihnen befand sich auch Stettler. Er war in seinen dicken, alten Wintermantel gehüllt und hatte den Kragen hochgeschlagen und den Hut in die Stirn geschoben, als wäre er ein Polizist, der einen Verdächtigen beschattet. Er erinnerte sich gut an den Augenblick, als er den Mantel 1953 zum ersten Mal gesehen, von der Stange genommen, berührt und gehalten hatte, um ihn ins Herbstschaufenster zu hängen. Ende November 1953 hatte er ihn gekauft und seitdem jeden Winter getragen. Obwohl das Etikett es nicht auswies, war er überzeugt, dass dem Kamelhaar Kaschmirwolle beigemischt war.

Das Papier vor den Schaufenstern wurde um sechs Uhr abends entfernt, das war wie immer.

Alles andere jedoch war anders: Nicht festlicher Glanz erfüllte die Schaufenster und erhellte die Gesichter der Zuschauer, sondern undurchdringliche Dunkelheit. Schwarze Nacht.

Die Enttäuschung auf den Gesichtern der traditionsbewussten Menschenmenge, die sich versammelt hatte, um dem festlichen Anlass beizuwohnen, war nicht zu übersehen und erfüllte Stettler mit einer heißen Genugtuung, wie er sie nie zuvor empfunden hatte; die Schaulustigen wollten absolut nichts von derlei Abweichungen von den lieb gewordenen Gewohnheiten wissen. Das war das Ende des Experiments, das Ende von Bleichers Karriere im *Quatre Saisons*, das Ende von Stettlers Missachtung. Gleichzeitig kam ein nagender Zweifel auf, dass dem noch etwas folgen müsste, dem er nicht entrinnen konnte. Wölfe fraßen immer Kreide.

Es dauerte keine Minute, bis Stettler ein erstes bewunderndes »Oh!« aus dem Mund der Menge vernahm, die offenbar bereit war, ihre Meinung innerhalb eines Atemzugs zu ändern. Es dauerte höchstens drei Minuten, bis sich schließlich auch Stettler ein Bild von den Vorgängen machen konnte, nachdem er sich – mit einer Rücksichtslosigkeit, über die er selbst gestaunt hätte, wenn er zum Räsonieren fähig gewesen wäre – weit genug vorgedrängt hatte, um zu sehen, was die anderen begeisterte und zu weiteren Ausrufen der Bewunderung hinriss. Zu diesem Zeitpunkt waren die Schaufenster längst nicht mehr dunkel, sondern hell erleuchtet, sie erstrahlten in genau dosierten, golden funkelnden Glanzlichtern. Doch so hell das Licht auch war, es blendete die Augen nicht, es wärmte vielmehr das Innere dahinter, es schmeichelte den wankelmütigen Seelen der Betrachter, und Stettler hätte schreien können vor Wut und Verzweiflung. Seine Genugtuung wich schnell der niederschmetternden Erkenntnis, dass er geschlagen worden war.

Grob gesagt veranschaulichten die sieben Schaufenster die Weihnachtsgeschichte von Mariä Verkündigung bis zur Herbergssuche, von Christi Geburt bis zur Ankunft der drei Weisen aus dem Morgenland, wobei die Geburt, also Weihnachten, zwei Schaufenster einnahm. Sündteure, aus San Remo herbeigeschaffte echte Lilien, die manche mit Sicherheit für künstlich hielten, ragten aus schlichten, schlanken, weißen Rosenthaler Porzellanvasen auf, über denen an unsichtbaren Aufhängungen blütenweiße, mit Silberglitzer bestäubte Engel schwebten. Im Hintergrund türmten sich scheinbar ungeordnet Teller und Tassen zu einem Gebirge, das im Abendrot lag. In Aschenbechern – aus Langenthaler Porzellan – glommen und rauchten verschieden lange, unterschiedlich verbrauchte Zigaretten (Parisiennes) dank Trockeneis täuschend echt vor sich hin, und obwohl all dies zusammengenommen blasphemisch hätte wirken können – und von Bleicher klammheimlich vielleicht tatsächlich so gemeint war –, trat genau der gegenteilige Effekt ein: Von diesem nicht ganz unbewegten Bild – bereits hier, wie in den anderen Schaufenstern, kam die Eisenbahn ins Spiel – ging eine besinnliche Ruhe aus; vermutlich gerade deshalb, weil eine direkte Anspielung auf die Muttergottes nicht gemacht worden war. Ein grober Tisch – zumindest eine Hälfte davon –, auf dem sich hölzerne Schmuckkästchen stapelten, aus denen Schmuck für die elegante Dame quoll, verwies auf den Beruf des unglücklichen Tischlers, von dessen Existenz ein Hobel und herumliegende Späne zeugten.

Und so ging es weiter: Der halbe Tisch im einen Schaufenster, der durch die Wand zu stoßen schien, setzte sich im nächsten Fenster fort, zwei Beine im einen, zwei Beine im nächsten Fenster. In diesem

Schaufenster, das spielerisch die Suche Marias und Josefs nach der Herberge aufnahm, wurden unterschiedliche Übernachtungsmöglichkeiten, Getränke und Speisen angepriesen: Eine lokale Gaststätte, das größte Palace am Platz, das in Puppenstubenformat nachgebaut worden war, sowie touristische Glanzlichter in St. Moritz, Davos und Sils Maria standen im Mittelpunkt, in dessen Hintergrund das Bundeshaus aufragte; in einem Champagnerkübel spiegelte eine Magnumflasche Veuve Cliquot auf ebenso schillernde wie unauffällige Weise die Lilien im Nebenfenster. Weine und Kristallgläser, Gourmandisen und Friandisen in Dosen und Schachteln, Früchte in Körben und Obst aus Marzipan präsentierten ihre kulinarischen Reize in Hülle und Fülle.

Das letzte Schaufenster war überreichlich mit den Gaben geschmückt, die dem Mann als Geschenk und der Dame als Dekor so gut anstehen wie kein anderes Präsent: Schmuck (Ringe, Reife, Ketten, Ohrclips), Gold (Sandaletten, Gürtel, Broschen), Stoffe, Lippenstifte, Parfüms der großen Firmen (Worth, Givenchy, Chanel, Balenciaga); hier, wo Geist und Seele des Morgenlands walteten, war alles kostbar, erlesen und üppig, und auch hier war, wie in den anderen Fenstern, keine Platzierung dem Zufall überlassen worden.

Beim Mittelstück aber, den Schaufenstern 3 und 4, welche die Heilige Nacht versinnbildlichten, indem sie sie nur entfernt andeuteten, handelte es sich selbstverständlich um das eigentliche Zentrum, auch wenn dieses – charakteristisch für das ganze Ensemble – auf den Stall, die Krippe, Maria und Josef, Ochs und Esel, auf Schäfer, Schafe und den Stern von Betlehem verzichtete. Stattdessen stand ein großer Kinderwagen im dritten, ein bis an die Decke reichender Schokoladeberg – unschwer als Matterhorn erkennbar –, der sich aus Hunderten von gezackten Tobleroneriegeln zusammensetzte, im vierten Fenster. Aus einem überdimensionalen Kinderwagen quollen die Geschenke für die Kinder und reichten an den Rändern des Schaufensters wellenförmig bis fast zur Decke; über den Berg und durch viele Tunnels fuhren in unzähligen Windungen und auf verschiedenen Ebenen Züge, die auf ihren Güterwaggons kleine und große, in Geschenkpapier verpackte Pakete transportierten; diese unterschiedlichsten Zugformationen waren es, die Bewegung in sämtliche Fenster brachten, denn die sich kreuzenden und querenden Strecken verliefen durch sämtliche Schaufenster und erstreckten sich dank verborgener Durchgänge vom ersten zum zweiten, vom zweiten zum dritten bis hin ins siebte.

Eine weitere Besonderheit der überbordenden Weihnachtsdekoration bestand darin, dass sich die Beleuchtung der Schaufenster innerhalb von fünf, sechs Minuten vollständig veränderte. Die Dunkelheit, die zunächst für Befremden gesorgt hatte, erwies sich dank der zügigen Veränderung – die aus Dunkel Licht werden ließ – als die größte Attraktion.

Der Magnetismus lockte in den folgenden Tagen

und Wochen bis zum Dreikönigstag, an dem die Dekoration durch eine neue ersetzt wurde, einen nicht abreißenden Strom von Neugierigen herbei, die ihre Nasen buchstäblich an den Schaufenstern des *Quatre Saisons* platt drückten. Sie wurde nicht einmal von der Mondlandung der Amerikaner übertroffen, die ein halbes Jahr später stattfinden sollte. Handelte es sich dabei um ein einmaliges, auf wenige Stunden beschränktes Ereignis, bei dem man sich vor Dutzenden von übereinandergestapelten Fernsehern drängte (auch diese Schaufenster wurden von Bleicher ausgestattet), riss der Faden des Interesses für die Weihnachtsdekoration vom ersten bis zum letzten Tag nicht ab, zumal man bei jedem neuen Betrachten Dinge entdeckte, die einem beim letzten Mal noch entgangen waren. Das Betrachten war ein Ausschauhalten und befriedigte Neugier und Schaulust gleichermaßen. Immer gleich blieb die Abfolge: Die stockfinsteren Fenster, die hell und heller und wieder dunkel wurden, sowie die Tatsache, dass man auch in der Dunkelheit Gegenstände erkannte, auf die man sich gegenseitig hinweisen konnte, wenn sich die Augen einmal daran gewöhnt hatten.

Bewegung war also nicht nur in den Gegenständen – den Eisenbahnen –, sondern auch im Licht. Die Leute konnten sich vom ständig ändernden, in immer neue Helligkeitsgrade getauchten Anblick nicht losreißen, sie waren fasziniert, sie waren gefesselt, und Stettler war sprachlos.

In Gedanken versuchte er die Januardekoration zu konzipieren. Es war erwiesenermaßen jene, die im Lauf des Jahres am wenigsten beachtet wurde. Im Januar hatten die Kunden andere Sorgen, als sich den Kopf über den Kauf von Dingen zu zerbrechen, die sie nicht brauchten. Also strengte man sich auch nicht unnötig an, besonders schöne Artikel auszustellen.

Der Auftrag lautete, wie seit vielen Jahren, Haushaltswaren in den Mittelpunkt zu stellen, Hand- und Geschirrtücher, Geschirr, Kasserollen, Dampfkochtöpfe, Bräter, Pfannen, Mixer, Messerbänkchen, Teigroller, Kuchenbleche, Eieruhren. Eindeutige, praktische Dinge. Stettler ertappte sich bei dem Gedanken, dass Bleicher sich etwas Originelleres hätte einfallen lassen als er und Fräulein Hodel.

Und jedes Mal, wenn er ein Messer in der Hand hielt und überlegte, wo es am besten unterzubringen sei, dachte er an Bleicher. Er stieß es Bleicher mit ungeahnter Entschiedenheit in den Bauch, in den Rücken, ins Herz, in die Lunge, in die Halsschlagader, in die Gurgel, es glitt wie durch Butter, so leicht und so sanft, und immer flossen Ströme warmen Bluts über Stettlers Hände. Erstaunt wie ein Kind, das ein böses Tier erblickt, mit dem es nicht gerechnet hat, sah Bleicher ihn aus aufgerissenen Augen an, aber Stettler empfand kein Mitleid, im Gegenteil, er war froh, dass es nun zu Ende war, und badete seine Hände in Blut.

Sie kannte Dmitri Schostakowitschs zweites Klavierkonzert lediglich vom einmaligen Hören im Radio.
Es hatte bislang keinen Grund gegeben, sich eingehend damit zu beschäftigen, zumal es sich bei dem
verspielten Stück nicht um ein Hauptwerk handelte;
es war vom Komponisten selbst, der es für seinen
Sohn zu dessen Graduierung am Moskauer Kon-
servatorium komponiert hatte, als schwaches Werk
bezeichnet worden – obwohl er es sich nicht hatte
nehmen lassen, es als Pianist selbst auf Schallplatte
aufzunehmen. Es war, so erinnerte sich Lotte Zerbst
ungenau, ein erfreulich heiteres Stück mit einem genügsam schwebenden Mittelsatz, ein Sommerstück
mit klaren russischen Akzenten, wie ihr schien, das
die Jahrzehnte wohl kaum überleben würde, aber
musste es das? Es war für den Augenblick geschaffen worden, für einen Sohn, der sich aufmachte, sein
eigenes Leben in einer Diktatur zu leben, über die
Lotte den Stab nicht brach, weil sie zu wenig darüber
wusste. Russland war weiter weg als ihre schlimmste,
längst vergangene Zeit in Berlin.

Immer Mozart, ständig Beethoven, unentwegt
Chopin? Es gab auch in der Gegenwart eingängige
Melodiker wie diesen Sowjetrussen, der ihr damals,

als Mereschkowski sie unterrichtete, noch unbekannt gewesen war; ihr Lehrer hatte ihn mit keinem Wort je erwähnt. In der Schweiz, wo Lotte im Februar 1969 auftreten sollte, war sein zweites Klavierkonzert bislang nicht gespielt worden, überhaupt hielt man sich mit der Aufführung sowjetischer Komponisten zurück. Strawinsky und Rachmaninow begegnete man mit weniger Misstrauen.

Als man sich erkundigte, ob sie Interesse habe, das Konzert zu spielen, hatte sie zunächst gestutzt und sich gewundert; Schostakowitsch war kein Komponist, der Lotte Zerbst besonders am Herzen lag, aber nachdem sie sich die Noten besorgt und durchgesehen hatte, freundete sie sich rasch mit dem Gedanken an, ihm »eine Heimat in ihrem Inneren« zu geben, wie sie in ihrem Tagebuch festhielt, in dem sie ausschließlich berufliche Dinge niederschrieb, und das sie nur deshalb führte, um sich später – wenn ihre Zeit vorbei war – vergewissern zu können, wozu sie in ihren guten Zeiten fähig gewesen war. Kokette Bescheidenheit war ihr fremd, sie konnte nun einmal spielen, was man von ihr erwartete, und brauchte ihr Talent nicht unter den Scheffel zu stellen, zumal sich damit weder Preispokale noch Geld verdienen ließen.

Als Radiopianistin eines staatlichen Rundfunksenders gehörte es zu ihren Aufgaben, zeitgenössische Komponisten aufzuführen. Sie hatte sich experimentierfreudigerer Männer angenommen, unzählige sogar uraufgeführt, ihr Notizbuch gab reiches Zeugnis davon; Schostakowitsch, der für sie beinahe Neuland war (sie hatte vor Jahren immerhin eines seiner Klaviertrios aufgenommen), würde ihr weniger Arbeit bereiten als so mancher serielle Donaueschinger; die erträglichen technischen Schwierigkeiten des Konzerts, die vermutlich von den soliden pianistischen Fähigkeiten Schostakowitschs zeugten, waren leicht zu meistern.

Sie machte sich an die Arbeit. Nachdem sie aufmerksam und penibel wie ein Buchhalter Note für Note entziffert hatte und absolut sicher war, alles korrekt gelesen zu haben – was aufgrund ihrer zunehmenden Weitsichtigkeit etwas mehr Zeit erforderte als vor zehn Jahren –, konzentrierte sie sich auf die technische Seite der Ausführung. Noch die kleinste Phrase musste sowohl in Zeitlupe als auch im richtigen Tempo von den Fingern gehen; dazu gehörten die Dynamik ebenso wie Fingersatz, Pedalgebrauch und Artikulierung. Diese Vorgänge übte sie über Tage so oft und so lange, bis alle Hürden genommen, der Zufall ausgeschaltet und die allmählich gefassten Entscheidungen in ihrem Hirn fest verankert waren. Der Notentext schrieb sich unterdessen in ihrem Gedächtnis wie eine Gravur ein, und wurde zu einer stets gegenwärtigen Substanz, die sie auf unbestimmte Dauer in Besitz nahm. Sie würde die Herrschaft darüber selbst nach Jahren der Enthaltung nie mehr verlieren. Das Stück, wie kurz oder lang es auch war, wurde Teil ihrer Existenz, ihres Körpers und ihres Geistes, ohne schwerer zu wiegen als das Herz oder die Lunge.

Am Ende dieses langwierigen Prozesses kannte sie das Werk so gut, dass es jederzeit in jeder Einzelheit präsent war. Sie schlief damit ein und wachte damit auf, und selbst im Schlaf war es wie ein zurückhaltender Freund, dem man mit Höflichkeit begegnen musste. Was sich zunächst wie ein unbezwingbarer Berg vor ihr erhoben hatte, war nun der Boden, auf dem sie festen Tritt gefasst hatte. Sicher und ohne je das Gleichgewicht zu verlieren, stand sie auf dem Gipfel und blickte ruhig auf das zu ihren Füßen liegende Tal hinab. Sie hob die Hände und legte sie auf die kühlen Tasten, und ganz allmählich erhitzten sie sich und verschmolzen mit ihren Fingern, ihren Unterarmen, ihren Schultern, ihrem Rücken. Das Zentrum aber blieb ihr Kopf, von dem sie sich nur manchmal gewünscht hätte, seine Mimik würde weniger von dem ausdrücken, was sie fühlte, denn was sie fühlte, war nicht in ihrem Kopf, sondern in ihrer Seele.

Oft hatte Lotte dieses alpine Bild vor Augen. Hatte sie jede Faser, jede Nuance, jede Bewegung eines Klavierstücks in sich aufgenommen, wurde sie Teil des Gebirges und dessen Betrachterin zugleich. Sie kannte seine Schatten- und Sonnenseiten, die schwierigen Abstiege, die leicht zu bewältigenden Höhen, die Gipfel, die ihre Opfer forderten, die Ruhepunkte, von denen aus man Rückschau halten konnte, bevor man von neuem in unbekannte, raue Gegenden aufbrach. Jedes Werk verlangte eine andere Ausrüstung, mal leichtere, mal schwere Schuhe, mal Seile, mal Pickel, Instrumente, die einen verlässlich vor dem Absturz bewahrten, und manchmal einen Begleiter, ein Orchester, einen Dirigenten. Ein Berggang aber war es immer. Angenehm wäre es manchmal wohl gewesen, wenn ein Mensch im Publikum gesessen wäre, in den man völliges Vertrauen setzen konnte, nötig war er nicht.

Die Bewältigung eines Stücks, das sie in einem Konzertsaal spielen würde, unterschied sich in nichts von der Arbeit für eine Studioaufnahme, bei welcher für gewöhnlich der Tontechniker der einzige Zuhörer war. Vor Publikum zu spielen war allerdings etwas ganz anderes, als in einem Studio zu sitzen und mit sich selbst konfrontiert zu sein, als blicke man in einen Spiegel wie in einen Abgrund. Da halfen auch die Noten wenig, die im Konzertsaal verpönt waren.

Weihnachten und Neujahr lagen hinter ihr, im Januar machte sie Duo-Einspielungen mit einem Bariton, einem Bratschisten, einem Cellisten und einem Flötisten. Man war wie immer zufrieden mit ihr. Man lobte sie, und sie nahm das Lob gern entgegen. Manchmal fragte sie sich, ob das der Vorstellung entsprach, die sie als Kind von einer erfolgreichen Pianistin gehabt hatte; aber je intensiver sie sich daran zu erinnern versuchte, desto flüssiger wurde die Erinnerung. Jetzt, da es ohnehin zu spät war, wusste sie nicht einmal, ob sie sich je eine Familie, einen Ehemann und Kinder gewünscht hatte. Wenn sie Kindern auf der Straße begegnete, schaute sie lieber weg. Und wenn Kinder in der Nachbarschaft schrien, schloss sie das Fenster, so wie ihre Nachbarn vielleicht die Fenster schlossen, wenn sie nachmittags übte.

Natürlich dachte sie manchmal auch an die bevorstehende Begegnung mit dem unbekannten Mann, der ihr inzwischen drei Mal geschrieben hatte, ohne ihr anzuvertrauen, wie alt er war, welchem Beruf er nachging, ob er verheiratet, Witwer oder Junggeselle war. Die Melancholie, die sie zwischen seinen Zeilen spürte, ließ sie mittlerweile einen Witwer vermuten, auch wenn sie wusste, dass es viele andere Gründe für Traurigkeit und Leere gab als eine Frau, die man verloren hatte.

Wenn sie den Solopart des zweiten Satzes spielte, dachte sie jetzt immer an ihn, sie suchte nach einem Gesicht, fand Züge davon, sah Augen, einen Mund, eine Nase, ließ alles entgleiten und zurückkommen, glaubte eine Stimme zu hören, die wieder verstummte. Sie nahm sich vor, ihn um ein Foto zu bitten, unterließ es dann doch, sie schrieb ihm nicht. Wusste er, wie sie aussah? Möglich, dass er sich eine ihrer nicht sehr zahlreichen Schallplatten gekauft oder im Laden ihr Bild auf der Hülle betrachtet hatte. Auch er musste sich doch eine Vorstellung machen. Dann und wann tauchte ihr Foto in der *Funkschau* oder *Hör Zu!* auf, aber das immer gleiche Porträt entsprach ihrem tatsächlichen Aussehen und Alter schon lange nicht mehr.

Stettler schrieb nicht mehr, und Lotte machte sich um einen Unbekannten Sorgen. Sie hatte Mitgefühl für einen Fremden. Es war einfacher, Mitleid mit einem Unbekannten als mit sich selbst zu bekunden. Aber war es Mitleid, handelte es sich nicht um die maßlose Ausweitung eines Hirngespinstes?

Um auf andere Gedanken zu kommen, ging sie in ihrer freien Zeit oft ins Kino. Manchmal blieb sie nach dem Film einfach sitzen, und manchmal sah sie zwei Filme hintereinander. Viele Kinos gab es in der Stadt nicht, aber glücklicherweise zeigten die meisten täglich zwei, drei verschiedene Filme, und das Programm wechselte oft. Sie sah »Romeo und Julia«, »Rosemarys Baby«, »2001 – Odyssee im Weltraum« und »Planet der Affen«. Oft achtete sie mehr auf die Musik als auf die Handlung. Kaum war der Film zu Ende, stand sie auf, den Abspann wartete sie nicht ab. Meist besuchte sie Nachmittagsvorstellungen, abends ging sie nur ungern aus. Vielleicht, dachte sie, war Stettler so einsam wie sie. Vielleicht fiel es auch ihm schwer, in die Haut der Leinwandfiguren zu schlüpfen.

Sie zögerte lange, bevor sie ihren längst gefassten Entschluss verwirklichte und ihrem Schweizer Verehrer noch einmal schrieb. Sie hatte ihm zu Weihnachten eine Ansichtskarte schicken wollen, es aber dann doch versäumt. Zum neuen Jahr wollte sie ihm alles Gute wünschen, um ein Lebenszeichen zu geben, unterließ es aber, sie feierte allein, nicht unzufrieden, aber eben ohne Gesellschaft. Wie konnte man nur so allein sein? Schließlich schrieb sie ihm Mitte Januar, dass sie sich freue, ihn zu sehen, und hoffe, dass ihm das unbekannte Klavierkonzert gefallen werde; es sei zwar weder Mozart noch Beethoven oder Chopin, es zu hören werde aber sicher auch für ihn eine angenehme Erfahrung sein, so wie es für sie eine angenehme Erfahrung gewesen sei, es einzustudieren. Es sei ein moderates neues Stück, *keine Angst vor wilden Tieren,* schrieb sie, ungewohnt aufgeräumt.

Gegen alle Gewohnheit unterschrieb sie nicht mit vollem Namen, sondern lediglich mit ihrem Vornamen. Sie ließ ihm damit freie Hand, sich zu entscheiden, wie er sie bei seinem nächsten Brief ansprechen wollte. Doch es kam kein Brief. Der letzte Brief, den sie erhalten hatte, datierte vom 30. November. Darin hatte er geschrieben, dass es in seinem Leben demnächst zu Veränderungen kommen werde. Als sie diese Zeilen wieder las, fiel ihr ein dramatischer Unterton auf, der ihr zuvor entgangen war.

Am letzten Samstagvormittag im Januar betrat Stettler zum ersten Mal in seinem Leben ein Discountgeschäft, um ein Fernsehgerät zu kaufen. In dem für seinen Geschmack wenig einladenden, nüchternen Geschäft mit den über Putz liegenden Elektrokabeln an der Decke gab es, wie er feststellte, ein reiches

Angebot nicht nur an Fernsehern, Radios, Platten-
spielern, Lautsprecherboxen, Tonbandgeräten und
Kassettenrekordern, all dem, was man Unterhal-
tungselektronik nannte, sondern auch an großen
und kleinen Küchenhilfen (Elektromesser, elektrische Küchenuhren, Radiowecker, Joghurtbereiter,
ja sogar Eierkocher), die erheblich günstiger waren
als alles, was man im *Quatre Saisons* kaufen konnte,
was ihn insgeheim mit Schadenfreude erfüllte, als ob
Bleichers Karriere Schiffbruch damit erleiden könnte.
Der Verkäufer – ein junger Mann von indianerhaftem
Aussehen mit ungepflegtem langem Haar, das von
einer nur schlecht kaschierten beginnenden Glatze
herunterhing – interessierte sich weniger für den
Kunden, der vor ihm stand und keine Ahnung hatte
(was er sichtlich genoss), als für den Apparat, den er
ihm verkaufen wollte. Dennoch vertraute Stettler der
Fachkenntnis, die er an den Tag legte, blind. Der junge Mann verstand offenkundig etwas von der Sache,
wenn er von Bildschirmen, Röhren, Fluoreszenz-
punkten und Bildhelligkeit sprach und ihm sogar ein
Modell mit brandneuer Fernbedienung empfahl, die
Stettler jedoch entrüstet ablehnte.

»Ich bin noch gut zu Fuß. Ein bisschen aufstehen
und gehen hat noch keinem geschadet.«

»Sie wären aber vielleicht der Erste in unserer Stadt,
der damit aufwarten kann.«

»Ich brauche nicht der Erste zu sein, weder hier
noch anderswo.«

Stettler fiel auf, dass der Verkäufer, der seine Hände ständig bewegte, ein Lederarmband am linken Handgelenk trug, wo sich bei jedem anderen normalen Menschen die Uhr befand. Die Armbanduhr trug er rechts.

Stettler kaufte einen nicht zu großen, nicht zu kleinen Philips-Fernseher und machte einen Termin aus, an dem er geliefert werden sollte. Die Hausverwaltung hatte ihm versichert, dass die Antennenbuchse im Elternschlafzimmer empfangsbereit sei. Es standen laut dem Verkäufer mindestens sechs Sender zur Verfügung, was Stettler zu dem Ausruf veranlasste: »Was soll ich denn um Himmels willen mit so vielen Sendern?« Er erntete ein mitleidiges Lächeln und die Bemerkung: »In fünfzig Jahren werden es fünfzig sein.« Stettler äußerte sich nicht dazu, ihm genügte ein Sender.

»Es gibt außer dem Schweizer Sender noch zwei deutsche Sender.«

In der Woche zuvor hatte ein Transport- und Entrümpelungsunternehmen das Zimmer seiner Mutter vollständig geräumt. Stettler hatte die Umzugsmänner gebeten, alles, was sich darin befand – also auch die Alabasterlampe, in der sich die Fliegen zu Hunderten zum Sterben hingelegt hatten – mitzunehmen, unter anderem das Kirschholzehebett, den Sekretär, die monogrammierte Bettwäsche, die strenge Kommode samt Mutters Dessous, den Kleiderschrank mit all ihren Sachen, die Bilder, den Spiegel und auch den Flickenteppich, auf dem sie eines Nachts ausgerutscht und in der Folge so unglücklich gestürzt war, dass sie mit einem Oberschenkelhalsbruch ins Krankenhaus hatte eingeliefert werden müssen (der dünne bunte Teppich lag seit ihrem Tod auf dem Bett); damals hatte er zum ersten Mal das Alleinsein geübt und war damit zufrieden gewesen.

Er wollte all das nicht mehr sehen, er wollte einen klaren Schnitt, einen Raum, den es nie zuvor gegeben hatte, er dachte sogar daran, ihn neu zu streichen, sah sich aber nicht imstande, diese Arbeit selbst zu verrichten, wollte jedoch für einen Maler kein Geld ausgeben. So blieben die hellrosa verblassten Tapeten.

Die zwei schwerfällig wirkenden Männer, die pünktlich um acht Uhr morgens vor der Tür standen und sich als äußerst energisch erwiesen, waren mit der nötigen Radikalität vorgegangen und hatten lediglich ein paar graue Staubflocken hinterlassen, die über das Würfelparkett schwebten. Wo der Schrank, der Sekretär und die Kommode gestanden und einige Bilder gehangen hatten, zeichneten sich nun deren Schemen als helle, schwarz umrandete Schatten ab. Er würde sich mit diesen Schemen, die von siebzig Jahren Unbeweglichkeit zeugten, leicht abfinden. Die Dinge waren ein Mal hinein- und ein Mal hinausgetragen worden, dazwischen hatten sie bewusstlos ausgeharrt. Was seine Mutter dazu gesagt hätte, war ihm egal. Sie war tot, und seit sie tot war, hatte sie nie mehr zu ihm gesprochen. Er erinnerte sich nicht an ihre Stimme, ob sie hoch oder tief, laut oder leise gewesen war. Er schloss die Augen, dann öffnete er das Fenster.

Auch die schweren roten Samtvorhänge waren entfernt worden. Stettler reinigte die Fensterscheiben mit einem Lappen, den er in heißes Wasser tauchte, dem er eine Tasse Brennsprit beimischte (eine Tasse, kein Glas, genau wie seine Mutter). Das Wasser war so heiß, dass er sich beinahe die Finger verbrannte; seine Mutter hatte beim Fensterputzen und Geschirrspülen stets Gummihandschuhe getragen. Sie führte ihre feinen, weißen, von keinen Leberflecken verunstalteten Hände darauf zurück, dass sie stets gut auf sie geachtet hatte.

Nachmittags wurde der Fernseher geliefert und angeschlossen, die Sender wurden eingestellt, und Stettler setzte sich nach dem Essen in den schweren Sessel, den er unter Aufbietung seiner ganzen Kraft aus dem Wohnzimmer geschoben und über die Schwelle gehoben hatte. Er schaute von der Tagesschau bis zur letzten Minute alles bis zum Sendeschluss kurz vor zwölf. Danach träumte er wirr und erinnerte sich am nächsten Morgen kaum an das, was er gesehen hatte. Auf dem Weg zur Arbeit fiel ihm das eine oder andere wieder ein. Am Abend entschied er sich, Zweites Deutsches Fernsehen zu schauen. Mit Befremden stellte er fest, dass der Sprecher des deutschen Kanals, der in den Pausen die Sendungen ansagte, auffallende Ähnlichkeit mit Bleicher hatte.

Er hatte viel Negatives über die Fernsehwerbung gelesen, konnte jedoch nichts Verwerfliches dabei finden, hin und wieder in dieser anderen Welt wie in einem weichen Kissen zu versinken. Also schaute er Werbung, wenn Werbung gesendet wurde, er schaltete nicht ab wie andere, und wenn das Gespräch darauf gekommen wäre, hätte er sie wohl auch verteidigt. Es ging, nicht anders als bei der Schaufensterdekoration, darum, Waren bekannt zu machen und anzupreisen. Werbung gehörte zum Fernsehen wie die Mainzelmännchen. Er amüsierte sich, während er eine weitere Flasche Bier öffnete. Er setzte sich nicht auf den Balkon wie früher, es war aber auch nicht die Jahreszeit dafür.

Mitte Januar erhielt Lotte eine hübsche, in einem weichen, an Löschpapier erinnernden Umschlag steckende Ansichtskarte von Stettler, auf der eine gläserne Zuckerdose, ein rot geränderter Teller voller Madeleines, eine Tasse vom gleichen Geschirr, eine silberne Teekanne mit Holzgriff und ein irdenes Milchkrüglein mit einem antiken Motiv abgebildet waren. Der Maler wurde nicht genannt, Lotte hatte das Bild nie zuvor gesehen. Der verlockende Duft der Madeleines zog regelrecht aus dem Bild in ihre Nase. Eigentlich hatte sie eine Ansicht der Stadt erwartet, in der er lebte und in der sie nächstens auftreten würde, aber dieses Bild war intimer.

Stettler schrieb, wie sehr er sich freue, sie endlich kennenzulernen. Es wäre ihm eine unendliche Freude und Ehre, sie nach dem Konzert auf ein Getränk einladen zu dürfen, sofern sie keine anderen Pläne mit dem Dirigenten oder den Orchestermusikern habe; er kenne die Gewohnheiten von Musikern nicht, vielleicht sei es ja üblich, sich nach dem Konzert über das gemeinsame Erlebnis der verklungenen Musik auszutauschen. Wenn dem aber nicht so sei und er sich etwas wünschen dürfte, so wäre es eine mit ihr verbrachte Stunde, gleichgültig wann, gleichgültig wo, ein Gespräch, ein Austausch der Gedanken. Sollte sich dieser Wunsch nicht erfüllen, bestünde vielleicht die Möglichkeit eines gemeinsamen Frühstücks? Er würde sie dann in ihrem Hotel aufsuchen. Für den Fall, dass ein Treffen am Abend zustande komme, schlage er ein kleines Lokal vor, in dem sie den Blicken neugieriger Musikliebhaber weniger ausgesetzt wäre als etwa im Rathauskeller, der zwar wegen seiner bürgerlichen Küche geschätzt werde, nach den Konzerten aber von Konzertbesuchern frequentiert werde, mit deren Aufdringlichkeit man rechnen müsse; sie wolle nach der Anstrengung sicher ihre Ruhe haben.

Als er wieder gelesen hatte, was zu schreiben ihm so schwergefallen war, waren ihm seine eigenen Worte unerwartet weltläufig erschienen. Für einen Augenblick glaubte er in diesen Sätzen einen anderen zu erkennen als sich selbst.

Lotte las die Zeilen aufmerksam. Ihr schien, Stettler gebe mehr von sich preis, als ihm bewusst sei, auch wenn er es an Deutlichkeit fehlen ließ. Aber warum sollte er deutlich werden, war es nicht gerade die Zurückhaltung, die sie an diesem scheuen Mann schätzte, den sie noch nie gesehen hatte? Er schrieb, es sei natürlich nicht nötig, ein Erkennungsmerkmal zu vereinbaren – Rose im Knopfloch, Buch oder Regenschirm –, er würde sie auf der Bühne gesehen haben.

Keinem, der an diesem Tag die Zeitung aufschlug, entging die Schlagzeile auf der ersten Seite, dort, wo die Kultur üblicherweise ein Schattendasein fristete. Es ging um das fünfte Abonnementskonzert der Saison am heutigen Freitagabend. Der Aufmacher in fetter Schrift lautete:

RUSSENBOYKOTT: WIR WOLLEN KEINEN KOMMUNISTEN!

Etwas kleiner stand darunter: ORCHESTER UND DIRIGENT GEBEN NACH. AUS FÜR DIE RUSSEN! EIN VERDIENTER SIEG FÜR DIE ČSSR.

Wie immer faltete Stettler die Zeitung im Gehen auf dem Weg von der Wohnungstür zur Küche auseinander. Die Schlagzeile sprang ihm in die Augen, gerade als er sich an den Küchentisch setzen wollte, um zu frühstücken – alles war vorbereitet, der Tisch schon am Vorabend gedeckt –, doch nun setzte er sich nicht und würde auch nicht frühstücken. Ein wenig gaben die Beine nach, und er dachte: Ich schwanke, ich verliere den Halt unter den Füßen.

Noch bevor er auch nur einen einzigen Satz gelesen hatte, wusste er schon, was sich ereignet hatte und dass nun alles beim Alten bleiben würde: Kein neuer Anfang also, er würde Lotte nicht begegnen, nicht jetzt und nicht später, ein Brief noch und die Sache war versickert und erledigt. Die Rede war von dem Konzert mit Lotte Zerbst als Solistin, doch drehte sich alles um den Komponisten des Klavierkonzerts, den zweiundsechzigjährigen Sowjetrussen Dmitri Schostakowitsch. Wie jeder andere Komponist hatte auch er Opern, Sinfonien, Quartette, Sonaten und Konzerte geschrieben, doch während man jenen nichts vorwerfen konnte, verhielt es sich bei ihm etwas anders.

Stettler musste lesen – worüber bereits am Vortag kurz berichtet worden war –, dass sich in den letzten Tagen ein Komitee einflussreicher, politisch engagierter Leute gebildet hatte, die sich empört dagegen aussprachen, dass ein von den Steuerzahlern subventioniertes Orchester Stücke eines Künstlers spielte, der sich mit keiner Silbe von der Staatsmacht distanziert hatte, die vor sechs Monaten ein kleines wehrloses Land mit Panzern überrollt hatte, um demokratische Reformen zu verhindern.

Dmitri Schostakowitsch hatte fünf Mal den Stalinorden, zwei Mal den Leninorden und im vergangenen Jahr den Staatspreis der UdSSR erhalten. Er war hoch dekoriert und folglich einflussreich. Im hiesigen Konzertsaal die Werke eines Opportunisten aufzuführen, der in seinem langen, unbeschadeten Leben unter der Diktatur des Proletariats kein einziges Mal seine Stimme gegen die Mächtigen erhoben hatte, in deren Gunst er offenkundig stand, wäre ein unentschuldbares Eingeständnis der eigenen Macht- und Prinzipienlosigkeit. Kunst als unpolitisch zu betrachten sei nicht nur naiv, sondern geradezu fahrlässig, dies müsse einem spätestens seit der Bücherverbrennung 1933 bewusst sein, schrieb der Kommentator und übernahm damit die Meinung des Komitees für die Absetzung des Klavierkonzerts des russischen Staatskomponisten Dmitri Schostakowitsch. Schostakowitsch sei vielleicht kein glühender Anhänger des Regimes, jedoch eine öffentliche Person, die auch im Westen ein gewisses Ansehen genieße. Ihm müsse bewusst sein, dass er mit seinem Schweigen dem heimischen Regime mindestens so diene wie mit flammenden Bekenntnissen. Dieses Schweigen nicht als stilles Einverständnis mit der aggressiven Politik seines Landes auszulegen, käme einer Billigung dieser Politik gleich oder zumindest völligem Desinteresse für dessen Opfer, was im Grunde noch viel schlimmer sei; deshalb müsse er zwingend boykottiert werden. Schostakowitschs Klavierkonzert zu spielen, könne nicht anders denn als Affirmation der sowjetischen Politik verstanden werden und würde den Kommunistenfreunden billig in die Hände spielen, dazu sei es nicht nötig, die sowjetische Nationalhymne zu spielen und rote Fahnen zu schwenken.

Würde morgen Schostakowitsch gespielt, würde die ČSSR symbolisch ein zweites Mal ins Unrecht gesetzt, der Applaus käme einer klammheimlichen Zustimmung des hiesigen Publikums gleich und wäre eine verhängnisvolle Verhöhnung der Opfer.

Der Mann, der zum Einmarsch der Russen in Prag geschwiegen hat, muss auch hier schweigen; seiner Musik ein Forum zu geben, wäre ein unverzeihlicher Affront all jenen gegenüber, die vor den russischen Panzern geflohen sind; nicht wenige haben das Land inzwischen verlassen, etliche leben heute unter uns.

Als gut und richtig wertete der Kommentator zum Abschluss des Artikels die Entscheidung des Orchesters; man habe ein deutliches Zeichen gesetzt, indem man Schostakowitschs Klavierkonzert durch das Cellokonzert von Antonin Dvořák ausgetauscht habe, ein Zeichen, das man gewiss auch in Moskau verstehen werde, und welch ein Glück, dass der Solocellist des Orchesters sich bereit erklärt habe, für die angekündigte Pianistin einzuspringen. Es sei als Wink des Schicksals zu verstehen, dass es sich bei Bohumir Horác um einen gebürtigen Tschechen aus Prag handele, der das Glück gehabt habe, mit seiner Familie bereits vor zehn Jahren in die Schweiz emigrieren zu können.

Stettler ließ die Zeitung sinken. Ein Cellokonzert. Kein Wort über Lotte. Ihr Name wurde nicht einmal erwähnt.

Er würde seinen Anzug, die festliche Kleidung, die seit vier Tagen auf dem Balkon zum Auslüften hing, die neue Krawatte, die er eigens für das Konzert gekauft hatte, und die Galaschuhe nicht tragen.

Sicher hatte man Lotte Zerbst vor allen anderen über die Programmänderung unterrichtet. Sie wusste also schon Bescheid. Sie würde gewiss nicht hierher reisen, um Zeugin ihrer Demütigung zu werden, als die sie die Absage womöglich verstand. Welche Gedanken mochte sie jetzt hegen, Verärgerung, Zorn? Guerilla, dachte er. Stinkbomben gegen jene werfen, die ihren Auftritt verhinderten. Er hatte es irgendwo gelesen: Guerilla bedeutete kleiner Krieg. Krieg von unten, schmutzig, aber wirkungsvoll, ein Krieg, in dem alles erlaubt war, auch den Feind von hinten zu erschießen.

Nach der Arbeit ging er nach Hause und setzte sich vor den Fernseher. Vergeblich wartete er darauf, dass man über die Absetzung des Konzerts berichtete, sie war keine Fernsehnachricht wert. Er legte sich um zehn ins Bett, fand aber keinen Schlaf. Es war so, als sei jemand gestorben, den er geliebt hatte.

In der nächsten Nacht – die Konzertkarte hatte er nicht abgeholt, stattdessen ein Fernsehquiz geschaut, bei dem er im Gegensatz zu den vier Kandidaten jede der simplen Fragen hätte beantworten können – träumte er von Lotte, und alles war so greifbar wie im Leben: Die Frau, die Straße, die Nacht, die Geräusche, die wenigen Fußgänger, ein paar Autos, der Geruch, die Temperatur, eine Straßenbahn in der Ferne, Hunderte von Insekten, die lichtsüchtig im Schein der Straßenlaternen tanzten, fliehen wollten und nicht fliehen konnten, denn das Licht hielt sie gefangen. Es war Nacht, der Himmel sternenklar, ein roter Mond als scharfe Sichel stand zwischen Horizont und Himmelsdecke, sie gingen eine kaum belebte Straße entlang unter den Laternen, in denen sich die Luft zu bewegen schien. Als hätten sie es verabredet, blieben sie unter einer der Lampen stehen, Stettler zog ein weißes Seidenband aus seiner Hosentasche, bat Lotte, ihm den Rücken zuzuwenden, hob die Hände vor ihr Gesicht und verband vorsichtig ihre Augen, damit die Überraschung vollkommen sei. Sie ließ es mit einem wohligen Glucksen geschehen. Er führte sie, und sie genoss es. Sie gingen am Fluss entlang, durch die Altstadt, am Museum, am Münster, am Rathaus vorbei, über die Brücke und zurück. Sie hatte sich bei ihm untergehakt, unablässig spürte er den leichten, angenehmen Druck ihrer Schulter gegen seinen Oberarm. Auf ihrem Spaziergang waren sie nächtlichen Fußgängern begegnet, die freundlich nickten, die Herren lüfteten ihre steifen Hüte, die Damen sagten herzlich Grüß Gott, die ganze Welt schien ihnen zugewandt. Sie gingen stundenlang Arm in Arm, er berührte ihre Hand, ihr Gesicht, ihr Haar, alles war anders als sonst, unschuldig und sorglos, es herrschte ein Friede, wie er ihn sonst nicht kannte. Es war seine Empfindung und ihre Empfindung und eine allgemeine Empfindung. Die Welt hatte sich ihr angepasst. Es war ein lauer Frühlingsabend, die Linden dufteten, eine Amsel sang, ein Auto fuhr vorbei und die Insassen winkten: Der Vater, die Mutter und die drei Kinder, und schließlich standen sie am Ziel, vor dem Schaufenster, das allein für Lotte, sonst niemanden, bestimmt war. Er hatte es ihr zu Ehren dekoriert, es war mit den Insignien ihres Berufs, ihrer Existenz ausgestattet, doch in dem Augenblick, als er es ihr zeigen wollte, brach der Traum jäh ab, mit anderen Worten, Stettler, der Träumer des Unmöglichen, wurde durch etwas aus dem Schlaf gerissen, das nicht zum Traum gehörte. Da war wieder Bleicher. Sein Gesicht hatte sich vor Lotte geschoben, es war im Schaufenster erschienen. In der Ferne hörte er den Lärm eines Flugzeugs, die erste Maschine nach Rom.

Es war leicht zu ermitteln, wo Bleicher wohnte, es
genügte, seinen Namen im Telefonbuch nachzuschlagen, es gab nicht viele Bleichers und nur einen
Werner. Er wohnte nicht am Stadtrand in einem Rei-
henhaus, wie er vermutet hatte, sondern mitten in der
Stadt, tatsächlich keine fünfhundert Meter Luftlinie
von Stettlers Wohnung entfernt in einem ruhigen Teil
der Altstadt. Dass er nicht verheiratet war, hatte im
Warenhaus schnell die Runde gemacht, aber was bedeutete das schon heutzutage, es bedeutete nicht, dass
er allein lebte, es bedeutete nur, dass er das Standes-
amt nie von innen gesehen hatte. Nichts hätte Stettler
gewundert. Der Doppelname Bleicher-Dengler, der
im Telefonbuch unter der gleichen Adresse aufge-
listet war, ließ darauf schließen, dass seine Eltern im
selben Haus lebten.

Stettler kannte die Straße, so wie er jede Straße in
der näheren Umgebung kannte. Daran, dass es sich
beim Inhaber des stadtbekannten Zauberladens, über
dem Bleicher wohnte, um dessen Vater handelte, hatte er keinen Augenblick gedacht, er hatte diesen Laden nie betreten, er hatte überhaupt keine Vorstellung davon, wie es dort aussah – Zauberkästen und
Zauberstäbe für Zauberlehrlinge, Zylinder und wei-

ße Kaninchen vermutlich, Hokuspokus für Kinder und Erwachsene, die nicht erwachsen werden wollten. Es handelte sich um das einzige Geschäft dieser Art in der Stadt; niemandem war bislang in den Sinn gekommen, dem alteingesessenen Betrieb Konkurrenz zu machen. Es gab den Laden, seit Stettler denken konnte. Es hatte ihn schon gegeben, als seine Mutter noch ein kleines Mädchen war. Stettler hatte ihn nie betreten und konnte sich nicht vorstellen, es je zu tun. Aber eines Tages ging er so zielstrebig darauf zu, als sei genau das seine Absicht. Er hatte aber keine klare Vorstellung von seinen Absichten. Er ließ sich treiben.

Er ging an einem Montag, an einem Freitag und an einem Sonntag daran vorbei. Er ging jeweils gemessenen Schritts, den Hut in die Stirn gedrückt, und wusste schon nach dem ersten Ausflug, dass sich der Eingang zu den Wohnungen in den oberen Geschossen direkt neben der Ladentür befand. Ein Schild mit zwei Aufschriften zeigte jeweils an, ob der Laden geöffnet oder geschlossen war. Beim zweiten Mal ging er so nah daran vorbei, dass er beinahe die Hausmauer berührte und die Namensschilder neben den Klingeln lesen konnte.

Die Anordnung der glänzend polierten Messingschilder mit eingeprägten Buchstaben ließ darauf schließen, dass die Eltern im ersten Stock lebten, Bleicher im zweiten.

Werner Bleicher begegnete er so wenig wie seinen

Eltern. Überhaupt waren hier nur wenige Menschen auf der Straße, bei der es sich eigentlich um eine Gasse handelte, in der nur selten Autos fuhren; keine besonders gute Geschäftslage, wie Stettler feststellte.

Bleicher zu begegnen, wäre ihm nicht angenehm gewesen. Vielleicht aber hätte Bleicher ihn gar nicht erkannt oder sich nicht übermäßig gewundert, ihn hier zu sehen. Die Neugier war jedenfalls stärker als die Furcht vor einer Begegnung. Er hatte sich nichts vorzuwerfen. Er verhielt sich wie ein freier Mann, der dahin geht, wohin er will. Als freier Mann ging er entlang den Wegen, die ihm angenehm waren. Wäre er Bleicher beim ersten Spaziergang über den Weg gelaufen, hätte er allerdings einen zweiten bis auf weiteres verschoben. Er versuchte, sich nicht allzu viele Gedanken darüber zu machen, Bleicher sollte seinen Kopf nicht völlig besetzen.

Ihm entging nicht, wie professionell und ansprechend das Schaufenster des Zauberladens gestaltet war. Weder verstaubt noch altmodisch zog die Vitrine die Aufmerksamkeit sofort auf sich. Stettler ertappte sich bei dem Gedanken, dass Bleicher hier bereits in frühester Jugend sein Handwerk auf ganz natürliche Weise erlernt haben könnte, von seinem Vater oder seiner Mutter, denn bestimmt hatten die Ladenbesitzer ihr Schaufenster stets selbst dekoriert. Erfahrungen, die man in der Jugend sammelt, sind prägender als alle Lehren, die man in einer Schule oder bei einem Lehrmeister machen kann.

Die Scheibe schien frisch geputzt, Streifen oder gar Flecken waren jedenfalls nicht zu erkennen, alles war schön und übersichtlich präsentiert, genau so wie Stettler eine Fläche wie diese arrangiert hätte. Die ausgestellten Scherz- und Zauberartikel (Lederbecher, Würfel, magische Zeichenblöcke, Kartenspiele, Kuchenattrappen, Furzkissen) wurden durch eine rot-weiße Markise vor dem Vergilben geschützt, nicht durch aufgeklebte gelbliche Plastikfolie, wie man es bei kleineren Geschäften oft sah.

Alles war durchdacht und adrett, natürlich und angenehm. Zwielicht, hell und dunkel waren ansprechend verteilt. Man hatte es nicht nötig, aufzutrumpfen und mehr zu scheinen, als man war. Das Schild über der Ladentür – ein schwarzer Zylinder, auf dem der rote Schriftzug BLEICHERS ZAUBERLADEN glänzte – war entweder ganz neu oder mit Leuchtfarbe frisch gemalt worden und wirkte in keiner Weise vom Zahn der Zeit angenagt. Bestimmt erklang eine sanfte Klingel, wenn man die Tür öffnete und eintrat. Gern hätte er dieses seidenfeine Geläut gehört, um sich in die ferne, vergangene Welt seiner Kindheit zu versetzen, in der es viele solcher kleinen Geschäfte gegeben hatte, die inzwischen durch immer neue Warenhäuser und immer größere Detailhändler verdrängt wurden. Doch um einen Blick ins Innere des Ladens zu erhaschen, hätte Stettler stehen bleiben müssen, und das schien ihm zu auffällig. Es war durchaus möglich, dass Werner Bleicher sich im

Inneren des Ladens aufhielt, und Stettler wollte nicht gesehen werden.

Das war also Bleichers Kinderwelt. Den Zauberladen hatte es immer schon gegeben, und er hatte immer Bleichers Zauberladen geheißen, in Bleichers Kindheit wie in Stettlers Kindheit. Wie weit war Bleicher heute davon entfernt, dachte Stettler, wie nah, so schien ihm, war er selbst.

Jedes Mal, wenn er daran vorbeiging, brannte Licht im Inneren, dennoch konnte er weder den Inhaber noch Kunden erkennen, weder Bleichers Eltern noch Bleicher selbst, weder einen Erwachsenen noch ein Kind, nicht einmal den Ladentisch, das Geschäft schien jenseits der lebendigen Welt in der Vergangenheit zu liegen.

Das Schaufenster stellte eine Varietébühne dar und wurde von einem roten Vorhang umrahmt. Das war keine besonders originelle, aber zweifellos eine hübsche Idee, die Stettler gefiel. Das indirekte Licht kam von oben, langsam drehte sich eine kleine Spiegelkugel, deren winzige Prismen leuchtende Reflexe in alle Richtungen warfen.

Stettler hatte es geahnt und sich davor gefürchtet, verhindern konnte er es nicht. Die Träume waren immer stärker als die Realität, sie verfügten über Kräfte, die er so wenig steuern konnte wie andere Sterbliche. Und so kam es auch: In der folgenden Nacht träumte er von einem Auftritt Bleichers als Zauberer auf einer schmalen Bühne in einem kleinen Theater, dessen Eingänge nach dem Beginn der Vorstellung lautlos verriegelt wurden, was, wie es hieß, Teil der Nummer war, die gleich folgen würde, eine Entfesselungsnummer, dachte Stettler, aber er irrte sich, es handelte sich darum, die Angst der Zuschauer auf die Probe zu stellen. Bleicher trug bei seinem Auftritt einen schwarzen Umhang mit rotem Futter, in dessen unsichtbaren Innentaschen sich Dutzende von Gegenständen, wohl auch Tiere, aufbewahren ließen, die zum Zaubern nötig waren, von denen aber nur ganz wenige eingesetzt wurden. Er trug weiße Handschuhe und einen steifen Zylinder, sein Gesicht war, durch einen grauen Nylonstrumpf verhüllt, unkenntlich und erinnerte an einen Mumienkopf. Es war totenstill, kein Tusch, kein Laut aus dem vermummten Mund. Bleicher verrichtete seine Zauberkunststücke schweigend, wie hätte er hinter seiner Maske auch sprechen können? Aus seinem Hut zauberte er Kaninchen und bunte Tücher, die Blumensträuße wurden, das übliche Programm, schließlich schossen Schlangen aus einem Kasten, in dem sich eben noch weiße Tauben befunden hatten. Als sie pfeilschnell und zischelnd entwichen, ergriffen die Zuschauer panisch die Flucht, sie rüttelten verzweifelt an den verschlossenen Türen. Alles schrie verzweifelt durcheinander, unangenehme Körpergerüche erfüllten den Raum, und plötzlich saß Stettler allein im Parkett. Um sich vor den Schlangen zu schützen, die feucht glänzend unter seinem Stuhl hin und her flitzten und nach ihm züngelten, hatte er die Beine hochgezogen, Fußsohlen auf der Sitzfläche, Kinn auf den Knien, er atmete schnell und hektisch und fürchtete, der Stuhl würde unter ihm zusammenbrechen. Plötzlich bemerkte Stettler, dass ein Unbekannter seine Rolle übernommen hatte. Der dort auf dem Stuhl saß, war nicht mehr er. Er war unendlich erleichtert. Und Bleicher war nicht mehr zu sehen. Übrig blieben die sich windenden, blitzschnellen Schlangen.

Aber auch der schrecklichste Albtraum vermochte das Bild des schönen Schaufensters nicht zu zerstören. Es erinnerte Stettler an die Schaufenster seiner Kindheit und Jugend, die ihn einst dazu veranlasst hatten, Dekorateur zu werden.

Bei seinem vierten Spaziergang zum Zauberladen prallte er regelrecht zurück, als er im Hauseingang eine Gestalt erblickte, die im gleichen Augenblick, als er die Straße überqueren wollte, das Haus verließ. Es war Bleicher. Natürlich hätte Stettler damit rechnen müssen. Nicht nur er, sondern die gesamte Abteilung hatte samstags frei. Er reagierte schnell und richtig. Er blieb wie angewurzelt stehen und machte dann drei Schritte zurück. Nicht zu schnell, um nicht auf sich aufmerksam zu machen. Er wartete hinter einem Pfeiler. Niemand konnte ihn sehen, am wenigsten Bleicher.

Es war gut und konnte nützlich sein, Dinge zu sehen, die ihm einen unverhofften Einblick in Bleichers Privatleben verschafften. Heimlichkeiten, die dieser gewiss nicht an die große Glocke gehängt sehen wollte, konnten offen zu Tage treten, wo man nicht mit einem Beobachter rechnete. Stettler durfte sich glücklich schätzen, gerade jetzt vorbeigekommen zu sein. Der Zauberladen selbst interessierte ihn nicht mehr, es gab Wichtigeres. Plötzlich schien ihm die Stadt größer als sonst, als dehnte und streckte sie sich, als ob die Häuser höher wären als sonst und die Entfernungen zwischen einzelnen Punkten weniger rasch zu überwinden als gewöhnlich.

Bleicher war nicht allein, sonst hätte er den heimlichen Zuschauer vielleicht bemerkt. Er hätte womöglich aufgeblickt und zu seiner Verwunderung Stettler in seiner Straße entdeckt. So aber war er abgelenkt und glaubte sich unbeobachtet. Stettler jedoch sah ihn. Stettler war wie ein Detektiv in einem amerikanischen Film. Er beschattete seinen Rivalen.

Die Frau, die Bleicher folgte, gerade als er auf die Straße trat, war höchstens achtzehn, vielleicht neunzehn, schwer zu schätzen, vielleicht noch minderjährig; junge Frauen – auch Männer – wirkten heutzutage älter als in Stettlers Jugend, was aber nichts hieß, vor allem nicht, dass sie erwachsen und verantwortlich waren. Sich mit ihnen herumzutreiben, konnte sich als Straftat herausstellen, gleichgültig, wie sie selbst dazu standen. Sie durften nicht abstimmen, nicht heiraten, sie durften höchstens aus der Kirche austreten, sie durften nicht mit erwachsenen Männern Geschlechtsverkehr haben. Nichts sprach dagegen, dass gerade dies der Fall gewesen war, auch wenn an ihr und Bleicher keine Unordentlichkeit auffiel. Insbesondere das Haar der beiden war untadelig, zu untadelig vielleicht, um nicht den Verdacht zu wecken, mit Absicht so schön zurechtgelegt worden zu sein. Aber natürlich war das kein Beweis.

Die junge Frau trug eine hellrosa Hose und einen eng anliegenden weißen Pullover und um den Bauch einen breiten Gürtel mit großer Schließe, die ihre schmale Hüfte besser zur Geltung brachte. Stettler war sicher, dass es sich nicht um Bleichers Schwester handelte, obwohl es durchaus möglich war, dass Bleicher Geschwister hatte. Doch was er sah und dabei empfand – Blicke, Bewegungen – sprach dagegen.

Ein zweites Mädchen tauchte hinter dem ersten auf, und dieses Mädchen war auch mit Sicherheit nicht Bleichers Schwester. Ihr Teint war nicht nur von der Sonne gebräunt, und Stettler glaubte sogar negroide Züge zu erkennen, wulstige Lippen und eine platte Nase. Er hätte schwören können, dass Bleichers Blick am Hintern des Mädchens klebte. Aber das war noch nicht alles, denn den beiden Mädchen folgten kurz darauf zwei junge Männer, deren Haar bis zu den Schultern reichte. Sie trugen beide grüne Cordjacken, keine Krawatten, die Hemdkragen offen, und Jeans.

Stettler bedauerte, dass er keinen Fotoapparat bei sich hatte. Tatsächlich hatte er keinen Augenblick daran gedacht, ihn auf seine Ausflüge zum Zauberladen mitzunehmen, wozu auch, es gab keine Ferieneindrücke festzuhalten. Noch also konnte Bleicher leugnen, was Stettler mit eigenen Augen gesehen hatte und leicht als Verführung Minderjähriger ausgelegt werden konnte. Ohne Fotografie blieb Stettlers Zeugenschaft den sichtbaren Beweis jedoch schuldig, dass er sich das lichtscheue Treiben nicht ausgedacht hatte, nur um Bleicher zu schaden, aus Bosheit und Neid. In Zukunft, nahm er sich vor, würde er die Kamera immer mitnehmen, wenn er zum Zauberladen ging. Er überlegte sich sogar, eine Polaroid-Kamera zu kaufen, da sie handlicher und unauffälliger war als die große teure Hasselblad, die er sich vor Jahren selbst geschenkt, aber nur selten benutzt hatte – und in die bestimmt noch ein alter Film eingelegt war. Er konnte sich nicht erinnern, wann er zum letzten Mal ein Foto gemacht hatte.

Ihm blieb keine Zeit, bei solchen Überlegungen zu verweilen. Die fünf Personen, die sich nach rechts in Richtung Innenstadt bewegten, schienen es eiliger zu haben, an ihr Ziel zu gelangen, als die übrigen Fußgänger, sie ließen sich offenkundig nicht einfach treiben.

Stettler folgte ihnen im Schutz der Lauben und des allmählich zunehmenden Passantenstroms auf der anderen Straßenseite in einem Abstand, der groß genug war, um eine Entdeckung mehr als unwahrscheinlich zu machen. Sollte Bleicher ihn wider Erwarten dennoch sehen, ließ sich seine Anwesenheit als Zufall erklären, die Stadt war klein und überschaubar. Doch die fünf waren viel zu sehr mit sich selbst beschäftigt, als dass sie sich für ihre Umgebung interessiert hätten. Stettler sah, wie die Worte zwischen ihnen hin und her flogen, ohne dass er auch nur ein Wort davon verstanden hätte. Sie lachten, sie waren ausgelassen wie Kinder, eine zusammengeschweißte Gemeinschaft – und Bleicher war ihr leidenschaftlicher Anführer. Die Mädchen schienen auf dem Pflaster zu tanzen. Rasch näherten sie sich der wichtigsten Einkaufsstraße, durch die keine Autos fuhren. Außer für Lieferwagen, Taxis und Anwohner bestand hier durchgehend Fahrverbot.

Er folgte ihnen etwa achthundert Meter. Er verlor sie aus den Augen, er ging schneller, rempelte eine ältere Dame im Schneiderkostüm an und wäre fast in einen Rollstuhl hineingelaufen, sie tauchten wieder auf, sie verschwanden – und da waren sie wieder. Stettler war nicht fürs Laufen gekleidet, merkte jedoch nicht, wie sehr er schwitzte. Er kümmerte sich nicht darum, was die anderen über seine Eile denken mochten. Er starrte immer nach links. Schließlich blieben sie stehen. Auch er blieb stehen, er war außer Atem.

Zu seiner Überraschung standen sie unter den Arkaden vor den Schaufenstern des *Quatre Saisons*, die Stettler ausgestattet hatte, die letzten vor den Sommerdekorationen, mit denen Bleicher beauftragt worden war.

Stettler stand regungslos da. Er hätte sich zu gern genähert, um zu hören, was sie sagten, aber das war unmöglich, wenn er nicht entdeckt werden wollte. Doch er sah genug, um zu begreifen, was vor sich ging. Sie lachten. Sie deuteten auf Einzelheiten. Sie gingen von einem Fenster zum anderen. Sie machten sich über die Schaufenster lustig. Stettler wurde schwarz vor Augen.

Sie lachten über seine Schaufenster, sie lachten über ihn, über die blühenden Kirschzweige, den Baum voller Blusen, das Kinderspielzeug, die Anordnung der Handtaschen und Herrenfrühlingskollektion, über die Farben, das Licht und den Schatten. Er versuchte sich auf die Bewegung ihrer Münder zu konzentrieren, um das eine oder andere Wort zu erraten, vergeblich. Er sah nicht die Schaufenster, er sah nur die Gestalten, die sich davor bewegten, die gestikulierten und zu tanzen schienen. Man lachte, lachte ihn aus, er musste sich setzen, doch es gab keinen Stuhl, keine Bank, kein Café, keinen Tea-Room, nur schmale Mauervorsprünge, er setzte sich nicht, er starrte weiter hinüber und beobachtete sie bei ihrer Erheiterung, bei seiner öffentlichen Verhöhnung.

Er fasste einen Entschluss.

Noch am gleichen Abend entwarf Stettler einen Brief. Zuerst schrieb er ihn von Hand, schnell und entschlossen. Er achtete nicht auf Schönschreibung, erstens weil es sich nicht um die endgültige Fassung handelte, zweitens weil es so aussehen musste, als hätte ihn ein ungebildeter Mensch, ein Ausländer oder eine ungebildete Frau verfasst. Wer diese Zeilen las, sollte in die Irre geführt werden.

Er wusste, dass das, was er tat, unfein war, aber das ließ in kalt. Er würde es tun, weil es ihm Luft und Freiheit verschaffte. Er musste handeln, weil es ihn erlöste, und er wusste nicht, wie er es wirkungsvoller hätte tun können als mit diesem Brief. Er schrieb:

Es ist bekannt und gesehen worden, dass sich einer Ihrer Mitarbeiter Herr Bleicher mit Minderjährigen herumtreibt, es ist anzunehmen, dass er mit ihnen auch sexuele Beziehungen unterhält, mit anderen Worten Geschlächtsverkehr. Dieses Betragen eines ihrer Angestellten ist verwerflich unhaltbar und ihrem Haus unwürdig. Schieben Sie dem einen Riegel vor. Sollte das nicht geschehen wird die Polizei davon erfahren und das wird Ihrem Geschäft schaden. Herr Bleicher wurde mehrfach mit Mädchen und Buben gesehen. Sie gehen bei ihm zu Hause ein und aus wo sie sich unmoralisch, ungehemmt und sittenlos benehmen. Der Verführer treibt es mit ihnen. Sollten Sie nichts dagegen unternehmen, machen Sie sich mitschuldig. Weitere Detais möchte ich Ihnen ersparen. Ein Freund der es gut mit ihnen und den wehrlosen Opfern des Hr. Bleicher meint.

Es genügte, den Verdacht in die Welt zu setzen und Zwietracht zu säen. Es genügte, Dinge anzudeuten, es war nicht nötig, den Wahrheitsbeweis zu erbringen. Einmal in der Welt, zogen die Unterstellungen ihre Kreise schnell genug im trüben Wasser der Vermutungen, um bald höhere Wellen zu schlagen. Es genügte, die Gunst der Stunde zu nutzen. Es genügten Andeutungen. Es genügte die Aussicht auf einen Skandal. Eine Unterstellung zu verbreiten, war so einfach wie das Alphabet herzusagen, wenn man es einmal beherrschte. Mit jedem Wort, das er niederschrieb, wurde ihm leichter ums Herz.

Mit jedem Buchstaben, den er in den nächsten Tagen aus verschiedenen Zeitungen und Zeitschriften, die er am Kiosk gekauft hatte, herausschnitt und neu zu dem Text zusammensetzte, den er am Samstagabend in aller Eile von Hand geschrieben hatte, gab er der Welt zurück, was sie ihm aufgehalst hatte, er befreite sich. Er hatte keinen Augenblick Gewissensbisse. Keine Bedenken. Keine Skrupel. Er schlief danach deutlich besser als in den vorangegangenen Wochen.

Er arbeitete ausdauernd und hart, aber freudig, jeden Abend. Er war darauf erpicht, den Brief so schön zu gestalten wie das schönste Fenster, das er je arrangiert hatte. Tagsüber wirkte er etwas erschöpft, und eine gewisse Zerstreutheit mochte Fräulein Hodel nicht entgehen, aber sie war von Stettler ja inzwischen einiges gewöhnt.

Er trug stets Handschuhe, denn er musste damit rechnen, dass man das Papier des anonymen Schreibens auf Fingerabdrücke untersuchen würde. Fehler waren leicht zu vermeiden. Er freute sich auf den Tag, an dem der Brief fertig sein würde und er ihn in den Briefkasten stecken konnte. Je länger er daran feilte und je öfter er den Brief las, desto hintergründiger fand er den Text, desto ausgeklügelter und überlegter die Anordnung der Buchstaben und desto aufrührerischer den Inhalt, alles stimmte, alles saß, alles war an seinem Platz. Er hatte sich mit erstaunlicher Leichtigkeit in diese andere Person versetzt, die er nicht war und nicht kannte und im Grunde auch gar nicht sein wollte, sondern darstellte, der verachtenswerte Verfasser eines anonymen Briefs.

Es war kein Zufall, dass er Lotte Zerbst seit längerer Zeit nicht mehr im Radio hatte spielen hören, sie spielte dort gewiss nicht seltener als früher, es war die logische Folge davon, dass Stettler kaum noch Radio hörte.

Er war wohl nicht mehr der Gleiche, der einst Lotte Zerbst geschrieben hatte. Es kam ihm vor, als wären seither Jahre vergangen, in denen sich alles verändert hatte. Musik mochte er nicht mehr hören. Sie war ihm fremd geworden. Musik suchte nach einem Ausweg, den er nicht beschreiten konnte. Es fiel ihm leicht, sich zurückzuziehen.

Die Vorstellung, Lotte Zerbst, einer echten Künst-

lerin zu begegnen, ihr Auge in Auge gegenüberzu-
sitzen als sei er ihresgleichen, war eine naive Illusion
gewesen; was hatte eine bedeutende Konzertpianis-
tin mit einem unbedeutenden Schaufensterdekorateur zu schaffen, worüber hätten sie sich überhaupt
unterhalten, über Schaufensterpuppen und Sonaten?
Er hatte ihr nicht ohne Absicht seinen Beruf verschwiegen, sie sollte ihn für den halten, der er nicht
war, aber für wen? Er wollte sich darüber nicht den
Kopf zerbrechen.

Ihm genügte im Augenblick die »andere Arbeit«,
er freute sich den ganzen Tag auf die Mußestunden
am Feierabend, in denen er sich dem Hantieren mit
Schere und Klebstoff widmen konnte. Es ersparte
ihm die Gedanken an Bleicher und an seine unmit-
telbare Zukunft. Er konzentrierte sich auf die Ausschnitte. Der Mann, von dem hier die Rede war, der
Mann, den hinterhältig zu verleumden er sich entschlossen hatte, war ein anderer als der, der in diesem
Augenblick vermutlich gerade darüber nachdachte,
wie er die Sommerschaufenster gestalten könnte.
Bleichers Gestalt begann zu verschwimmen. Wenn
sie auch nicht ganz verschwand, war sie doch oft nur
noch schwer zu erkennen. Nicht nur Stettler, auch
Bleicher veränderte sich.

Was auch immer er von den Vorwürfen hielt, ob er
ihnen Glauben schenkte oder nicht, Schuster würde
auf dieses Schreiben reagieren müssen. Natürlich wären Fotos noch beweiskräftiger und überzeugender

gewesen als dieses anonyme Schreiben, das sich aus herausgetrennten Wörtern und Buchstaben zusammensetzte, um den Absender unkenntlich zu machen. Schuster würde Bleicher zu sich zitieren. Er würde ihm den Brief unter die Nase halten und ihn bitten, sich zu den Vorwürfen zu äußern. Er würde ihm ins Gewissen reden, ob er den Vorwürfen Glauben schenkte oder nicht, er würde ihn dazu auffordern, die Karten offen auf den Tisch zu legen, das *Quatre Saisons* war ein ehrenwertes Haus, nicht der Schatten eines Zweifels durfte darauf fallen. Treffen Sie sich heimlich mit den erwähnten Minderjährigen, wie es hier heißt, oder nicht? Was muss ich davon halten? Was haben Sie zu Ihrer Verteidigung vorzubringen? Wie kommt die Person auf diese Idee? Ist etwas daran wahr?

Der Brief war wie ein Kunstwerk. Es war ihm gelungen, Buchstaben und Wörter zu wählen, die klein genug waren, damit der Brief auf einem Blatt Papier – hinten und vorne – Platz hatte.

Es fiel ihm schwer, nicht seinen Namen unter das Dokument zu setzen. Als er fertig war, hielt er den Brief weit von sich wie ein Maler eine Zeichnung. Schade, dass der Text nicht auf einer Seite Platz hatte, sodass es wie ein Gemälde war, das man an die Wand hängen konnte – er befestigte es mit Klebstreifen an einer der Wände im ehemaligen Zimmer seiner Mutter, es sah gut, aber unvollständig aus.

Nach einer Woche begann er von vorne. Diesmal

aber sollten die Buchstaben besonders zierlich und elegant sein, damit der Brief auf eine Seite passte. Die Rückseite sollte leer bleiben. Es war einfacher, auch farbige Buchstaben zu finden, als er befürchtet hatte. Und so kürzte er und war eine weitere Woche mit seiner Drohung beschäftigt, manchmal etwas benommen vom Geruch des fädenziehenden Klebers, der einen betäubenden Wirkstoff enthielt, der die Nasenwände reizte. Die Verknappung auf das Wesentliche verlieh ihr eine wohltuende Prägnanz.

ES WURDE BEKANNT, DASS HR. BLEICHER SEXUELE BEZIEHUNGEN MIT MINDER- JÄHRIGEN UNTERHÄLT. DIESES BETRAGEN BESCHMUTZT DIE EHRE IHRES HAUSES. SCHIEBEN SIE DEM EINEN RIGEL VOR. SOLL- TE DAS NICHT GESCHEHEN WIRD DIE PO- LIZEI DAVON ERFAHREN. MÄDCHEN UND BUBEN GEHEN BEI IHM EIN UND AUS. DER VERFÜHRER TREIBT ES MIT IHNEN. SOLL- TEN SIE NICHTS DAGEGEN UNTERNEHMEN, MACHEN SIE SICH MITSCHULDIG. WEITERE DETAIS MÖCHTE ICH IHNEN ERSPAREN. EIN FREUND DER ES GUT MIT IHNEN UND DEN WEHRLOSEN OPFERN DES HR. BLEICHER MEINT.

Stettler war sehr zufrieden. Diese Version war besser, ausgewogener und einprägsamer und aus diesen Gründen überzeugender als die erste. Doch dann tauchte erneut die Frage auf, die ihm schon mehr als einmal durch den Kopf gegangen war, ob ein fotografischer Beweis zur Erhärtung seiner Behauptungen nicht überzeugender sei als Unterstellungen, die der Verdächtigte selbstverständlich leugnen würde. Nun, er besaß keinen Beweis, aber nichts sprach dagegen, dass es ihm gelingen könnte, ihn in Bälde gegen ihn in der Hand zu haben; Bleicher, umgeben von einer Schar junger Frauen, würde die Ungewissheit aus der Welt schaffen.

Er suchte und fand die Kamera, die er seit vielen Jahren nicht mehr benutzt hatte, im Einbauschrank im Flur. Er zog den Apparat zwischen altem Kinderspielzeug hervor, das für Kinder aufbewahrt worden war, die nie geboren wurden, staubte das schwarze, fein gemaserte Gehäuse, das sich kalt anfühlte, mit einem angefeuchteten Tuch ab und betrachtete es eingehend. Es dauerte eine Weile, bis er sich mit der Bedienung der Kamera wieder vertraut gemacht hatte, zumal er keine Anleitung dazu besaß, diese war wohl verloren gegangen oder im Schrank zwischen den Regalen versunken. Es mussten dreißig Jahre vergangen sein, seit er sie gekauft und mindestens fünfzehn, seit er sie zum letzten Mal benutzt hatte. Wenn er sich richtig erinnerte, war das im Tierpark am Flussufer gewesen, als er einen kleinen Jungen fotografierte, der eines der zahmen Eichhörnchen fütterte, die dort so zahlreich waren wie Spatzen und Hunde.

Da er fürchtete, dass der Film, der sich darin befand, zerstört werden würde, wenn er die Kamera jetzt unsachgemäß öffnete, legte er sie beiseite und brachte sie am nächsten Tag ins Fotogeschäft mit der Bitte, die zweiundzwanzig belichteten Fotos zu entwickeln und einen neuen Film einzulegen.

Das anonyme Schreiben schickte er nicht ab.

Eine Woche später holte er die Fotos ab und zog sie aus dem weißen Umschlag mit dem Aufdruck des Labors, in dem die Bilder entwickelt worden waren. Tatsächlich lagen zuoberst die Fotos des kleinen Jungen. Auf dem ersten kauerte er am Boden und streckte die offene Hand nach dem Eichhörnchen aus, dessen Kopf am rechten Bildrand zu sehen war, auf dem zweiten fraß das Tier seelenruhig Haselnüsse aus seiner hohlen Hand. Hinter dem Jungen stand wohl der Vater, von dem nur die dunklen Hosenbeine zu sehen waren. Es war Winter gewesen, auf der Erde lagen Reste schmelzenden Schnees.

Zwei Fotos eines Jungen. Doch wer hatte die zwanzig übrigen Aufnahmen gemacht? So gut er sich an den Augenblick erinnern konnte, als er die Fotos im Tierpark gemacht hatte, so wenig erinnerte er sich an die Frau auf den Fotos. Es gab keine Erinnerung, weil er diese Fotos nicht gemacht hatte. Sie waren mit seiner Kamera gemacht worden, aber nicht von ihm. Waren sie im Labor vertauscht worden? Er zählte zwei Mal nach, es waren genau zwanzig Fotos. Eine Verwechslung war ausgeschlossen, sie waren hier in dieser Wohnung entstanden.

Das war die Kommode seiner Mutter. Das war der Teppich im Wohnzimmer. Das war der Flur. Das war die Balkontür. Aber er kannte die Frau nicht, er hatte sie nie zuvor gesehen.

Der Blick auf die Unbekannte war stets ein anderer; die unterschiedlichen Blickwinkel wirkten wohl durchdacht; es gab zu seiner größten Überraschung sogar eine Rückenansicht. Man hatte sie von hinten aufgenommen. *Bitte drehen Sie sich um,* hatte jemand sie gebeten. Aufforderung und Verblüffung zeichneten sich auf ihrem Gesicht ab. Sie trug auf allen Fotos das gleiche eng anliegende schwarze, stark taillierte, trägerlose Kleid, ein schlichtes, aber elegantes Abendkleid. Man sah ihre Schultern, ihre Hände und ihre Beine. Ihre Füße in Pumps, ein Mal war sie barfuß.

Zu welchem Zweck waren die Aufnahmen gemacht worden, und wenn nicht von ihm, von wem dann? Außer seiner Mutter hatte niemand Zugriff auf diesen Apparat gehabt.

Er legte die Fotos in zwei Reihen auf dem Esstisch so nebeneinander, wie sie entstanden waren, Nummer für Nummer aufsteigend. Auf dem ersten Foto links oben war nur ihr Gesicht en face zu sehen, auf dem zweiten ihr Gesicht im Profil, auf dem dritten rechts ihr Brustbild und so weiter, das letzte Bild war ihre Rückenansicht. Dazwischen war sie in allen nur erdenklichen Positionen – außer liegend – abgebildet. Stettler stellte fest, dass ihn die Fotos erregten, obwohl die Unbekannte nicht sehr hübsch war. Ihr

Ausdruck war fordernd, eine wortlose Einladung, sie nicht aus den Augen zu lassen, sie auszuziehen, ihr die Kleider vom Leib zu reißen, in sie einzudringen. Er onanierte auf die Fotos.

Nachdem er die Fotos abgewischt hatte, vertiefte er sich so lange in die Betrachtung der fremden Frau, bis in seiner Erinnerung allmählich eine viele Jahre zurückliegende flüchtige Begegnung auftauchte, eine Erinnerung, bei der es sich möglicherweise um nichts anderes als eine durch das lange Betrachten der Bilder hervorgerufene Täuschung handelte, doch sie wuchs schnell zur Gewissheit heran. War es die Frau auf diesen Fotos gewesen, die er damals kurz gesehen hatte, als sie sich gerade hastig von seiner Mutter verabschiedet hatte? Es handelte sich, laut seiner Mutter, um eine Person, die sie zufällig ausgewählt und angerufen hatte und die wild entschlossen war, in ihrer Wohnung eine Tupper-Party zu veranstalten, wie sie damals in Mode kamen.

Kaum war die Erinnerung an diesen Moment aufgetaucht, nahm sie an Deutlichkeit schon wieder ab, doch verschwand sie nicht vollständig. Es gab nun diese Frau. Wer sonst sollte es sein als sie? Und wer sonst als seine Mutter hatte sie fotografiert? Aber aus welchem Grund? Er erinnerte sich nicht, dass die Party je stattgefunden hatte. Das war keine Aufnahme, die das Treffen einiger Hausfrauen festhielt, und wie eine Hausfrau sah sie auch nicht aus, eher selbständig als abhängig.

Wenn es sich bei der Frau auf den Fotos tatsächlich um jene handelte, die seinerzeit die Party hatte veranstalten wollen, warum hatte seine Mutter, die nie zuvor einen Fotoapparat in der Hand gehalten hatte, sie dann fotografiert? War die Erwähnung der Hausfrauenversammlung bloß eine Ausflucht seiner Mutter gewesen, um die wahre Mission der Unbekannten zu verschleiern? Je länger er darüber nachdachte, desto näher glaubte er der Wahrheit zu kommen. Es war schwierig, die verknäuelten Gedankenfäden zu entwirren, aber schließlich war er sich so sicher, als habe ihm die tote Mutter die Umstände eben erst erklärt.

Und so erinnerte sich Stettler nun an deren ständiges Drängen, sich doch endlich wieder der Fotografie zuzuwenden – als ob er diese jemals mehr als stümperhaft betrieben hätte. Ein teurer Fotoapparat, wie er ihn sich geleistet habe, sei dazu da, benutzt zu werden, im Schrank habe er doch nichts verloren. Er solle in die Natur hinausgehen, wo es so viele schöne, interessante und aufregende Dinge festzuhalten gäbe, war sie immer wieder in ihn gedrungen. Warum er seine Schaufenster nicht auf Fotos festhalte, die Erinnerung könnte ihm später, wenn er einmal pensioniert sei, von Nutzen sein. Er würde in seiner Vergangenheit blättern und nichts wäre verloren. Doch er hatte sich nicht überreden lassen.

An die vierzig war er wohl gewesen, als diese Fotos entstanden und er die Frau zwischen Tür und Angel gesehen hatte, als noch die leise Hoffnung bestand, dass er eine Braut an den Traualtar führen würde, und in diesem Augenblick verstand er, weshalb seine Mutter diese Fotos gemacht hatte und wozu sie hätten dienen sollen, warum sie ihn immer wieder zum Fotografieren gedrängt hatte: Sie hatte gehofft, dass er den Film zum Fotografen brachte und auf den entwickelten Bildern die Frau wiedererkannte, die er bei seiner Mutter flüchtig kennengelernt hatte. Er sollte sie begehren, das war ihr Wunsch. Begehren und wiedersehen wollen. Wiedersehen und dann heiraten wollen. Sie zu fotografieren war ein Dienst an ihrem ledigen Sohn gewesen, dessen Leben sie offenbar als unvollkommen empfunden hatte. Sie hatte ihm – als Kupplerin – eine Frau zuführen wollen, anders ließ sich die Existenz dieser Fotos nicht erklären. Das war die Lösung des Rätsels dieser Fotos.

Er stand auf und trank im Verlauf einer Stunde drei Bier auf der Terrasse. Sein Kopf wurde schwer und leer. Seine Hände wurden taub. Hätte die Küche gebrannt, er hätte es nicht gerochen.

Die Nacht brach herein, und plötzlich glaubte er sich auch zu erinnern, dass die Mutter eines Tages zu ihm gesagt habe: »Ich habe eine interessante Frau kennengelernt. Eine für Dich und eine wie Du.« Als wären zwei im Angebot.

Wenn er ihr heute begegnete, würde er sie nicht wiedererkennen. Aber vielleicht würde er auch an seiner Mutter achtlos vorübergehen.

Er würde die Fotos wegwerfen und mit seiner alten Kamera neue Fotos machen und den Film dann entwickeln lassen.

Auch dieser anonyme Brief gefiel ihm als Kunstwerk so gut, dass er ihn mit Reißnägeln, die wie in Butter in der Tapete versanken, an die Wand pinnte.

Hätte Stettler gewusst, was ihn erwartete, wäre er zu Hause geblieben. Neuerdings blieb er am Wochenende morgens oft stundenlang im Bett liegen und dachte nach. Er hatte nichts zu tun. Er hatte keinerlei Verpflichtungen. Er ging nicht zum Fluss, nicht zum Markt und nicht in den Tierpark. Er fütterte keine Eichhörnchen, keine Esel und keine Tauben. Er kaufte das Nötigste, und das erledigte er nicht auf dem Markt. Wozu in den Fluss starren, wozu über den Markt schlendern, wenn man nichts brauchte? Es war warm, es hieß, ein heißer Sommer stünde bevor. Aber er war überzeugt, dass Hitze und Trockenheit nicht anhalten würden, und dass man am Ende sagen würde: Es war ein Jahr wie jedes andere.

Dass es kein Jahr wie jedes andere war, lag an den Krawallen, die in Paris und Berlin entflammt und wieder abgeebbt waren, und nun mit Verzögerung auch auf die Jugendlichen hier übergriffen. Die ganze Welt schaute hin.

In der Erwartung, Bleicher und seinen jungen Lakaien zu begegnen, nahm er den Fotoapparat mit, als er sich wieder zum Zauberladen aufmachte. Doch der Laden war geschlossen, der Besitzer hatte die Eisenläden vor den Schaufenstern heruntergelassen, als erwartete er die Sintflut.

Doch der Sturm tobte nicht in der kleinen Seitengasse, sondern auf dem anderthalb Kilometer entfernten Bahnhofsvorplatz, wo die Straßenbahnen zusammenliefen und die Menschen hinströmten, deren Ziel der Bahnhof, der Marktplatz, die Cafés und die Läden und Warenhäuser der Innenstadt waren.

Nachdem Stettler eine Viertelstunde im Schatten der kühlen Lauben auf ein Lebenszeichen Bleichers und seiner Freunde gewartet hatte – im Haus brannte kein Licht und es regte sich nichts –, kehrte er um. Die Hoffnung, Bleicher dabei zu fotografieren, wie er seine minderjährigen Freunde berührte, war fehlgeschlagen. Er machte sich auf den Weg zurück nach Hause.

Die Polizeisirenen waren nicht zu überhören; sie entfernten sich nicht in abgelegene Quartiere außerhalb der Stadt, sondern tönten – fast ununterbrochen – aus der Richtung, die Stettler eingeschlagen hatte. Der ohrenbetäubende Lärm überflutete die nahe gelegene Innenstadt. Der Gedanke, er habe den Gasherd nicht abgestellt und seine Wohnung stehe in Flammen, durchzuckte ihn kurz, aber er brachte ihn zum Verschwinden; die Sirenen näherten sich dem Bahnhof und nicht dem Haus, in dem er wohnte.

Dann hörte er das Skandieren von Stimmen, die in gleichbleibender Lautstärke Parolen brüllten, die er nicht verstand, deren aggressiver Ton aber keinen Zweifel daran ließ, dass es sich um absurde Forderungen handelte. Aggression was das neue Modewort. Aggression und Gesellschaft.

Nicht Verzweiflung oder Angst drückten diese Spracheruptionen aus, die Stettler ebenso anzogen wie abstießen – er hätte Zeit genug gehabt, umzukehren oder einen anderen Weg nach Hause einzuschlagen –, sondern Arroganz. Egal zu welchen Zugeständnissen die verantwortungslosen Schmarotzer die besonnenen Erwachsenen zwingen wollten, sie taten es mit der Gewissheit, im Recht zu sein. Ihre Ansprüche waren absolut, ihre Drohungen ernst gemeint. Sie waren die Opfer des »Establishments«. Sie waren die Freunde des Vietcongs. Sie hatten das Hissen der Fahne auf dem Münster klammheimlich gutgeheißen.

Er hatte sie oft genug im Fernsehen gesehen. Die Tagesschau berichtete täglich von Aufruhr in aller Welt. Egal, was man den Aufständischen entgegnete und wie man argumentierte, sie waren wie verstockte Kinder, die sich nicht von der Stelle rührten, wenn sie ihren Willen nicht bekamen. Sie schrien und hörten nicht auf zu schreien.

Wenn sie sich im Recht glaubten, brauchte sich Stettler noch lange nicht im Unrecht zu fühlen. Egal, wovon jene überzeugt waren, die am lautesten schrien, er hatte sich nichts vorzuwerfen. Das war nicht ihre Straße und nicht ihr Platz, das war seine Stadt, seine

Heimat, seine Existenz und sein Weg. Verglichen mit ihm waren sie Kinder. Verglichen mit ihnen war er ein Greis.

Die Polizeisirenen ertönten in immer kürzeren Abständen. Das grelle, mechanische Gebrüll aus den Megafonen war lauter geworden. Auf den Häusern kreiste der Widerschein des Blaulichts.

Dennoch ging Stettler unbeirrt weiter. Trotz der in die Megafone gebrüllten Parolen eines schwitzenden Jünglings in Blue Jeans, denen ein Polizist in Zivil seine eigenen Aufrufe – »Bitte treten Sie zurück!«, »Bitte räumen Sie die Schienen!«, »Sollte der Platz nicht innerhalb der nächsten halben Stunde geräumt sein, werden wir hart durchgreifen!« – entgegensetzte, wich er nicht von seinem Nachhauseweg ab. Stettler würde keinen anderen als diesen Weg einschlagen, er würde keine Sekunde opfern, das war die kürzeste Strecke. Aber er kam nicht weit.

Als er auf den Platz trat, fand er sich inmitten einer Ansammlung von sich drängelnden Neugierigen wieder, die nach vorne hin eine dichte Mauer bildeten. Er durchschritt die Menschenmenge dennoch mühelos. Man machte ihm Platz. Höflichkeit war eine gute Sache.

Je rücksichtsvoller man diesseits der Mauer zueinander war, desto unverblümter konnte man jenseits die Demonstranten betrachten. Sie hatten sich dort niedergelassen, wo sonst die Straßenbahn fuhr. Sie saßen mit Absicht genau auf den Schienen. Etwa vierzig junge Leute hockten da, einige hielten Plakate hoch, auf die sie Sprüche gekritzelt hatten, die kaum zu entziffern waren und denen er keine Beachtung schenkte. Die Mädchen konnte man an einer Hand abzählen, es waren fünf. Ein paar Zuschauer riefen »Gammler« und »Hippies« und »Kommunisten, ab nach Russland«, die übrigen gaben leise Kommentare von sich, lachten oder blieben stumm. Unter den Demonstranten war ein junger Mann, der vergessen hatte, seinen Hosenladen zu schließen.

Stettler zog sich etwas zurück, die Mauer vor ihm schloss sich wieder. Dennoch hatte er weiterhin eine gute Sicht auf das Geschehen. Eine unsichtbare Grenze war gezogen, die niemand überschritt; niemand wollte den Demonstranten zu nahe kommen.

Die beiden Megafone verstummten kurz, als sich ein Trupp behelmter Polizisten näherte, die ihre Visiere nach oben geklappt hatten, sie mussten mit einem der Polizeibusse gekommen sein. Zu ihrem eigenen Schutz hielten sie kleine runde Schilder aus Peddigrohr vor ihre Oberkörper; offenbar wurden sie zum ersten Mal benutzt, sie waren sauber und wirkten puppenstubenhaft. Vor Schüssen aus echten Waffen würden sie die Männer nicht schützen, auch nicht vor Pflastersteinen; der Bahnhofsplatz war asphaltiert. Mit Gewehrkugeln musste niemand rechnen.

Es gab drei deutlich voneinander abgegrenzte Gruppen: die Menschenmenge, die sich um Stettler drängte – die größte der drei Ansammlungen –, der geordnete Trupp uniformierter Polizisten und die Zusammenrottung der aufständischen Jungen (etwa fünfzig). Letztere würden sich vermutlich zur Wehr setzen, wenn man sie gewaltsam aus dem Weg zu räumen versuchte. Ob sie selbst angreifen und gewalttätig werden würden, war nicht abzusehen, Letzteres aber wahrscheinlich. Damit rechneten alle, auch wenn niemand wusste, was nun geschehen würde. Es hing von Kleinigkeiten ab.

Weil sie Helme trugen, waren die Polizisten nur schwer voneinander zu unterscheiden.

Aus heiterem Himmel begann Stettler zu fotografieren. Wenn er den Fotoapparat schon dabeihatte, lag es nahe, ihn zu benutzen. Er drückte ab, ohne richtig durch den Sucher zu schauen, den er auf die Demonstranten gerichtet hatte. Er war ziemlich sicher, gut getroffen und nicht gewackelt zu haben. Niemand sonst unter den Zuschauern fotografierte. Er bemerkte, wie sich einer der Jugendlichen Feuer von seinem Nachbarn geben ließ. Zufällig hielt Stettler diesen Moment fest, es hätte genauso gut ein anderer sein können.

Vielleicht befand sich unter den Jugendlichen einer von Bleichers Freunden, Bleicher selbst vielleicht. Bleicher und Schuster. Er konnte keinen von ihnen erkennen. Er wurde von rechts von einer Frau geschubst, die sich nicht entschuldigte. Er trat ihr absichtlich und mit Nachdruck auf den Fuß. Sie schrie kurz auf. Er entschuldigte sich nicht. Im Gedränge konnte sie unmöglich feststellen, wer sie getreten hatte.

Die Luft schien zu glühen, obwohl die Sonne den Platz noch nicht erreicht hatte, es war erst kurz vor elf. Er drückte wieder ab und fühlte sich mit jedem Foto größer und stärker werden. Die Turmuhr der nahe gelegenen Kirche schlug elf Mal.

Vorsichtig drängte er sich wieder vor, Schritt für Schritt, bis er erneut in der ersten Reihe stand. Viele Demonstranten trugen weiße Hemden, aber keine Krawatten. Er entdeckte unwichtige Details. Aus ihnen bestand das Leben.

Sie hatten sich auf die Schienen gesetzt, um gegen die Erhöhung der Fahrpreise zu demonstrieren. Der Redner, der nun auf dem Sockel des mächtigen alten Brunnens stand, der das Zentrum des Platzes bildete, wiederholte es ständig: »Das Tram gehört uns! Gratisfahren, Gratisfahren!« Die anderen stimmten ein.

Die Fontäne, die aus dem dicklippigen Maul des auf seiner Schwanzflosse stehenden Delfins schoss, war beeindruckend wie immer und versprühte Tropfen, die einen glänzenden Film auf dem Gesicht des Redners bildeten, aber darauf achtete jetzt niemand. Der junge Mann brüllte pausenlos ins Megafon; mehr und mehr schien er sich in Trance zu schreien. Stettler fotografierte ihn, als er zufällig in seine Richtung blickte. Es entging ihm nicht, und er drohte ihm mit der Faust. Stettler zuckte zurück, als hätte ihn der andere berührt. Der Redner fixierte ihn noch einige Augenblicke, dann schien er das Interesse an ihm zu verlieren. Er wendete sich um.

Fünf Polizeiwagen näherten sich und bildeten einen Halbkreis um die Demonstranten, den niemand durchbrechen würde. Die Schaulustigen traten einige Meter zurück. Die Jugendlichen wichen keinen Zentimeter. Die Polizeiwagen blieben dicht hinter den Demonstranten stehen. Die Situation wirkte bedrohlich, obwohl der Provokateur kurz Atem holte, Stettler fotografierte unbeirrt weiter. Inzwischen hatte er acht Fotos gemacht.

Der Polizist in Zivil forderte die Demonstranten erneut auf, die Versammlung aufzulösen und widerstandslos nach Hause zu gehen, aber sein Ton hatte sich verändert. »Sofort aufzulösen«, wiederholte er in scharfem, schneidendem Ton. Und weiter: Wenn die Schienen nicht innerhalb der nächsten Viertelstunde freiwillig geräumt würden, sähe man sich wohl oder übel gezwungen, hart durchzugreifen. Man würde nicht davor zurückschrecken, die Zusammenrottung gewaltsam aufzulösen. »Gewaltsam und ohne Rücksicht auf Verluste«, sagte er mit Nachdruck. Bei dieser Besetzung handele es sich um eine kriminelle Aktion, zumal die Demonstration nicht beantragt und nicht bewilligt worden sei. Stettler fotografierte auch ihn, während er seine Ansprache hielt. Niemand sonst –

außer einem Polizeifotografen in Zivil – fotografierte.

Kaum hatte der Beamte zu Ende gesprochen und das Megafon sinken lassen, löste sich ein Herr mittleren Alters, den Stettler bislang nicht bemerkt hatte, aus der Gruppe der Zuschauer und ging zielstrebig auf die Demonstranten zu. Er hatte es offenkundig auf den Wortführer abgesehen. Der Junge auf dem Brunnen verstummte, als er ihn erblickte. Er hatte den seriösen Herrn – ein Geschäftsmann oder Beamter – erkannt. Dieser stürzte sich unvermittelt auf den Jungen, zerrte mit der einen Hand an seiner dünnen Jacke und versuchte ihm mit der anderen das Megafon zu entreißen. Doch der Junge war kräftiger. Er hielt das Megafon fest und wollte es gerade wieder zum Mund führen, als der Herr ihm eine Ohrfeige verpasste. Zweifellos hatte er es auf die Wange abgesehen, traf jedoch die Halsschlagader. Der Junge riss vor Schmerz die Augen auf und erblasste, um kurz darauf rot anzulaufen. Einen Augenblick wirkte er benommen. Alle Blicke waren auf die zwei ungleichen Männer gerichtet.

»Schluss mit dem Theater. Du kommst nach Hause, auf der Stelle, sofort!«

Bei diesen Worten wurde jedem klar, dass es sich um niemand anderen als um den Vater des Jungen handeln konnte.

Er folgte ihm nicht. Das hatte auch niemand erwartet. Stattdessen holte er aus. Er ballte die Faust und schlug mit der Rechten zu. Er traf seinen Vater im Magen. Stettler drückte auf den Auslöser, er hielt den Moment der Feindschaft und Gewalt fest. Das alles ging so schnell, dass einige Zuschauer erst gar nicht begriffen, was geschah. Der Vater schnappte nach Luft, taumelte, sackte langsam vor seinem Sohn zusammen und ging in die Knie. Niemand eilte ihm zu Hilfe, als er seitlich aufs Pflaster fiel. Der Sohn stand über ihm und rührte sich nicht, auch nicht, als der Vater die Hand ausstreckte; vielleicht war er erschrocken. Stettler glaubte, den Aufprall des Kopfs auf der Straße gehört zu haben, als schlüge eine große Walnuss auf. Jetzt eilten ihm zwei Polizisten zu Hilfe, stützten ihn, halfen ihm auf, nahmen ihn in ihre Mitte und entfernten sich. Irgendjemand rief: »Einen Arzt!«

Die Megafone blieben stumm. In Stettler stieg Übelkeit auf, doch es gelang ihm schnell, sie niederzukämpfen. Er blickte durch den Sucher. Er drückte auf den Auslöser. Noch ein Foto und noch eines. Inzwischen musste er bereits ein Dutzend gemacht haben, mitgezählt hatte er nicht.

Kaum hatten sich die Männer mit dem Vater entfernt, ertönte ein durchdringender, schriller Pfiff aus einer Trillerpfeife. Sekunden später stürmten von allen Seiten Polizisten auf die Demonstranten los. Doch diese leisteten Widerstand. Kein einziger würde freiwillig den Platz räumen. Sie blieben sitzen. Sie machten sich schwer wie volle Kohlensäcke. Der Wortführer hatte das Megafon wieder zum Mund gehoben und schrie mit sich überschlagender Stimme dem entschwindenden Vater hinterher: »Widerstand, Widerstand bringt Veränderung dem Land!« Der Vater drehte sich nicht um. Vielleicht erkannte er die verzerrte Stimme seines Sohnes gar nicht. Vielleicht hörte er ihn nicht. Was mochte in seinem Kopf vorgehen, fragte sich Stettler und machte ein Foto.

Es gelang ihnen tatsächlich, schwerer zu erscheinen, als sie waren. Mindestens zwei Polizisten waren nötig, um einen einzigen Demonstranten auf die Beine zu stellen; er machte sich schwer, ohne sich wirklich zu wehren. Die Schwerkraft diente als Gegenwehr. Kaum ließ man ihn los, glitt er wieder zu Boden. Die Mädchen schlugen um sich. Das wird ein gutes Foto, sagte sich Stettler. Ein großer Bagger sei nötig, um die renitente Jugend wegzuschaufeln, sagte ein Zuschauer. Einige lachten. Stettler fotografierte die Zuschauer.

Alles änderte sich schlagartig, als mehrere Polizisten mit Feuerwehrschläuchen auf die Demonstranten zu zielen begannen. Sie hatten sich in etwa zwanzig Meter Entfernung in Stellung gebracht. Zwischen ihnen und den Hydranten, aus denen die Schläuche mit Wasser versorgt wurden, standen weitere Polizisten und hielten die schweren Schläuche hoch, die sich zu blähen begannen.

Das Wasser scheuchte die Aufrührer auf. Dem Wasserstrahl widersetzte sich niemand. Innerhalb weniger Sekunden verwandelte sich das Pflaster in eine glitschige Fläche. Schnell waren die Demonstranten bis auf die Haut durchnässt. Die Polizisten folgten ihnen und schlugen auf sie ein. Sie trafen nicht immer, aber oft genug. Auch die Zuschauer brachten sich vor dem Wasser in Sicherheit. Stettler sah, wie zwei Polizisten auf einen jungen Mann einschlugen, der die Hände schützend vors Gesicht hielt; also schlugen sie ihm auf die Geschlechtsteile. Stettler glaubte, ihn schreien zu hören; es war leicht, sich in seine Lage zu versetzen. Innerhalb weniger Minuten hatte sich der Platz fast vollständig geleert. Einige Demonstranten wurden festgenommen und abgeführt. Plötzlich stand ein Mann neben Stettler und sagte: »Den Fotoapparat.« Ohne eine Antwort abzuwarten, wurde ihm die Kamera entrissen. »Sie kommen auf den Posten.«

Wenn sie zufällig aufeinandertrafen, grüßten sie einander obenhin oder gar nicht. Jeder ließ den anderen unwidersprochen gewähren. Jeder mochte über den anderen denken, was er wollte. Hinter seinem Rücken wurde vielleicht über Stettler gesprochen, aber niemand sprach mit ihm über Bleicher. Dem Betriebsweihnachtsessen Anfang Dezember war Bleicher ohne Begründung unentschuldigt ferngeblieben, man sprach darüber, man fragte sich, was ihm so wichtig war, dass er sich das Ereignis entgehen ließ, aber er wurde nicht zur Rede gestellt. Er konnte sich alles erlauben.

Zum Glück war es leicht, sich gegenseitig aus dem Weg zu gehen. Es gab nur zufällige, nie beabsichtigte Begegnungen. Während Stettler Bleichers Schaufenster zumindest heimlich begutachtete, hatte er den Eindruck, dass Bleicher seine Arbeit ignorierte; nicht etwa aus Berechnung, sondern aus tief empfundener Gleichgültigkeit; er wollte Stettler nicht demütigen, die Kränkung erfolgte unbeabsichtigt, was ihre Wirkung allerdings vervielfachte.

Arthur Schusters Disposition sah vor, dass Stettler und Bleicher einander bei der Planung der Schaufenster abwechselten. Es herrschte also, oberflächlich

betrachtet, eine angemessene Fairness in der Verteilung der Arbeit. Sie ruhte, wie Schuster sich einmal
gegenüber Fräulein Hodel ausgedrückt hatte, gerecht
verteilt auf zwei Schultern. Aber die Schultern waren
unterschiedlich belastbar und unterschiedlich breit.
Jene Bleichers waren deutlich kräftiger als die von
Stettler. Er hasste dieses Bild, aber es ließ sich nicht
aus der Welt schaffen.

Für die Frühlingskollektion, die auf die ungelieb-
ten Januarschaufenster folgte, war Stettler zuständig
gewesen, für den Sommer war diesmal Bleicher verantwortlich. Fraglos waren die Sommerschaufenster
begehrter als die Frühlings- und Herbstfenster. Einmal mehr hatte sein Rivale die besseren Karten gezogen.

Schuster hatte das Personal um wenige Angestellte
reduziert. Zwei Angestellte waren anderen Abteilun-
gen zugewiesen worden, Stettler arbeitete mit Fräulein Hodel und zwei Lehrlingen. Bleicher beschäftigte zwei neue Dekorateure, deren Anstellung auf
Veranlassung Bleichers erfolgt war. Auch hier zeigte
sich seine hervorgehobene Stellung.

Die beiden Männer, die Bleicher assistierten, trugen ungebügelte Hemden, keine Krawatten, keine
Mäntel, stattdessen dunkelgrüne Parkas, das neumo-
dische, unförmige Kleidungsstück, das zur Standard-
garderobe der aufständischen Jugend gehörte; alles
an ihnen wirkte auf Stettler abstoßend. Ihnen auszu-
weichen, erwies sich als unnötig. Da auch sie ihm aus

dem Weg gingen, war ein Zusammentreffen so gut wie ausgeschlossen.

Jedes Mal, wenn er Bleichers Schaufensterfronten sah, glaubte er, etwas wiederzuerkennen, was auch in ihm geschlummert hatte. Erklären konnte er es sich nicht. Als hätte eine unsichtbare Macht verhindert, dass er sein Bestes zeigte, war es einfach nicht bis an die Oberfläche gedrungen. Es hatte sich versteckt; es blieb verborgen. Stettler war überzeugt, als junger Mann ähnliche Ideen gehabt zu haben. Er hatte sie unterdrückt. Wie scheue Tiere hatten sie sich verkrochen. Nun verwirklichte Bleicher, wozu es Stettler einst an Kühnheit gefehlt hatte. Bleicher war ihm stets einen Schritt voraus. Stettler würde ihn niemals einholen.

Wäre Stettler nicht mehr zur Arbeit erschienen, hätte ihn niemand vermisst. Er zerbrach sich bereits jetzt den Kopf über die Herbstschaufenster. Bleichers Idee rot gefärbtes Herbstlaub entgegenzusetzen, war armselig. Aber bessere Einfälle hatte er nicht.

Leicht wären ihm – so bildete er sich ein – die Sommerfenster gefallen. Die Ideen fielen ihm nur so zu. Nachts lag er wach und entwarf blau-weiße Fenster. Nivea-Sonnencreme. Nivea-Bälle. Helle leichte Kleider, plissiert. Leicht bekleidete Schaufensterpuppen. Längst stieß sich niemand mehr an so viel nackter Haut. Blau-weiß gestreifte Sonnenschirme und Markisen. Blaue Sandalen auf Sand.

Der Sommer gehörte Bleicher, und er machte ihn zu seiner Sache. Seine Schaufenster wurden zum Ereignis, über das alle sprachen und das alle sehen wollten. Bleicher verwirklichte außergewöhnliche, nie da gewesene Schaufenster, über die – kaum waren sie enthüllt – die ganze Stadt redete und die halbe Welt berichtete, zumal sie sich nicht sofort, sondern erst in Etappen enthüllten. Artikel darüber wurden weit über die Landesgrenzen hinaus in großen Zeitungen, Magazinen und Illustrierten, sogar in Kunstzeitschriften publiziert. Selbst in Amerika wurde man darauf aufmerksam. Die *Vogue* und *Paris Match* berichteten. Nie zuvor hatte man einem Schaufensterdekorateur so viel Aufmerksamkeit geschenkt. Bleicher wurde als Ausnahmeerscheinung und Künstler gefeiert. Er hatte die Kunst mit dem Alltag versöhnt, indem er sie ihm einverleibt hatte. Man nannte ihn einen echten »Popkünstler«.

Wochenlang war das *Quatre Saisons* in aller Munde, jeder hatte eine Meinung dazu, und wer die Gelegenheit dazu erhielt, äußerte sie auch. Man sprach von einer Revolution im Reklamewesen, es kamen mehr Leute als je zuvor, um die Schaufenster des Warenhauses zu sehen, mehr Leute als zu Weihnachten, mehr Leute als üblicherweise innerhalb eines ganzen Jahres, Hunderte, Tausende defilierten daran vorbei und drückten ihre Nasen an den Scheiben platt (wie sich *Der Spiegel* ausdrückte, der in einer der Lokalzeitungen zitiert wurde).

Die Eigentümlichkeit von Bleichers Sommer bestand darin, dass er zunächst gar nicht existierte. Als die Schaufenster enthüllt wurden, stellte sich heraus, dass sie leer waren. Kein Badekleid, keine Sommerhose, keine Schaufensterpuppe, kein Liegestuhl, kein Sand, kein Gummiball waren darin ausgestellt, es gab nichts zu verkaufen. Boden, Decken und Wände jedes einzelnen Schaufensters waren gleich weiß und gleich hell ausgeleuchtet. Eine Flucht leerer, weißer Fenster, wie man sie nie zuvor gesehen hatte, erwartete einen, mehr nicht als sieben strahlend weiße, leere Wände. Sieben strahlend weiße Fenster. Kein Angebot, keine Ware, jungfräuliches Weiß.

Das hob den sonnengelben Schriftzug auf der Rückwand des mittleren Fensters umso deutlicher hervor:

DER SOMMER BEGINNT AM 21. JUNI.

Alle sprachen darüber. Niemand wusste, was es bedeutete. Es kündigte an, was jeder wusste: Dass der Sommeranfang auch in diesem Jahr auf den 21. Juni fiel, in diesem Jahr wie in allen vorangegangenen und kommenden Jahren. Doch so irritierend dieser Schriftzug war, so »sehr wärmte er einem das Herz«, wie etwa das bereits erwähnte Nachrichtenmagazin *Der Spiegel* schrieb, der ausführlich über die »absolut spektakulären« Schaufenster des *Quatre Saisons* berichtete, die »eine neue Ära des Dekorationswesens einläuten, was wohl nicht folgenlos bleiben« werde. Den Namen Bleicher müsse man sich merken.

Schweizer Design und Schweizer Werbung seien schon seit Jahrzehnten wegweisend, die Schweiz eine »Kaderschmiede für internationale Karrieren und Werner Bleicher einer ihrer aufregendsten Vertreter«. So hatte man noch nie von einem Schaufensterdekorateur gesprochen.

Die Antwort auf die Frage, was der Schriftzug bedeutete, erfolgte – wie natürlich alle erwartet hatten – pünktlich am 21. Juni. Der Zufall wollte es, dass an diesem Tag bereits um acht Uhr für die Jahreszeit hochsommerliche Temperaturen herrschten. Mittags wurden zweiunddreißig Grad gemessen, nachts kühlte es nicht unter zwanzig ab. Keine Frage, es war Sommer. Die Menschen nahmen sich Zeit zum Schlendern. Der Sommer hatte pünktlich begonnen. Bleicher rückte ein weiteres Feld vor.

Am Vorabend waren die leeren Schaufenster mit dunkelblauem Tuch verhängt worden. Seltsame Gestalten tauchten im Warenhaus auf und verschwanden wieder.

Und tatsächlich erwartete die Zuschauer etwas noch nie Dagewesenes, etwas, das gewiss nicht nach jedermanns Geschmack war, aber gerade deshalb auf das größtmögliche Interesse stieß.

Auf den ersten Blick war an diesen Schaufenstern nichts ungewöhnlich. Die ersten, ahnungslosen Zuschauer mochten zunächst sogar enttäuscht sein, denn was sie erblickten, war geradezu ernüchternd gewöhnlich. Sie hatten eine Sensation erwartet und sahen sich mit herkömmlichen Schaufensterpuppen konfrontiert, die sich zwischen gelb-weiß gestreiften Sonnenschirmen, rot-weißen Markisen, schneeweißen Handtüchern, knallbunten Strandbällen und minzgrünen Luftmatratzen in weißen Badeanzügen, rosa Bikinis, schwarzen Badehosen und anderer luftiger Strandbekleidung tummelten. So jedenfalls sah es im ersten Moment aus. Aber nicht viel länger.

Schon nach wenigen Sekunden begriffen die Zuschauer, dass sie einer Täuschung erlegen waren. Plötzlich erkannten sie, was sie wirklich sahen, und staunten. Bei den Modellen handelte es sich nicht um leblose Schaufensterpuppen, sondern um Menschen, atmende Wesen aus Fleisch und Blut. Es waren, wie sie bald erfuhren, Schauspielschüler, die für einen geringen Lohn auf ihre Semesterferien verzichtet hatten, um in den Schaufenstern des *Quatre Saisons* zum ersten Mal vor richtigem Publikum zu posieren. Ihre Aufgabe bestand darin, reglosen Puppen zum Verwechseln ähnlich zu sehen.

Hinter dem Schaufensterglas waren Menschen aus Fleisch und Blut zu beobachten, die Kleider trugen und von Dingen umgeben waren, die man alle auch im Warenhaus kaufen konnte. Sie waren »lebende Werbeflächen«, wie *Der Spiegel* schrieb. Immer mehr Leute liefen zusammen. Was es da zu bestaunen gab, ging wie ein Lauffeuer durch die Stadt.

Wenn man sich lange genug auf eine der lebenden Puppen konzentrierte, gewahrte man, dass sie atmete, dass ihre Lider zuckten und ihre Augen sich bewegten, vollkommen reglos war keine. Vielleicht mangelte es den Schauspielschülern an der nötigen Erfahrung, jedenfalls entdeckte man da und dort winzigste Regungen und kleinste Verschiebungen, ein Ellbogen, ein Finger, ein Zeh, die sich kaum merklich hoben, auf Dauer konnte niemandem entgehen, dass die Leblosigkeit bloß gespielt war. Man bewunderte, wie sie es schafften, sich so lange so ruhig zu verhalten.

Sie saßen, lagen, kauerten und standen in einer hochsommerlich strahlenden Umgebung, ihre nackten Füße und Sandalen, ihre Leinenespadrilles und Sandaletten waren im feinen Sand eingesunken, manche hatten es sich auf Klappstühlen und an Campingtischen, andere auf modernen Liegen und Luftmatratzen bequem gemacht, ein junger Mann legte letzte Hand an das kleine Zelt an, in dem bereits die Ehefrau lag, die in einer bunten Illustrierten blätterte, während in einem anderen Schaufenster die eingefrorenen Mienen von vier Freunden besichtigt werden konnten, die um ein echt wirkendes Lagerfeuer saßen und Bratwürste an langen Spießen in die rötlich funkelnde künstliche Glut hielten. In einem anderen Fenster saßen zwei Frauen unter einem großen Sonnenschirm, erstarrt in angeregter Unterhaltung bei Kaffee und Kuchen, sie trugen luftige Sommerbekleidung und Strohhüte, das Einzige, was fehlte, waren Kinder. Kinder hätte man wohl kaum zum Stillstehen und -sitzen bewegen können.

Nach fünfzehn Minuten Reglosigkeit veränderten sämtliche Personen ihre Positionen; vermutlich reagierten sie auf einen unhörbaren Befehl. Nach etwa zehn Sekunden erstarrten sie erneut, fünfzehn Minuten später setzten sie sich wieder in Bewegung. Acht Stunden hielten die Schauspielschülerinnen und -schüler mit bewundernswerter Ausdauer aus. Allein das war schon eine große Leistung. Am Ende ihres Achtstundentages hatte jeder seine Stellung vierzig Mal verändert. Die Darsteller waren aufgestanden, hatten sich hingesetzt und hingelegt, hatten Gläser zum Mund geführt und Strohhalme zwischen die Lippen gesteckt, waren ein paar Schritte gegangen, hatten neue Paare gebildet und waren dabei immer stumm geblieben. Die ausgeklügelte Choreografie hatte sie am Ende an den Anfang zurückgeführt. Um sechs Uhr abends befanden sich sämtliche Schaufensterpuppen wie die Figuren der Prager Rathausuhr in ihren Ausgangspositionen.

Bleicher wurde gefeiert. Der Erfolg seiner neuen Schaufenster war überwältigend. Es hätte auch anders ausgehen können. Die Öffentlichkeit schien sich im Augenblick nur dafür zu interessieren.

Als Bleicher mittags – gegen seine Gewohnheit – die Kantine betrat, ließen ihn die zahlreich anwesenden Angestellten hochleben, sie klopften ihm auf die Schultern, wollten ihm die Hand geben oder zumindest ein paar Worte mit ihm wechseln. Stettler beobachtete es aus der Entfernung. Er hätte vorgezogen, es sich erzählen zu lassen. Doch Bleichers Gegenwart ließ sich nicht wegzaubern.

Schuster wurde für seine Entscheidung, einem jungen und unerfahrenen Mann wie Bleicher so viel Vertrauen entgegengebracht zu haben, immer wieder gelobt. Sein Mut, in die Zukunft zu investieren, war reich entschädigt worden. Die rühmenden Worte wollten kein Ende nehmen. Jedem war klar, dass in den nächsten Wochen die ganze Stadt zusammenströmen würde, um die lebenden Schaufensterpuppen zu sehen, wie sie genannt wurden. Auch Fräulein Hodel hatte Bleicher gratuliert. Es war Stettler nicht entgangen.

Er stand abseits. Er trug den grauen Arbeitskittel. Bleicher sah auf und blickte zufällig ausgerechnet zu Stettler hinüber. Ihre Blicke trafen sich für wenige Sekunden. Stettler wendete sich ab und gab damit unbeabsichtigt zu erkennen, dass er unterlegen war. Er würde ihm nicht die Hand geben. Er glaubte nicht an einen Zufall. Bleicher hatte mit Absicht zu ihm hingeschaut, um ihm mitzuteilen, dass er – und mit ihm die neue Zeit – triumphiert habe, das Alter verliert, er hatte verloren, die Jugend gewinnt, Bleicher hatte gesiegt.

Niemand schien die kontemplative Ruhe althergebrachter Schaufenster und die Solidität zu vermissen, für die Stettler jahrzehntelang so zuverlässig wie ein Uhrwerk gebürgt hatte. Seriosität und Tradition waren offenbar nicht mehr erwünscht. Man hatte sich entschieden, alles auf den Kopf zu stellen, bis eines Tages nichts mehr von dem übrig bliebe, was Stettler seit seiner Kindheit kannte. Am liebsten wäre er noch heute zu Schuster gegangen, um zu kündigen. Schuster hätte sicher nicht versucht, ihn von seiner Unersetzlichkeit zu überzeugen, sondern die Kündigung angenommen.

Offenbar entsprachen Bleichers Schaufenster der gegenwärtigen Unruhe besser als die Beschaulichkeit von Stettlers Auslagen. Forderten diese die Betrachter dazu auf, die Landschaft aus Waren, die vor ihnen lag, in aller Stille zu erkunden und zu genießen, waren die lebenden Schauspielschüler, die wie Schaufensterpuppen geschminkt waren, ein Echo der Erregung, die auf den Straßen herrschte.

Tatsächlich gewöhnte man sich so schnell an Bleichers bewegte Bilder, dass manche Leute den Wunsch äußerten, dass künftig alle Schaufenster auf die eine oder andere Weise belebt werden sollten; ohne genau zu sagen, wie sie sich das vorstellten; es wurde viel geredet. Andere fragten sich, ob man statt Produkten nicht Filme zeigen könnte, in denen die Waren in einer natürlichen Umgebung vorgestellt würden, so wie es längst in der Kino- und Fernsehwerbung geschah. Doch allmählich begriffen die Leute, dass das Besondere an diesen Sommerfenstern nicht deren Überzeugungskraft, sondern Einzigartigkeit war. So etwas würde man – sagte man sich bedauernd – in dieser Stadt nicht mehr sehen. Das »Happening« konnte zwar wiederholt werden, aber die Idee würde nie mehr neu sein, jede Wiederholung wäre nichts weiter als ein fader Aufguss. Allerdings hörte man gerüchteweise von angesehenen Häusern im Ausland, die ebenfalls Interesse daran zeigten, dem Beispiel des *Quatre Saisons* zu folgen – und so war es auch.

Es kam aber auch zu einigen unangenehmen Zwischenfällen, die die Direktion tunlichst zu verheimlichen suchte; sie machten dennoch die Runde: Ein erschöpfter junger Mann, der offenbar nachts nicht ins Bett gekommen war, brach eines Tages ohnmächtig unter der Scheinwerfersonne zusammen – dabei ging ein Campingstuhl zu Bruch. Er verletzte sich beim Sturz an der Stirn, als sein Kopf gegen den Stuhl krachte. Es herrschte helle Aufregung, denn es dauerte fast eine Minute, bis er aus der Ohnmacht erwachte. Blut sickerte in den Sand, die Stelle musste verdeckt werden, der junge Mann wurde gefeuert. Ein anderes Mal mussten zwei Mädchen gewaltsam getrennt werden, die sich in die Haare geraten waren, weil die eine behauptete, sie sei von der anderen bestohlen worden. Die Mädchen versöhnten sich, nachdem das vermisste Portemonnaie wieder aufgetaucht war. Aber auch hier blieb Bleicher hart, sie wurden ausgewechselt. Anders als auf der Bühne, wo die jungen Leute später Karriere zu machen hofften, konnte man hier nicht einfach den Vorhang schließen, denn einen Vorhang gab es nicht. Genauso wie auf der Bühne wartete immer neue Konkurrenz, um die Rollen der Gescheiterten zu übernehmen. Solche Vorfälle durften nicht geduldet werden, auch wenn sie von manchen ahnungslosen Zuschauern als Teil des stummen Schauspiels verstanden wurden.

Gegen das menschenverachtende Verhalten der Geschäftsleitung wurden keine Stimmen laut. Niemand entrüstete sich wegen der menschlichen Schaufensterpuppen, die wie Tiere in Käfigen gehalten wurden. Obwohl etliche der Modelle – männliche wie weibliche – kaum mehr als nur leicht bekleidet, ja halb nackt waren, sprach niemand davon, dass hier einem bedenklichen Voyeurismus gehuldigt wurde. Stettler wartete auf ein Wort der Kirche, auf den Einspruch von Politikern oder Maßnahmen seitens der Behörden, aber alle schwiegen, als sähen sie nicht, welchen verderblichen Einfluss die Zurschaustellung des menschlichen Körpers auf Kinder und empfindsame Naturen haben musste.

Er wartete also vergeblich auf Proteste, niemand schien sich an Bleichers Schaufenstern zu stören. Man hatte keine moralischen Bedenken, es gab keinen einzigen Leserbrief, jedenfalls gelangte keiner in die Zeitung. Wenn Beschwerden zuhanden des *Quatre Saisons* laut wurden, unterdrückte man sie, nichts drang nach außen. Hingegen wurde jede Zustimmung an die große Glocke gehängt, und so stieg der Umsatz nach dem 21. Juni zeitweilig um beinahe zehn Prozent. Es wurde sogar gemunkelt, dass die

Weihnachtsgratifikation in diesem Jahr statt einem Monatsgehalt anderthalb Gehälter betragen würde. Aber bis dahin war es noch weit.

Die Anfrage erreichte Lotte Zerbst während der Aufnahme von Gabriel Faurés zweitem Klavierquintett mit dem jungen, erst kürzlich gegründeten Melos-Quartett. Der verantwortliche Musikredakteur hatte darauf bestanden, das Werk nicht mit einem eingeführten Ensemble, sondern mit den vier aufstrebenden, hochtalentierten Männern aufzunehmen, die er zwei Mal mit Quartetten von Beethoven und Haydn im Konzertsaal gehört hatte. Tatsächlich erwies sich die Zusammenarbeit mit den begabten Musikern für Lotte schon nach wenigen Takten als musikalisches Ereignis ersten Ranges. Selten war sie glücklicher gewesen als während dieser heißen Julitage. Nie hatte sie die fensterlosen Räume des Senders, die sie vor der Außenwelt schützten, mehr geschätzt als an diesen beiden Tagen. Sie hatten eben den dritten Satz zum zweiten Mal durchgespielt, um ihn dann aufzunehmen, als Lotte ans Telefon gerufen wurde. Sie war überrascht, denn sie erwartete keinen Anruf.

Da er vermutete, es handle sich um ein persönliches Gespräch, verließ der Tonmeister, den sie schon seit Jahren kannte, diskret den Raum; sie hielt den schwarzen Hörer ans Ohr. Am anderen Ende sprach eine tiefe männliche Stimme mit starkem Akzent.

Man habe nicht vergessen, wie kooperativ und

verständnisvoll sie sich verhalten habe, als zu Beginn des Jahres das russische Konzert kurzfristig vom Programm gestrichen werden musste und man auf Druck der Öffentlichkeit Schostakowitsch durch Dvořák ersetzt hatte. Sie habe damals großzügig auf das Honorar verzichtet, das ihr zugestanden habe, nun könne man sich aber hoffentlich revanchieren.

»Wir haben vor einer Stunde einen Anruf von Magaloffs Agenten erhalten. Der Meister ist heute Morgen in seiner Wohnung unglücklich gestürzt, nichts Lebensgefährliches, aber er liegt in einem Genfer Krankenhaus, wo er noch untersucht wird. Er wird auf keinen Fall auftreten können. Hätten Sie Lust und Zeit, für ihn einzuspringen? Wir würden uns glücklich schätzen, wenn wir uns für das abgesagte Konzert revanchieren könnten, vor allem wären wir überglücklich, Sie endlich bei uns spielen zu hören. Kletzki erwartet Sie mit Ungeduld, er lässt Sie grüßen.«

»Was soll ich spielen?«

»Wir wissen, dass Sie Chopins f-Moll-Konzert in Ihrem Repertoire haben. Ist es so – und hätten Sie Zeit und Interesse?«

»Wann?«

»Übermorgen Abend um acht.«

»Ja, ich werde kommen. Ich sage zu.«

Lotte hatte nicht überlegen müssen, auch wenn sie das Konzert seit Jahren nicht mehr öffentlich gespielt hatte, zum letzten Mal unter Rosbaud im großen

Sendesaal in Gegenwart des Bundespräsidenten. Das Stück war ein Kleid, das sie nie abgelegt hatte, ein Kleid, das ihr nie zu groß gewesen und nie zu klein geworden war. Wie eine unsichtbare Haut schmiegte es sich an sie. Zwei Tage gründlicher Beschäftigung mit dem Werk war wenig, doch sie würden genügen, um das Kleid den Anforderungen anzupassen.

Von Stettler hatte sie seit Monaten nichts gehört, und nur selten hatte sie an ihn gedacht. Es war zu spät, ihm zu schreiben, ihr Brief würde ihn wohl kaum vor drei Tagen erreichen, wenn sie die Stadt, in der er lebte und in der sie zum ersten Mal auftreten würde, wieder verlassen hatte. Sofern er durch die Zeitung von ihrem unvorhergesehenen Auftritt erfuhr, würde er nach dem Konzert vielleicht am Bühneneingang auf sie warten. Sie verspürte einen leisen Stich; sie würde ihm nach ihrer Rückkehr ein paar Zeilen schreiben. Sie fühlte auch etwas Erleichterung. Sie wusste längst, dass ein Klavier genügte, um ihr Leben auszufüllen. Sie wusste es mit jedem Tag, den sie älter wurde, immer besser. Was unerfüllt blieb, war nichts als eine karge Hoffnung.

Sie holte zu Hause die Noten hervor – und wunderte sich, dass sie weniger zerlesen waren, als sie sie in Erinnerung hatte – und begann zu arbeiten. Sie las zunächst Takt für Takt, Seite für Seite, Satz für Satz. Erst dann setzte sie sich ans Klavier. Sie übte drei Stunden lang und brühte sich danach eine Gemüsebouillon mit Backerbsen auf, alles in einer Suppenfabrik fertig vorbereitet. Sie war auch beim Essen genügsam, nie hungrig und niemals übersättigt. So war sie schlank geblieben. Hin und wieder kam sie sich vor wie eine fadenscheinige Fuchsstola, die an irgendeine Garderobe gehängt und vergessen worden war.

Danach suchte sie nach Stettlers Briefen. Sollte sie es zeitlich einrichten können, würde sie ihm ein Kuvert mit einer Eintrittskarte in den Briefkasten stecken. So war er frei zu kommen oder nicht. Aber seine Adresse hatte sie nirgends notiert, und die Briefe, die er ihr geschrieben hatte, fanden sich weder in ihrem Sekretär noch auf dem Klavier noch im Bücherregal, sie waren verschwunden. Sie zwang sich, die Suche zu beenden. Sie würde ihn wohl auch diesmal nicht treffen.

Danach setzte sie sich wieder an den Flügel und spielte das Konzert auswendig und fehlerlos ein Mal durch.

In einem Zeitungsinterview, das ans Schwarze Brett geheftet worden war, weil man allen prominenten Äußerungen Bleichers besondere Bedeutung attestierte, erläuterte »der smarte Newcomer« seine Vorstellungen von der Zukunft des Schaufensters und der Warenhauswerbung im Allgemeinen. Auf einem ganzseitigen Foto posierte er vor den »berühmten« Schaufenstern, wie es hieß. Da er eine Sonnenbrille trug, war er auf den ersten Blick kaum zu erkennen.

Er trug das Hemd drei Knöpfe offen und hauteng Hosen wie Gunter Sachs. Seine Schuhe waren außerhalb des Bildes.

Bleicher erklärte, ein Warenhaus wie das *Quatre Saisons* könne heutzutage nicht mehr ein Kaufhaus wie vor fünfzig Jahren sein, man müsse es vielmehr neu verorten, ihm eine neue Stellung in der Gesellschaft verschaffen, eine Stellung in deren Mitte, nicht am Rand; »ein Warenhaus ist Warenhaus und Kunsthaus zugleich, Kunstwarenhaus würde ich es am liebsten nennen oder Warenkunsthaus«, man könne es nicht oft genug wiederholen, in zwanzig Jahren würden die Leute über die Auslagen, vor denen ihre Eltern noch staunend gestanden hatten, verständnislos die Köpfe schütteln, und selbst die Schaufenster, die er eben kreiert habe, würden höchstens ein müdes Lächeln bewirken, aber keine Provokation. Auch er wisse natürlich, dass er nur einer unter vielen sei, sagte er in gespielter Bescheidenheit.

»Auch Pioniere und Wegbereiter geraten in Vergessenheit, das ist der Lauf der Welt. (Lacht)«, hieß es, und zum ersten Mal hörte Stettler, dass er lachen konnte, er hatte ihn nie lachen sehen.

»Die Ware ist das, womit wir kommunizieren, Ware ist Austausch und Tausch, Kaufkraft, Energie und Bewusstsein. Die alte Vorstellung einer solide durchdachten, jedoch extrem langweiligen Warenauslage, einer Artikelausbreitung, muss man hinter sich lassen. Sie hat sich überlebt. Wir leben nicht mehr vor dem

Krieg, das Rad der Zeit dreht sich immer schneller, wir müssen erkennen, dass wir das Rad sind *und* die Zeit. Wir müssen handeln. Handel heißt handeln.«

Man habe nicht nur in New York, Paris und London die Zeichen des Aufbruchs erkannt, auch beim *Quatre Saisons* wisse man, was die Uhr geschlagen habe, es seien allenthalben Veränderungen und Verwerfungen zu verzeichnen, Werbung seien nicht mehr nur hübsch gereimte Verse à la *Ob's windet, regnet oder schneit, schützt Wybert gegen Heiserkeit*, sondern eine Gesamtheit, ein Ensemble, eine Challenge, ein Gesamtpaket, das auf alle Sinne Einfluss nehmen müsse und deshalb nicht einfach Schaufensterdekorateure der alten Schule erfordere, sondern Künstler, Designer, Graphiker, Kreative, Werbestrategen, die sich nicht scheuten, die populäre Kultur in ihre Arbeit mit einzubeziehen.

»Es geht schlicht um Verschmelzung. Es geht um die Kunst der Werbung. Nicht der Profit steht im Zentrum, sondern die Präsentation. Sie können ohne Streichhölzer, ohne Feuer und ohne Rauch für eine Zigarette werben, Sie können sogar ohne Zigarette dafür werben, aber werben müssen Sie, denn leben ist werben und werben ist leben.«

Später fragte sich Stettler, ob er das nicht geträumt habe, hatte er das alles tatsächlich gelesen? Es blieb ihm unverständlich, seit wie vielen Tagen hatte er mit niemandem mehr gesprochen?

»Geht es Ihnen gut?« Eine Stimme, ein sich verschiebender Schuh auf dem Linoleumboden, ein Atemstoß.

Fräulein Hodel hatte ihn aus seinen Überlegungen gerissen.

»Sind Sie gesund? Sie sehen mitgenommen aus.«

Stettler schüttelte den Kopf.

Er saß an seinem Arbeitstisch, den linken Ellbogen aufgestützt, den rechten Unterarm auf der Tischplatte. Noch war ihm für den Herbst nichts eingefallen.

»Mitgenommen? Nein. Es geht mir gut.«

Er versuchte zu lächeln. Es musste gequält aussehen. Er blickte vor sich hin, sie konnte seinen Gesichtsausdruck nicht sehen.

»Haben Sie die Mitteilung gelesen?«

»Welche Mitteilung? Es gibt ständig Mitteilungen.«

»Das Tragen von Arbeitskitteln ist von nun an nicht mehr erforderlich.«

»Das mag sein.«

Er machte eine Pause, von der er sich offenbar nur schwer losreißen konnte, und fuhr dann fort: »Aber ich bin es so gewohnt und werde es auch weiterhin tun. Ich trage immer einen Kittel. Ich werde natürlich immer einen tragen.«

»Nicht mehr erforderlich heißt in diesem Fall, nehme ich an, nicht mehr erwünscht. Es heißt, es gehe eine falsche Botschaft an die Kundschaft davon aus, wenn sie uns in diesen grauen Kitteln herumschleichen sieht.«

»Wer sagt das? Das kommt von Bleicher!«

»Es kommt von der Geschäftsleitung.«

»Also von Bleicher.«

»Möglich, aber Schuster hat die Anordnung unterschrieben. Man sollte sie wohl besser befolgen.«

»Bleicher hat ihn dazu angestiftet.«

»Das weiß ich nicht, das weiß niemand. Es spielt doch keine Rolle.«

Stettler erhob sich abrupt und blieb reglos stehen, eine Minute, zwei Minuten. Fräulein Hodel wusste nicht, wohin mit sich.

Plötzlich zog er entschlossen den Kittel aus. Er ging schnell und zugleich umsichtig vor, als müsse er das abgetragene Kleidungsstück schonen; zwei Kittel derselben Farbe und Größe besaß er, die er selbst wusch und bügelte, seit seine Mutter die Wäsche nicht mehr besorgte. Die Kittel hatten jeweils sechs Knöpfe von der gleichen Farbe wie der Stoff. Links und rechts in Hüfthöhe eine Tasche. Er zog erst den linken, dann den rechten Arm aus dem Ärmel, dann hielt er den Kittel von sich ab, schüttelte ihn drei Mal aus, faltete ihn längs und legte ihn zusammen; er war halbiert. Er legte ihn auf den Tisch.

Der Kittel lag auf dem Tisch neben den Entwürfen, denen Fräulein Hodel keine Aufmerksamkeit schenkte, weil nichts Konkretes darauf zu erkennen war.

»Und nun?«, fragte Stettler. »Geben wir ihn weg? Wer kann so etwas brauchen? Die Neger in Afrika vielleicht?«

Sie zuckte die Achseln. Zu viele Fragen, keine Antworten.

»Die Zeiten ändern sich. Hätten wir Kinder, würden wir alles anders sehen.«

Er hob die Augen und starrte sie an.

»Wie meinen Sie das?«

Sie hielt seinem Blick nicht lange stand.

»Sie reden dummes Zeug, Sie wissen nicht, was Sie reden.«

Er lachte plötzlich, ein unangenehmes Lachen, das sie befremdete.

Er drehte sich um und setzte sich wieder. Er saß vor seinem Arbeitskittel, streckte die Hände aus und schob ihn langsam beiseite. Nach einer Weile entfernte sie sich wortlos. Vielleicht hatte er sie absichtlich verletzt, indem er ihre Hilfe von sich wies, vielleicht wusste er nicht, wie er auf andere wirkte.

Sie wollte lieber nichts mehr mit ihm zu tun haben.

Noch am selben Tag sprach sie bei Schuster vor und bat um einen Termin, der ihr sofort eingeräumt wurde, denn er war da und hatte Zeit. Sie erkundigte sich nach der Möglichkeit, nicht mehr mit Stettler arbeiten zu müssen.

Er fragte nicht nach dem Grund und willigte ein. Er sagte nur: »Volles Verständnis.«

Coda

Das Konzert war erfolgreich. Sie hatte nicht nur fehlerfrei gespielt, sondern auch ihre Vorstellungen ohne Mühe verwirklicht. Sie war von Note zu Note, von Takt zu Takt geglitten, der Flügelschlag des Komponisten als Vogel hatte sie auf Schritt und Tritt begleitet. Sie hatte sich vorangetastet und die Spuren sofort verwischt, sie war vorwärts gestürmt, ohne zurückzublicken. Sie hatte sich auf ihr Wissen gestützt und zugleich alles jenem Zufall überlassen, über den sie naturgemäß keine Macht hatte.

Lotte Zerbst erhielt viel Beifall, den sie mit einem eigenartig abwesenden Lächeln entgegennahm. Der Applaus wurde am nächsten Tag in der Zeitung eigens hervorgehoben, weil er bei diesem Publikum offenbar nicht selbstverständlich war. Hinter der Bühne hatte der Dirigent Lotte gedrängt, nach der ersten eine zweite Zugabe zu spielen, also interpretierte sie eine kurze Mazurka und das Nocturne op. 9 Nr. 2, ein wenig bekanntes Stück und ein Ohrwurm von Chopin, zu dem sie stets eine innige, von Schwermut und Mitleid geprägte Beziehung gehabt hatte. Kein Komponist wusste mehr über die Möglichkeiten des Instruments als er, der unsichtbar in ihrem Rücken saß und zuhörte und zu ihr sprach, ohne sich anders als durch die Töne zu äußern, die er ihr gab und die sie an ihre Zuhörer weiterreichte.

Erst als sie in der kleinen, fensterlosen, von einer einzigen Lampe erhellten Künstlergarderobe auf einem harten Stuhl saß, löste sich die Anspannung. Sie löste sich von den Füßen über die Schultern bis zu den Haarwurzeln.

Sie war während ihres Auftritts genauso glücklich gewesen wie jetzt. Eine Verheißung hatte sich erfüllt, mit der sie nicht gerechnet, an die sie keine Sekunde gedacht, an der sie vielleicht nicht einmal bewussten Anteil gehabt hatte. Sie war sehr zufrieden und etwas erschöpft und wusste, dass sie es nicht besser hätte machen können – und dass es daran lag, dass sie nicht in einem abgeschiedenen, abgedunkelten Raum vor einem Mikrofon für einen Mann hinter einer Glasscheibe gespielt hatte, über dessen Interesse sie sich nicht sicher sein konnte; es wirkte verjüngend, geradeso als stünde sie am Beginn einer überwältigenden Karriere.

Sie wartete den zweiten Teil des Konzerts nicht ab. Schumanns Vierte Symphonie wurde in ihrer Abwesenheit gespielt. Noch während der Pause verließ sie das Gebäude, dessen weißes Inneres sie eher an eine Kirche als an einen Konzertsaal erinnert hatte. Da sich die unscheinbare Bühnenpforte weit genug vom Haupteingang befand, begegnete sie niemandem, der sie hätte wiedererkennen können. Sich auf halber Strecke wortlos verabschieden zu dürfen, war das

Privileg des Konzertsolisten, der unbemerkt mit dem Alltag verschmolz und eine Note unter Tausenden wurde, sobald er seine Arbeit getan hatte. Öffentliche Auftritte waren ihr selten vergönnt, umso mehr genoss sie jetzt dessen Nachklang. Von einem Chauffeur ins Hotel gefahren zu werden, hatte sie abgelehnt, der Fußmarsch ins Grandhotel Bellevue dauerte keine zwei Minuten. Doch sie schlug eine andere Richtung ein. Wenig später stand sie vor dem Münster, ging über den knirschenden Kies zur Plattform, blickte auf den schwarzen, scheinbar träge fließenden Fluss hinunter, und wendete sich dann dem beleuchteten Turm zu.

Auf dem Weg zum Hotel machte sie einen Umweg durch die schwach beleuchtete Altstadt. Die Luft unten den Arkaden war kühl und erfrischend. Die Geschäfte hatten längst geschlossen, die Lichter in den meisten Schaufenstern waren erloschen, Lottes Schritte hallten auf dem alten Pflaster.

Ihr fiel eine Front von mehreren zusammenhängenden Warenhausvitrinen auf, die bis auf wenige Gegenstände – ein Zelt, ein Campingtisch, ein Ball und so weiter – leer waren. Das Kaufhaus hieß *Quatre Saisons,* im Inneren war alles dunkel bis auf eine Taschenlampe, die kurz aufleuchtete und erlosch, wohl ein Wachmann, der für Sicherheit sorgte. Lotte ging weiter und blieb vor einem Antiquitätengeschäft stehen. Sämtliche Preisschilder waren umgedreht, auf deren Rückseiten waren statt der Preise unverständliche Nummern gekritzelt. Sie entdeckte unter allerlei Kleinkram eine hübsche, rechteckige Armbanduhr. Sie nahm sich vor, am nächsten Tag nach dem Preis zu fragen. Ihr Zug ging erst um eins. Plötzlich fröstelte sie unter den Gewölben, und sie entschloss sich, unverzüglich ins Hotel zurückzukehren.

Im Bellevue setzte sie sich nicht in einen Sessel, sondern an die Bar und wollte einen Tee bestellen, wie sie es oft auch zu Hause tat. Da keine weiteren Gäste anwesend waren, kam sie mit dem Barmann ins Gespräch, der sie für die Ehefrau eines Mannes hielt, der noch Geschäfte in der Stadt erledigte.

»Um diese Zeit vernachlässigen Ehemänner ihre Frauen und erledigen noch Geschäfte? Was ist das bloß für eine Stadt?«, sagte sie.

»Eine ganz gewöhnliche Schweizer Stadt«, erwiderte er.

Nein, fuhr sie fort, sie sei Musikerin und warte auf niemanden, auf ihren Mann schon gar nicht, sie ließ offen, ob sie verheiratet war, erklärte jedoch, dass sie allein in der Stadt und ohne Begleitung im Hotel sei. Sie wolle etwas trinken und entspannen.

Welches Instrument sie spiele, wollte er wissen. Er bekundete kein Bedauern über ihre Einsamkeit.

»Raten Sie«, sagte sie geradezu kokett und betrachtete den Mann etwas genauer: Grau durchsetztes dunkles Haar, heller Teint, gebogene Nase, schmale Lippen, ein Hemdknopf, der sich vom Faden löste.

»Wo *ich* herkomme, singt man. Niemand in unserer Familie hat je ein Instrument gespielt. Natürlich weiß ich, was ein Klavier ist, es ist ein schweres Möbelstück, das man nicht tragen kann wie eine Geige. Aber es gibt Töne von sich, wenn man es schlägt.« Er lachte und deutete auf den geschlossenen Flügel, der für die Barpianisten bestimmt war. Vom einst klaren Schellackglanz war wenig übrig geblieben.

»Spielen Sie etwa Klavier?«

Sie nickte und bestellte einen Whisky.

»Pur?«

»Was meinen Sie?«

»Ich meine pur«, sagte der Barmann.

»Dann also bitte. Trinken Sie einen mit?«

»Um diese Zeit ist alles möglich«, sagte er nach kurzem Zögern. »Niemand da, der mich dabei beobachten könnte.«

Er schenkte ein, den besten Whisky, den er hatte. Nachdem er das Glas vor sie hingestellt hatte, füllte er für sich ein zweites, hob es in ihre Richtung und sagte: »Evviva!«

Sie nahm einen Schluck. Der Alkohol stieg ihr wie eine warme Wolke in den Kopf. Sehr angenehm, dachte sie, und fühlte sich weich.

Sie sah sich liegend, den Handrücken ihrer Rechten auf der kühlen Stirn, sie war jung und verführerisch, sie war entspannt.

»Klavier, Klavier, Klavier, morgens, mittags, abends. Es gibt nichts Schöneres für mich, ob Sie es glauben oder nicht. Ich denke im Traum daran, ich spiele im Traum.«

»Wie schmeckt der Whisky?«

»Sehr angenehm«, sagte sie. »Entspannend.«

Nach dem zweiten Glas fragt sie ihn, ob er zufällig Stettler heiße.

Er lachte: »Nein, ich heiße Smogliani und komme aus Istrien. Stettlers gibt es hier viele.«

Sie hatte keinen Akzent bemerkt, er sprach, schien ihr, wie alle Schweizer.

Er wollte wissen, was sie hierher verschlagen habe, und sie wich aus, indem sie ihm erzählte, sie überlege, sich morgen eine Uhr zu kaufen, und erwähnte das Antiquitätengeschäft unter den Arkaden, worauf er fragte, ob sie von den »lebenden Schaufenstern« gehört habe, an denen sie sicher vorbeigekommen sei. Sie verneinte, und er erklärte ihr, was es damit auf sich hatte und dass die ganze Stadt darüber spreche.

Später kamen Konzertbesucher, die sie entweder nicht erkannten oder rücksichtsvoll genug waren, es sich nicht anmerken zu lassen. Sie hatte zwei Whiskys getrunken und verabschiedete sich schließlich mit einem Nicken vom Barkeeper. Seine Frage, ob sie sich nicht ans Klavier setzen möge, um etwas für die anwesenden Gäste zu spielen, hatte sie lächelnd überhört.

»Es war der beste Whisky, den ich je getrunken habe, aber auch der einzige«, sagte sie, und das entsprach den Tatsachen. Sie ging so gerade, wie es ihr möglich war, ein bisschen, kaum merklich, schwankte sie doch, aber der Teppich, der übers glänzende Parkett gebreitet war, glich ihre Unsicherheit spielend aus. Sie erblickte ihr Ebenbild in einem der vielen goldenen Spiegel, die die Wände des langen, zur Eingangshalle führenden Korridors zierten. Das Licht ruhte auf den Holztäfelungen und auf ihrem Haar.

Seitdem sie den Barkeeper nach seinem Namen gefragt hatte, ging Stettler ihr nicht mehr aus dem Sinn. Er wohnte in dieser Stadt. Sie war ihm etwas schuldig. Trotz der vorgerückten Stunde bat sie den Concierge, den Namen im Telefonbuch nachzuschlagen, nachdem er ihr den Zimmerschlüssel mit der schweren Nummernmarke ausgehändigt hatte. In ihrem Fach lag keine Nachricht, wie sie gehofft hatte. Er schlug das Telefonbuch auf. Er blätterte vor und zurück, mehrmals.

»Stettler, Stettler, Stettler gibt's mehr als einen. Wie war sein Vorname?«

Sie erinnerte sich nicht.

Werner, Walter vielleicht?

»Werner, Walter, ich bin mir leider nicht sicher …«

»Wir haben hier fünf, nein sechs Spalten Stettler, von Adolf bis Ursula – und Sie haben wirklich keine Ahnung?«

Sie schüttelte den Kopf.

»Beruf«?

Sie schüttelte den Kopf.

»Werner vielleicht, vielleicht Walter.«

Wieder blätterte er vor.

»Werner? Walter? Es gibt hier mindestens dreißig Werner und Walter, die außerhalb der Stadtgrenze nicht mitgezählt. Wir können sie natürlich alle anrufen. Aber doch eher nicht um diese Zeit.«

»Nein, um Himmels willen, natürlich nicht jetzt.«

Wohl eher nie. Nicht heute und nicht morgen. Sie machte einen Schritt zurück. Sie dankte ihm für seine Hilfsbereitschaft und wendete sich um. Sie würde sich nun schlafen legen. Der Liftboy – es handelte sich tatsächlich um einen Buben ohne Anflug eines Barts, lediglich den Stimmbruch hatte er bereits hinter sich – schloss das Scherengitter mit einer noch ganz kindlichen Bewegung, dann fuhren sie gemeinsam mit dem sanft hinaufgleitenden Aufzug.

Sie stand am Fenster und sah in die Nacht, es war wenig zu erkennen, was sie hätte benennen können, sie wusste, dass weit unter ihr der Fluss verlief, aber weder sah noch hörte sie ihn. Es war kein Wasser, auf dem Schiffe verkehrten, soviel sie wusste.

Sie schlief tief und fest und gut und träumte nicht. Als sie in der Morgendämmerung frisch erwachte, spürte sie in weiter Entfernung ein leises Pochen, dem folgte Vogelgezwitscher, sie stand auf und zog die schweren pastellgrünen Vorhänge des mittleren Fensters zurück. Vor ihr eröffnete sich ein großartiger Blick auf die Alpen, auf deren Spitzen Schnee lag. Mit Worten hätte sie ihre Überwältigung nicht beschreiben können.

Hätte ihm jemand vorhergesagt, dass er eines Tages gewaltsam auf einen Polizeiposten verbracht werden würde, hätte er diesen böswilligen Propheten ausgelacht. Doch genauso war es gekommen, schlimmer als in einem Albtraum, denn dieser Schrecken nahm so schnell kein Ende. Was hier mit ihm geschah, konnte er nicht einfach unterbrechen, indem er sich im Schlaf zum Aufwachen zwang; niemand griff in das Geschehen ein, niemand verteidigte ihn, niemand verhinderte, was ihm widerfuhr, man behandelte ihn wie einen Schwerverbrecher, wie einen Dieb oder Mörder.

Man hatte ihn, einen unbescholtenen Bürger, der sich nie, nie, nie etwas hatte zuschulden kommen lassen, überwältigt, unter den Blicken der neugierigen Menge in einen Polizeiwagen gepackt und auf die Wache gefahren; im Gegensatz zu den vier Jugendlichen, die ebenfalls verhaftet worden waren, hatte man ihm immerhin erspart, in eine Zelle gesperrt zu werden, aber er hatte zwei Stunden warten müssen, bis man sich mit seinem »Fall« beschäftigte, wie sie sagten.

Bevor man ihn gewaltsam, ohne Rücksicht auf sein Alter, in den Polizeiwagen stieß, hatte man ihm die Hände auf den Rücken gedreht, als wollte man ihm sämtliche Glieder brechen. Im Inneren des Wagens war es dunkel und es roch nach menschlichen Ausdünstungen. Er wurde gezwungen, sich zwischen ein langhaariges Mädchen und einen unordentlich gekleideten jungen Mann auf eine der beiden längsseitig angebrachten Metallpritschen zu setzen. Die beiden gehörten offenbar nicht zusammen, jedenfalls sprachen sie nicht miteinander. Ihnen gegenüber saßen zwei weitere Aufrührer und ein bewaffneter Polizist. Er trug eine Pistole im Halfter. Er ließ keinen Zweifel aufkommen, dass er notfalls davon Gebrauch machen würde. Alle waren stumm.

Glücklicherweise konnte man durch die Schlitze, die als Fenster dienten, nicht ins Innere des Wagens sehen, sie waren zu schmal; und das vergitterte Fenster in der Hecktür war so schmutzig, dass man die Außenwelt nur schemenhaft gewahrte. Auf den Blick nach draußen konnte er gut verzichten. Er wollte nicht gesehen werden und auch nicht sehen, was die anderen sahen. Die Scham, die ihn erfüllte, war beispiellos. Die Vorstellung, jemand, der ihn kannte, habe zugeschaut, wie man ihn in diesen Wagen verfrachtete, war ihm unerträglich, so unerträglich, dass er sich beinahe erbrechen musste. Die Galle stieg ihm in den Hals. Ein Wunder, dass man ihm nicht auch noch vor allen Leuten Handschellen angelegt hatte. Den Fotoapparat, den sie ihm auf der Straße aus den Händen gerissen hatten, hatte der Polizist, der vorne neben dem Fahrer saß, »einkassiert«. Er war unschuldig, aber wen interessierte es?

Er wünschte sich, die Fahrt dauerte Stunden, auch wenn er hatte zusehen müssen, wie sich die Blase des jungen Mannes, der auf der gegenüberliegenden Pritsche saß, allmählich entleerte. Zehn Minuten später hatten sie ihr Ziel erreicht.

Der warme Urin – Stettler konnte ihn riechen – hatte die gestreifte Socke des Jünglings durchtränkt; neben dem rechten Schuh breitete sich eine gelbliche Pfütze aus. Alle sahen es, aber niemand reagierte darauf, lediglich der Polizist rückte von ihm weg. Plötzlich begann das Bein des Jungen heftig zu zucken. Es hüpfte auf und ab, so beharrlich er den Ellbogen auch aufs Knie drückte. Während es zuckte, schmatzte der feuchte Schuh. Stettler wurde von Ekel und Mitleid überwältigt. Tränen stiegen in ihm hoch, es gelang ihm aber, sie zu unterdrücken. Er wollte nicht weinen und würde nicht weinen. Der Unbekannte hätte sein Sohn, ja sein Enkel sein können. Was hatte das alles mit ihm zu tun? Er war unter Fremden. Für den Polizisten jedoch, der sie bewachte, gehörten wohl alle zusammen, die Jungen und er, alle saßen in einem Boot.

Die jungen Leute, die keinen Widerstand leisteten, sondern die Anweisungen der Beamten geradezu unterwürfig befolgten, wurden nach ihrer Ankunft in eine Zelle gesperrt, während Stettler auf dem Korridor warten durfte. Er hätte einfach aufstehen und weggehen können, niemand bewachte ihn, niemand setzte sich neben ihn, niemand wusste, wie er hieß; hin und wieder sah der Mann hinter dem Tresen von seiner Arbeit und dem Butterbrot auf, von dem er winzige Bissen nahm, dann trafen sich ihre Blicke, und er schaute wieder weg. Offenbar hielten sie Stettler für ungefährlich und berechenbar und hielten es für unwahrscheinlich, dass er flüchtete. Er hätte aufstehen und gehen können, aber er wollte seinen Fotoapparat zurückhaben.

Dann trat ein Polizist auf ihn zu, den er bislang nicht gesehen hatte, und bat ihn, ihm zu folgen. In dessen Büro verbreitete ein Teller voller Äpfel einen schalen Geruch. Der Beamte, dessen Rang ihm bis zuletzt unbekannt blieb (obwohl er eine Uniform trug, wusste Stettler nicht, woran dieser abzulesen war), ging »in *medias res*«, wie er mehrfach betonte, als wollte er sich damit von seinen Kollegen auf der Straße abgrenzen, die geschickter mit Schlagstöcken als mit Worten umzugehen wussten.

Er bat Stettler, Platz zu nehmen, blieb selbst aber am Fenster stehen, mit dem Rücken zu Stettler, auf dem Hintern die geballten Hände. Vielleicht musste er nachdenken.

Unvermittelt drehte er sich um. Er knallte die Kamera vor Stettler auf den Tisch und sagte:

»Gehen wir also in *medias res*. Sagen Sie mir, was Sie damit wollten.«

Stettler bemühte sich, höflich zu bleiben, seine Stimme zitterte.

Hinter ihm wurde die Tür aufgerissen: »Wo sind die anderen? Die Eltern sind da. Vier Erwachsene, einer verrückter als der andere, einer Rechtsanwalt, einer Arzt, typisch, oder? Fehlt bloß noch ein Pfarrer!«

Der Beamte nannte eine Nummer, vielleicht die Nummer der Zelle oder des Stockwerks, die Tür wurde zugeknallt, und danach war es eine Weile ganz ruhig. In die Stille hinein sagte der Beamte:

»Wir nehmen jetzt Ihre Personalien auf.«

Er zog ein Blatt Papier in die Walze seiner großen Schreibmaschine, die auf einer grünen Filzunterlage stand, räusperte sich mehrmals und begann dann zu tippen: Name, Vorname, Adresse. Beruf.

»Angestellter? Wo?«

»Im *Quatre Saisons*.«

Der Beamte blickte auf. Er wirkte erstaunt.

»Wo dort?«

»Ich bin Schaufensterdekorateur.«

Er versuchte deutlich und ruhig zu sprechen wie der Beamte selbst.

»Ach?«, sagte der Beamte und fuhr fort: »Kommen wir also zu Ihnen. Kommen wir zu Ihrem Fotoapparat. Welche Absicht verfolgten sie denn nun eigentlich, als sie unsere Männer fotografierten? Das würde mich schon interessieren. Wozu die Kamera, Herr Stettler? Warum die Fotos? Weshalb haben Sie meine Kollegen fotografiert?«

»Das habe ich nicht. Ich habe nicht Ihre Kollegen fotografiert, ich habe Fotos gemacht. Ich habe zufällige Eindrücke eingefangen.«

Der Beamte lachte. Er schüttete sich regelrecht aus

vor Lachen, bis es in ein Husten überging, wie bei einem Schauspieler, der einen Polizeibeamten spielte, als wäre er Teil einer Inszenierung, in der lediglich Stettler nicht wusste, was als Nächstes zu tun war.

»Zufall?« Er klopfte mit den Fingerknöcheln auf die Tischplatte. »Man macht in einer brenzligen Situation wie dieser nicht einfach Fotos, das wissen Sie doch selber ganz genau. Sie sind ein Profi. Und das ist« – er deutete auf die Kamera – »eine Profikamera. Das ist nicht so eine Dingsbums, sondern eine teure Hasselblad, nicht wahr. Sie sind Schaufensterdekorateur? Sie wissen ganz genau Bescheid über die Macht der Bilder. Wollten Sie uns provozieren?«

»Nein«, sagte Stettler und erntete von seinem Peiniger bloß ein kerniges Lachen, das wieder in ein Husten überging. Er zog ein unverpacktes Hustenbonbon aus seiner Jackentasche, steckte es in den Mund und spuckte die Tabakkrümel aus, die daran klebten. Er hörte auf zu husten.

»Kein Einheimischer geht um diese Zeit mit einem Fotoapparat durch die Stadt, außer er beabsichtigt, etwas Bestimmtes zu fotografieren, um – um – um was zu tun? Warum? Vielleicht um damit Stimmung gegen die Polizei zu machen?«

Er betonte jedes Wort, als würde er Druckerschwärze aus sich herauspressen.

»Es geht mich theoretisch ja nichts an, aber es würde mich ehrlich gesagt nicht wundern, wenn ich erfahren würde, dass Sie die Kommunisten wählen.

Stimmt's? Hab ich sie erwischt? Sie haben ein Faible für die Partei der Arbeit, nicht wahr? Hab ich Sie erwischt! Was hatten Sie mit den Fotos vor?«

Dann ging er zum Angriff über:

»Ich nehme an, Sie wollten damit zur Zeitung laufen. Sie hoffen, irgendeine Unregelmäßigkeit seitens meiner Männer festhalten zu können, eine Menschenrechtsverletzung nach Paragraf so und so, stimmt's oder hab' ich recht? Natürlich habe ich recht. Ich kenne Leute wie Sie. Haben Sie Kinder? Enkel? Arbeiten Sie für Ihre Enkel? Sie sind ein übler kleiner Schnüffler. Wir werden Ihre Fotos entwickeln lassen und auswerten. Dann wird es sich weisen. Oder noch besser: Wir werden die Fotos auf unsere Weise entwickeln, und dann hören Sie von uns!«

Und damit öffnete er die Kamera, entnahm ihr die Filmrolle, zog an der Lasche und riss den Film heraus, zog und zog, bis sämtliche belichteten Bilder zerstört waren. Dann klappte er die Kamera wieder zu und schob sie Stettler hin. Er griff nach dem Telefon und rief einen Kollegen, der bereits wenige Sekunden später in der Tür stand.

»Leibesvisitation, wir wollen sichergehen, dass der Herr nicht noch weitere Filmrollen am Körper versteckt.«

Er musste sein Jackett ausziehen, damit der untergeordnete Beamte sämtliche Taschen untersuchen konnte, dann wurde er – wider Erwarten sehr höflich – darum ersucht, seine Hosentaschen (seitlich und hinten) umzukehren. Was er zunächst befürchtet hatte, trat aber nicht ein, es wurde keine Leibesvisitation im herkömmlichen Sinn vollzogen, er wurde nicht gezwungen, sich auszuziehen, und niemand steckte ihm einen Finger in den After, um zu prüfen, ob er dort eine Filmrolle versteckt hatte.

Er hörte nie mehr etwas von der Polizei. Er rechnete noch einige Wochen lang jeden Augenblick damit, dass sie sich meldeten, zumindest schriftlich. Aber er erhielt weder einen Brief noch standen eines Tages Beamte vor dem Haus, in dem er wohnte. Sie schienen ihn vergessen zu haben. Er aber vergass die Stunden, die er in Gewahrsam verbracht hatte und wie ein Krimineller behandelt worden war, nicht. Er träumte fast jede Nacht davon. Er wachte schweißgebadet auf und konnte sich danach nicht mehr beruhigen. Am schlimmsten war es, wenn er sich einbildete, der Polizist, der ihn verhört habe, sei sein Vater gewesen. Je öfter er davon träumte, desto klarer wurde sein Bild.

Als er schließlich unter den letzten Habseligkeiten seiner Mutter ein Foto seines Vaters fand, an dessen Gesicht er sich nicht erinnerte, glaubte er zu seinem Entsetzen, eine gewisse Ähnlichkeit zu erkennen. Seine Hoffnung, den Albtraum zu bannen, erfüllte sich nicht.

Sie hatte gefrühstückt – mit Blick auf die Berge – und ihren Koffer bei offenem Fenster gepackt; die Vögel waren verstummt, die Alpen im Dunst verschwunden, unsichtbare Geschäftigkeit erfüllte die Luft.

Beim Frühstück hatte ihr ein älterer Kellner auf einem Tablett zwei Briefchen überbracht: Kletzi bedankte sich überschwänglich und bedauerte, sie nach dem Konzert nicht mehr gesehen zu haben; es sei eine phänomenale Freude gewesen, sie begleiten zu dürfen, beteuerte er; er wünschte sich von Herzen nichts inniger als eine Wiederholung dieser Zusammenarbeit. Ebenso bedankte sich der Geschäftsführer des Orchesters, mit dem sie kürzlich telefoniert und der sie am Abend vor dem Konzert begrüßt hatte; er gab seiner Hoffnung Ausdruck, sie bald wieder hier hören zu dürfen. (Das war auf andere Weise so unverbindlich und allgemein gehalten wie die Worte des Dirigenten.)

Kurz nach neun verließ sie das Hotel, um das Antiquitätengeschäft aufzusuchen, das um neun öffnete. Ihren Koffer hatte sie im Zimmer stehen gelassen, spätestens um halb elf würde sie zurück sein, einen Tee trinken und sich dann auf den Weg zum Bahnhof machen, ein Taxi war bereits durch die Konzertgesellschaft bestellt worden.

Schon von Weitem bemerkte Lotte eine Menschenansammlung, die sich trotz der frühen Stunde bei den Arkaden drängte, etwa dort, wo ihr am Vorabend die seltsam verwaist wirkenden Schaufenster des Warenhauses aufgefallen waren.

Das Antiquitätengeschäft befand sich in unmittelbarer Nähe. Eine starke Erregung hatte die Masse erfasst, doch der Grund dafür war nicht zu erkennen. Viele Leute unterhielten sich laut, einige lachten, andere schienen schockiert, man drehte sich um, deutete nach vorne und wies sich gegenseitig auf etwas hin, was Lotte nicht sehen konnte – und auch nicht sehen wollte. Sie sagte sich, das sei nicht ihre Stadt, es gehe sie nichts an, auch weil sie fürchtete, etwas Ungehöriges sehen zu müssen. Sie blickte nach oben, aber an der Stelle, wo sich die Menschen sammelten, waren alle Fenster geschlossen. Also hatte sich niemand in die Tiefe gestürzt, kein Selbstmord, der nach einem Abgrund verlangte, war verübt worden, es konnten sich aber andere unangenehme Dinge abgespielt haben. Lotte wollte weder Blut noch Trümmer sehen, es war keine gute Idee gewesen, hierherzukommen.

Aber nun, da sie einmal da war, wollte sie nicht umkehren, ohne nach dem Preis der Uhr gefragt zu haben, also ging sie weiter auf die Arkaden zu. Sie entschied sich, sowohl den Menschenauflauf zu ignorieren als auch den Grund, warum er sich gebildet hatte. Doch in diesem Augenblick öffnete sich in der Menschenmenge eine Gasse. Ein halbes Dutzend Feuerwehrleute oder Polizisten waren aufgekreuzt, die man bereitwillig passieren ließ. Sanitäter mit einer Trage waren nicht dabei. Aber Lotte sah, was die Leute so anzog. Im Schaufenster stand ein Mensch.

Es war, als treffe er Vorkehrungen für einen längeren Urlaub, obwohl er keinen Koffer packen musste. Im Gegenteil, er würde alles hierlassen. Er wusch sich gründlich um zehn Uhr, um viertel vor eins würde er die Wohnung verlassen. Kurz nach acht Uhr hatte er im Personalbüro angerufen und sich krankgemeldet. Sollte es ihm besser gehen, nachdem er seinen Arzt aufgesucht hatte, würde er mittags erscheinen, hatte er behauptet, der zweite Teil der Aussage stimmte. Man hatte seine Abwesenheit zur Kenntnis genommen und ihm gute Besserung gewünscht. Beides erfolgte professionell und ohne Anteilnahme oder gar Wärme. Er wusste nicht einmal, wer abgenommen hatte, was spielte es auch für eine Rolle?

Alles, was er an diesem Morgen getan hatte, war ungewöhnlich, so wie vieles ungewöhnlich und ungewohnt war, was er in den letzten Tagen getan hatte. Er hatte sich vorgenommen, nichts dem Zufall zu überlassen. Es fiel ihm nicht schwer. Alles war überlegt, berechnet und geplant. Er würde einen Ort hinterlassen, an dem es nichts zu bemängeln gab.

Er hatte nicht gefrühstückt, aber um halb zehn ein Bier getrunken. Eine Stunde später hatte er gegessen, was verderblich war, Wurst, Käse und Brot. Den Rest warf er weg. Es blieben Reis, Mehl und Zucker übrig, alles war am richtigen Platz. Die Wäsche war gewaschen, getrocknet und – soweit nötig – gebügelt, diese Arbeit hatte er in den letzten Tagen in aller Ruhe erledigt. Das Bett war frisch bezogen. Der Balkon war gefegt, auch die Ecken und die Mauer, in deren grobem Verputz sich der Staub verfangen hatte. Sollte je ein Fremder die Wohnung betreten, würde er sie tadellos vorfinden. Man würde Stettler nichts nachsagen können. Sämtliche Fenster hatte er mit heißem Wasser und Brennsprit gereinigt, von dieser Arbeit waren die Hände zunächst ganz rot und runzlig geworden. Die Teppiche in den Zimmern waren gesaugt. Den Küchenboden hatte er gefegt und gewischt, auch die Parkettböden in den Zimmern, er hatte sogar die Teppichränder hochgehoben, um darunter sauber zu machen. Er hatte sich gefragt, wie es wohl wäre, eine Putzfrau zu beschäftigen, eine Fremde, die Dinge sah und berührte, die ihr nicht gehörten. In gewisser Weise musste sie blind und klarsichtig zugleich sein. In allen Lampen brannten die Glühbirnen, er hatte alle überprüft, keine flackerte. Wenn man die Wohnung betrat und den Schalter betätigte, erstrahlte das Vestibül hell und einladend. Auf der Ablage kein Staubkorn. Die Badewanne, das Waschbecken und das Klo – Schüssel und Brille – waren einwandfrei sauber, alles hygienisch. Der Spiegel wies keine Streifen auf. Den Badezimmerboden hatte er auf Knien mit einer Bürste gereinigt. Man konnte vom Boden essen. Er hatte ein frisches Badetuch und ein frisches Handtuch aufgehängt. Es ärgerte ihn, dass das Weiß etwas vergilbt war. Seine Mutter hätte vermutlich ein Mittel dagegen gewusst. Gegen alles war ein Kraut gewachsen. Der nasse Waschlappen und das benutzte Handtuch waren im Müll gelandet. Der Wäschekorb war leer und gelüftet. Er hatte auch seinen Schlafanzug und die Schmutzwäsche vom Vorabend im Ochsnerkübel entsorgt. Als wäre die Wohnung unbewohnt, als hätte jemand sie möbliert und gleich darauf verlassen. Er bildete sich ein, jedweden Geruch daraus verbannt zu haben. Am schwierigsten war das natürlich in der Küche zu bewerkstelligen, viel schwieriger als im Badezimmer. Unsichtbarer Schmutz versteckte sich an unerreichbaren Stellen. Das Küchenfenster würde er einen Spaltbreit offen lassen. Drei Tage lang war immer mindestens ein Fenster offen gestanden, auch nachts. Jetzt waren alle Fenster weit geöffnet, er würde sie schließen, bevor er die Tür hinter sich zusperrte. Er war im Treppenhaus niemandem begegnet. Er kannte alle Nachbarn, beständige Menschen, deren Kinder ständig wuchsen; mit jedem Zentimeter, den sie größer wurden, waren sie ruhiger und unsichtbarer geworden. Tagelang hörte er sie nicht. Tagelang hörte er nichts. Wochenlang sah er niemanden. Den Bildschirm des Fernsehers hatte er mit einem feuchten Tuch gereinigt. Ein Bildschirm war heikel. Er überlegte, ob er einen Brief hinterlassen sollte. Aber wozu eine Erklärung? Er hatte nicht vor, aus dem Leben zu scheiden.

Er war in den letzten Wochen oft sehr müde gewesen, jetzt war er hellwach. Er war nicht mehr müde, sondern gelassen und frisch.

Er war satt, aber immer noch durstig, deshalb trank er Wasser aus dem Hahn. Danach trocknete er die Küchenspüle. Er würde etwas Süßes essen, bevor er das Haus verließ. Es war noch eine halbe Tafel Schokolade übrig, die er aufessen würde. Er hatte sie bereits aus der Packung genommen und Papier und Folie weggeworfen. Alles, was verderblich war, hatte er aus dem Kühlschrank entfernt, die Milch in den Ausguss geschüttet, alles, was ranzig oder schimmlig werden konnte, war im Kübel gelandet, den er nach unten tragen und auf die Straße stellen würde. Morgen früh war Müllabfuhr. Er würde diesmal weder die Lastwagen noch das ohrenbetäubende Entleeren der Kübel hören. Die einzige Sorge bereitete ihm die Frage, was danach mit dem Mülleimer geschehen würde.

Schade, dass er erst heute Morgen auf das Konzert aufmerksam geworden war, das Lotte Zerbst am Abend in der Stadt geben würde. Chopin. War sie zu Jahresbeginn aus politischen Gründen ausgeladen worden, würde sie nun auftreten, weil der angekündigte Solist erkrankt war. Hätte Stettler das vorher gewusst, hätte er seine Pläne vielleicht geändert, sein Tag hätte einen ganz anderen Verlauf genommen. Er wäre nach dem Konzert mit Lotte Zerbst ausgegangen. Aber er hatte seinen Entschluss gefasst und blieb dabei. Er würde alles genau so durchführen, wie er es sich ausgedacht hatte. Mochten sie denken, er handle im Affekt, es stimmte nicht.

Um halb sieben schloss das *Quatre Saisons* wie an jedem anderen gewöhnlichen Wochentag des Jahres. Nach sieben hatten so gut wie alle Angestellten das Gebäude verlassen, die meisten – froh, endlich den wohlverdienten Feierabend antreten zu können – hatten sich schon früher verabschiedet.

Stettler wusste genau, wo er sich verstecken musste. Er schloss sich in die Besenkammer im Souterrain ein, in der all die Besen, Eimer, Putzlappen, Staubtücher und Reinigungsmittel und so weiter aufbewahrt wurden, mit deren Hilfe das *Quatre Saisons* sauber gehalten wurde. Solche abseits gelegenen Besenkammern gab es auch auf den anderen Stockwerken, doch die Kammer im Untergeschoss war die sicherste. Stettler ging sogar davon aus, dass sie nur gelegentlich, also nicht einmal wöchentlich benutzt wurde.

Für jemanden, der sich hier so gut auskannte wie Stettler, war es ein Leichtes, sich Zutritt zu dem verschlossenen Raum zu verschaffen, er hatte sich einen Schlüssel besorgt, die Tür geöffnet, von innen abgeschlossen und den Schlüssel stecken lassen. Sollte jemand versuchen, die Besenkammer zu öffnen, stünde er nicht nur vor verschlossener Tür, es würde ihm nicht einmal gelingen, den Schlüssel ins Schloss zu stecken. Aber natürlich würde nichts dergleichen geschehen, weil sich um diese Zeit niemand für Besenkammern interessierte; die Putzfrauen würden wie gewöhnlich erst am nächsten Morgen erscheinen und ihre Arbeit antreten, wenn Stettler die Kammer längst verlassen hatte. In dem fensterlosen Raum konnte er Licht machen, niemand würde es sehen. Er machte es sich so bequem wie möglich. Aber er hatte nicht vor, zu ruhen oder gar zu schlafen.

Etwa eine Stunde vor Mitternacht verließ er die Besenkammer. Er hatte die Schuhe ausgezogen und ging nun barfuß. Es sollte alles lautlos vor sich gehen. Da er im Kaufhaus kein Licht machen wollte, hatte er eine Taschenlampe mitgebracht, die er mit einer neuen Batterie versehen hatte, obwohl er nicht vorhatte, sie mehr als nur sparsam zu benutzen. Man hatte ihm versichert, sie würde mehrere Stunden halten, aber er würde sie nicht öfter und länger als unbedingt nötig brennen lassen. Nachdem er die Tür der Besenkammer leise hinter sich geschlossen hatte, horchte er; kein Laut war zu vernehmen. Der nackte Boden war kühl. Vorsichtig tastete er sich den Gang entlang zum Treppenabsatz und dann Stufe um Stufe nach oben. Obwohl er sich nur langsam bewegte, verspürte er überraschenderweise ein völlig unsinniges Gefühl von Jugendlichkeit und Abenteuerlust. Er hielt sich mit der Rechten am Treppengeländer fest, mit den Zehenspitzen ortete er mühelos jedes Hindernis. Wenn er unsicher war, ließ er die Taschenlampe kurz aufleuchten, orientierte sich und ging dann weiter. Er hatte beim Hinabsteigen die Stufen gezählt, es waren zweiundzwanzig. Weiter als ins Erdgeschoss führte ihn sein Weg nicht, dort kannte er sich fast so gut aus wie zu Hause, wo er auch im Dunkeln mit jedem Objekt, das im Weg stand, vertraut war.

Nur wenig Licht fiel durch die drei Eingangstüren. Das Innere des Warenhauses konnte man von außen nicht erkennen. Die wenigen Passanten, die um diese Uhrzeit noch unterwegs waren, gingen vorbei, ohne stehen zu bleiben. Da die Schaufenster nicht beleuchtet waren – das Licht wurde Punkt zehn Uhr nachts ausgeschaltet und erst kurz vor Ladenöffnung wieder eingeschaltet –, gab es keine Veranlassung stehen zu bleiben. Ohne lebende Schaufensterpuppen waren Bleichers Sommerfenster nicht interessant.

Stettler schob einen Sessel in die Nähe der Schaufenster und machte es sich darin bequem, ihn erwartete eine lange Nacht, in der er immer wieder einnickte und immer wieder aufwachte.

Das Warenhaus öffnete seine Türen um neun. Die Angestellten erschienen bereits zwischen acht und halb neun Uhr. Die Kassen, die aus Sicherheitsgründen am Abend geleert worden waren – das Geld wurde im Tresor verwahrt, der in Heinz Schusters Büro stand –, wurden wieder gefüllt; es war Zeit, sich auf die ersten Kunden vorzubereiten; der wirkliche Andrang begann erst nach zehn. Wenn die Türen geöffnet wurden, hatte sich die Reinigungskolonne schon wieder zurückgezogen, um die Büros sauber zu machen.

Die Putzfrauen nahmen ihre Tätigkeit um sieben

auf, aber die Schaufenster gehörten nicht zu ihrem Aufgabenbereich, es war ihnen ausdrücklich untersagt, sich dort zu schaffen zu machen. Stettler würden sie nicht zu Gesicht bekommen. Sie würden ihn nicht bemerken.

Die Morgendämmerung hatte bereits eingesetzt, doch selbst bei helllichtem Tag verhinderten die Lauben, dass allzu viel natürliches Licht ins Warenhaus fiel. Stettler bereitete sich im Halbdunkel vor. Er schob den Sessel an seinen Platz zurück, zog sich in Windeseile aus, steckte seine Sachen in eine große Tasche und hüllte sich dann in einen weißen Bademantel, der für einen deutlich größeren Mann bestimmt war als für ihn. Das Gesicht bedeckte er mit einem Badetuch. Wie er es von seiner Arbeit beim Dekorieren gewöhnt war, kroch er dann auf allen vieren in eines der mittleren Schaufenster, in denen Campingstühle standen, doch diesmal ging es nicht darum, die Dekoration zu ändern, sondern sie zu beleben.

Er setzte sich auf einen der Klappstühle. Der eilig Vorübergehende, der einen flüchtigen Blick ins dunkle Schaufenster geworfen hätte, wäre nicht auf den Gedanken gekommen, dass es sich bei der unklaren Kontur um etwas anderes als einen hingeworfenen Haufen Frotteewäsche handelte. Reglos wartete Stettler auf den richtigen Zeitpunkt. Er würde so sicher eintreten wie die Zeiger der zahlreichen Uhren, die im *Quatre Saisons* hingen, vorrückten.

Später würde man ihn fragen, warum er das getan hatte, aber offenbar verstand er die Frage oder den Fragenden nicht. Man wollte wissen, ob ihn der Wunsch nach beruflichem Selbstmord angetrieben habe, so zu handeln. Er hörte aufmerksam zu, schien aber nicht zu verstehen. Er musste oft lächeln, so wie er jetzt unsichtbar unter dem Badetuch lächelte, als er darauf wartete, dass die Lichter angingen. Ob die jungen Schauspieler schon auf ihren Auftritt warteten? Sie würden ihre Positionen nicht beizeiten einnehmen. Er tat nichts Unrechtes. Er atmete regelmäßig. Er zeigte sich nur. Er hörte Stimmen. Es war kein Vergehen, nur ein Akt der Selbstverteidigung. Zum ersten Mal in seinem Leben.

Kurz bevor das Licht in allen Schaufenstern gleichzeitig aufflammte und die jungen Darsteller ihre Positionen einnehmen konnten, zog er den schützenden Bademantel aus. Er trug nichts am Leib. Er war nackt.

Er brachte Ordnung in die Unordnung des Schaufensters. Er saß nackt und aufrecht auf einem Campingstuhl. Er lächelte und wartete. Kerzengerade saß er da und wartete, nur seine Augen bewegten sich. Er wartete.

Später würde man ihn vielleicht fragen, was er denn erwartet habe. Er würde sicher stumm bleiben. Er spürte den Stoff des Campingstuhls unter seinem Gesäß. Er war nackt. Er wartete. Er hörte Stimmen. Die Puppendarsteller, die nicht auftraten. Zeitverschiebung.

Es dauerte keine zwei Minuten, bis der erste Passant vor dem Schaufenster stehen blieb, und etwa zwanzig Sekunden, bis sich ein zweiter dazugesellte, der durch den ersten darauf aufmerksam gemacht worden war, dass es hier etwas zu sehen gab, was er noch nie gesehen hatte. Auch wenn sie nicht mit offenen Mündern dastanden, drückten die Mienen der beiden Fußgänger doch größte Verwunderung aus. Weil es noch recht früh war und sich um diese Zeit mehr Männer als Frauen in den Straßen aufhielten, versammelten sich zunächst vor allem Männer vor dem Schaufenster. Natürliche Schamhaftigkeit und väterliche Fürsorge verhinderten, dass Frauen und Kinder mit dem sich bietenden Anblick konfrontiert wurden. Da man die neugierigen Zuschauerinnen zurückdrängte, blieben sie vorwiegend im Hintergrund, aber gänzlich ließ es sich nicht vermeiden, dass auch sie das würdelose Schauspiel zu Gesicht bekamen, gleichgültig wie unsittlich, abstoßend und unmoralisch es war und wie sehr man befürchten musste, dass eine unschuldige Seele – vor allem die eines Kindes – bei diesem Anblick dauerhaften Schaden nahm. Wenn es der einen oder anderen forschen Person doch gelang, sich vorzudrängen, nahm man es unter Protest zur Kenntnis, war aber froh, wenn sie nicht erwähnte, was man selbst natürlich auch nicht übersehen konnte: Die völlige Entblößung, die weit über das hinausging, was man von Bleichers Schaufenstern kannte. Nicht wenige hielten das, was sie

261

sahen, übrigens zunächst für einen weiteren Coup des neuen Dekorateurs, der – darin war man sich einig – die Grenzen des guten Geschmacks in diesem Fall in einem Maß überschritten hatte, das man nicht hinnehmen durfte. Schon bald wurde der Ruf nach der Polizei laut.

Natürlich blieben die Kommentare der Menschen jenseits der Scheibe für Stettler unverständlich, mehr als heftige Gesten, entsetzte oder belustigte Mienen und Lippenbewegungen nahm er nicht wahr, doch das Missfallen, das sein Verhalten auslöste, war deutlich genug. Ein paar wenige lachten verschämt, andere blickten finster oder besorgt, und wahrscheinlich wunderten sich alle darüber, dass der nackte Mann im Schaufenster sie so ungeniert und unbeteiligt beobachtete wie ein Affe im Zoo.

Er schien keinerlei Scheu zu haben, ihnen ins Gesicht zu blicken. Er hatte ja auch keine Scheu, sein Geschlechtsteil auszustellen.

Stettler hatte jedes Zeitgefühl verloren. Vielleicht saß nicht er da, sondern nur sein Körper.

Irgendwann bildete sich eine Gasse in der unübersehbar gewordenen Menge vor dem Schaufenster. Er hörte laute Stimmen hinter sich im Warenhaus. Er hielt sich die Ohren zu, danach hörte er alles nur noch aus weiter Ferne.

Bitte, Herr Stettler, ziehen Sie sich etwas an und kommen Sie mit, stehen Sie auf.

Verehrte gnädige Frau Zerbst

Erst heute Morgen habe ich aus der Zeitung erfahren, dass Sie gestern Abend in meiner Heimatstadt ein Konzert mit dem Sinfonieorchester gaben.
Wie ich lese, waren Sie, was mich nicht erstaunt, sehr erfolgreich. »Der Applaus war von ehrlicher Begeisterung geprägt«, schreibt der Kritiker.
Hätte ich es früher gewusst, wäre vielleicht alles anders gekommen. Ich hätte das Konzert besucht und wir hätten uns danach bei einem Glas Wein über vieles unterhalten können. So aber bleibt mir nichts anderes übrig, als Ihnen für viele Stunden Musik aus dem Radio zu danken und mich auf den Weg zu machen. Ich bin sicher, dass Sie nichts mehr von mir hören werden.
Mit freundlichen Grüßen
Robert Stettler

Lieber Herr Stettler

Vor zwei Tagen kehrte ich aus Ihrer schönen Heimatstadt nach Hause zurück. Ich hatte, wie Sie inzwischen erfahren haben, das unverhoffte Glück, dort auftreten zu dürfen. Zu meinem größten Bedauern konnte ich Sie aber nicht rechtzeitig davon unterrichten, weil ich vor meiner Abreise in der Eile Ihre Adresse nicht wiederfinden konnte. Umso erfreulicher, nun wieder so freundliche Zeilen von Ihnen zu erhalten.
Kein Wunder, dass Ihnen mein unverhoffter

*Aufenthalt in Ihrer Stadt entgangen ist. Die
Einladung, dort zu spielen, kam ja aus heiterem
Himmel, völlig überraschend. Ich hoffe jedoch
sehr, dass uns bei einem nächsten Aufenthalt ein
Treffen möglich sein wird. Denn ich hoffe nicht,
dass Sie es mit Ihrer Absicht ernst meinen, nichts
mehr von sich hören zu lassen.*

*Dass mein Besuch auf einem Misston endete,
möchte ich Ihnen nicht verschweigen, auch wenn
diese Disharmonie dem besseren Teil meiner
Eindrücke keinen Abbruch tun konnte: Als auf-
merksamer Zeitgenosse haben gewiss auch Sie
davon gehört. Dass ich mich in der Nähe des
Geschehens aufhielt, war reiner Zufall, aber sei
dem, wie es sei, ich musste unwillentlich mit-
ansehen, wie sich ein geistig verwirrter Mann
Zugang zum Schaufenster eines Warenhauses verschafft und dort buchstäblich »ausgestellt« hatte. Es
war ein sonderbarer, abstoßender Anblick, der in
mir Vorkriegserinnerungen wachrief, über die ich
(noch) nicht sprechen möchte; der Mann, der im
Schaufenster saß wie eine leblose Schaufensterpuppe,
war nackt und hatte eine große Menschenmenge
angezogen. Nun ja, das Leben geht weiter, und ich
nehme an, der Mann ist jetzt gut versorgt.*

*Mit freundlichen Grüßen
stets die Ihre
Lotte Zerbst*

Epilog

Mein Sommererlebnis

Ich verbrachte sechs Tage Sommerferien bei Cousine
Ida und Onkel Walter. Sie ist eigentlich nicht meine
Cousine, sondern die Cousine meiner Mutter, aber
ich weiß nicht, wie man dann sagt. Der Onkel ist nur
angeheiratet. Sie spricht immer Französisch, mit mir
spricht er Deutsch. Er arbeitete auf einer Bank, sie
ist zu Hause, er ist jetzt pensioniert. Eines Morgens
ging ich mit meinem Onkel frühmorgens zum Markt.
Cousine Ida hatte ihm einen Kommissionenzettel geschrieben, auf dem alles stand, was er kaufen sollte,
ich begleitete ihn, sonst begleitete ich meist sie, denn
sonst kauft sie ein. Lieber bleibe ich im Bett liegen,
aber es war ein warmer Sommermorgen. Der Markt
ist etwa zwanzig Minuten entfernt zu Fuß. Wir verließen das Haus und gingen schnell los. Mein Onkel
ist immer sehr schnell, ich kam mit meinen Beinen
kaum nach. Er blieb ein paar mal stehen und wartete auf mich, dann gingen wir weiter. Wir kamen in
die Stadt, es geht immer etwas abwärts. Wir kamen
zum Bärengraben und gingen über die Brücke, von
der sich die Leute stürzen.

Wir waren noch nicht einmal beim Markt, als wir

viele Leute sahen, die sich vor einem Warenhaus versammelt hatten, es heißt 4 Saisons, das heißt vier Jahreszeiten. Es war eine große Menschenmenge. Wir staunten nicht schlecht, als wir näher traten. Ich sollte aber nicht sehen, was zu sehen war, der Onkel befahl mir wegzusehen, aber ich habe alles gesehen. Zuerst dachte ich, es sei das geschehen, von dem mir Onkel Walter einmal erzählt hatte. Er stand vor einem Haus und plötzlich fiel ihm etwas vor die Füße, es war ein Mensch, der sich aus dem Fenster gestürzt hatte. Ich glaube eine Frau. Aber diesmal war es etwas anderes. In einem der Schaufenster saß ein ganz nackter Mann, der nichts anhatte. Er saß da wie ein Affe im Käfig. Wir mussten leider sofort weitergehen, Onkel Walter wollte nicht, dass ich den Anblick sehe.

Der Mann kommt sicher in die Irrenanstalt, sagte mein Onkel, denn so etwas tut man nicht. »*Quelle horreur*«, sagte Cousine Ida wie immer auf Französisch, als er ihr zu Hause davon erzählte. Am nächsten Tag kam es auch in der Zeitung. Es hieß, der Verrückte sei Schaufensterdekorateur gewesen. So etwas erlebt man nicht alle Tage.

Danksagung

Der Autor bedankt sich einmal mehr bei der Stiftung Pro Helvetia, die ihn großzügig mit einem Werkbeitrag unterstützt hat.

Ein besonderer Dank geht an Oliver Schnyder, den ich immer dann um Rat fragen konnte, wenn ich am Klavier nicht weiter wusste.

»Perfekt komponiert«

FAZ

Mit den Worten »Das war's« schließt er den Klavierdeckel und verlässt den Saal. Dieser Entschluss lenkt nicht nur sein eigenes Leben in ganz neue Bahnen, sondern auch das seines Agenten und all derer, die plötzlich Zeit haben.

Leseproben und mehr unter www.kiwi-verlag.de

»Ein ausgezeichneter Erzähler«
Christine Westermann

Mit siebzehn erwacht seine Neugier. Gekannt hat er seinen Erzeuger nicht; er starb kurz nach seiner Geburt. Jahrelang hat er die Fotografie, die in seinem Zimmer steht und offenbar von einem Berufsfotografen gemacht wurde, kaum beachtet, bis ihm eines Tages die Uhr am Handgelenk des Vaters auffällt. Warum zeigt sie viertel nach sieben? Welcher Fotograf macht um diese Zeit Bilder? Der Erzähler beschließt, der Sache auf den Grund zu gehen, und gerät in Paris auf die Spur der wahren Geschichte seines Vaters.

»Mit Verlaub – dies ist ein Meisterwerk!« *Basler Zeitung*

Lionel Kupfer, umschwärmter Filmstar der frühen Dreißiger-
jahre, muss während eines Aufenthalts in der Schweiz erkennen, dass er als Jude in Deutschland unerwünscht ist. Der
Vertrag für seinen nächsten Film wird aufgelöst. Die schlech-
te Nachricht überbringt ihm ausgerechnet Eduard, sein Lieb-
haber, dessen gefährliche Nähe zu den neuen Machthabern
immer offenkundiger wird. Lionel Kupfer ist gezwungen, zu
emigrieren. Über fünfzig Jahre kreuzen sich die Wege von
Menschen unterschiedlichster Herkunft. Doch obwohl sie
auseinandergehen müssen, vergessen sie einander nicht.

Leseproben und mehr unter www.kiwi-verlag.de